AF556159

निकाह

(कहानी संग्रह)

साहू बी०पी० जायसवाल

Nikah
By- Sahu B.P. Jayswal

रचनाकार	:	साहू बी.पी. जायसवाल ©
कृति का नाम	:	निकाह
संस्करण	:	प्रथम
वर्ष	:	2016
मूल्य	:	₹ 225/-
पृष्ठ संख्या	:	170
मुद्रक	:	क्लार्क प्रिंटिंग प्रेस
ISBN	:	*978-93-81378-20-5*

Connoisseur
Striving towards excellence
2/256, Viram Khand, Gomti Nagar,
Lucknow-226010. Ph. 0522-4029598
Email- connoisseurbooks2010@rediffmail.com
Website- www.manasapublications.org

समर्पण

डॉ० भक्तराज शास्त्री
(प्रो० हिन्दी विभाग,
लखनऊ विश्वविद्यालय)
को
सादर समर्पित

यह कहानी-संग्रह

मेरा यह नया कहानी संग्रह पाठकों के समक्ष प्रस्तुत है । अपने आस-पास घट रही नित नई-नई घटनाओं के संबंध में हर व्यक्ति के मन में एक कशमकश चलती रहती है । कोई लेखक या साहित्यकार इसी कशमकश के बीच में जिन्दगी के यथार्थ को तलाशने लगता है । कवि या शायर यहीं पर अपनी रचनाओं के ख्वाब तलाशता है, तथा लेखक की कल्पनाओं में इन्हीं के बीच अनेकों कथानक उभरने लगते हैं । जिन्दगी खुद में कहानी या उपन्यास की आचार-संहिता है, जिसकी परिधि से कथाकार के पात्र अपनी यात्रा पूरी करते हैं । पात्रों की इसी स्नेहिल यात्रा में लेखक अपनी तूलिका के चटख रंग डालकर उन्हें रोचक, भावनात्मक व उद्देश्य परक बनाने का काम करता है ।

समाज में जी गई जिन्दगी के कतिपय अंशों में अपनी लेखनी से कुछ इंसानी फितरतों व उद्यात मानवीय गुणों के ऊतक पिरोकर, उनके माध्यम से समाज को कुछ लौटाना चाहता है । यही कारण है कि लेखक की कलम में समाज की धाराओं को मोड़ पाने की अद्भुत शक्तियाँ छिपी रहती हैं ।

चौदह कहानियों का यह संग्रह पूर्णतया सामाजिक है, जिनके कथानक आज की जिन्दगी में किसी संक्रमक व्याधि की तरह असाध्य होते दुर्गुणों-घृणा, द्वेष व ईर्ष्या पर स्वकेन्द्रित हितों तथा इनसे अनवरत संघर्ष करते इंसानी सरोकारों-प्रेम, सेवा, सहयोग व सहानुभूति के साथ कदम ताल करते दिखाई पड़ते हैं । "भिखारिन" का बल्लू अपने ही गाँव की एक लड़की 'गुन्नी' से बेहद प्यार करता है । मक्का के खेत के मचान पर फसल बचाते तथा गाँव के पूर्वी छोर पर बहते नाले के दलानों पर जानवर चराते हुए दोनों का प्यार परवान चढ़ता है, किन्तु गाँव की रुढ़ियों में बंधी जिन्दगी के बीच दोनों का ब्याह नहीं हो पाता । गुन्नी किसी और के दामन से बांध दी जाती है, जबकि बल्लू का ब्याह किसी दूसरी लड़की से हो जाता है । गुन्नी का पति शहर आकर रिक्शा चलाने लगता है और एक अप्रत्याशित दुर्घटना का शिकार हो जाता है । बल्लू भी इसी शहर में नौकरी करने लगता है। उसकी पत्नी भी एक बालक को छोड़कर मर जाती है । गुन्नी के जिन्दगी के सारे सहारे टूट जाते हैं ।

जीने की कोई अन्य राह न पाकर वह भीख माँगकर अपना पेट पालती है । इसी समय भीख माँगते गुन्नी बल्लू के सामने अचानक पड़ जाती है । शेष जिन्दगी में दोनों एक दूसरे को अपना लेते हैं । 'निकाह' में मुशीर व बन्नो एक ही गाँव के रहने वाले हैं । पर ऊँची नाक के चक्कर में उनका निकाह नहीं हो पाता । बन्नो एक अपराधी के गले बांध दी जाती है । वह जेल चला जाता है । स्वाभिमानी बन्नो रेल के नीचे कटने को बढ़ती है, मुशीर तभी उसे खींच कर बचा लेता है । उसके साथ पुनः निकाह कर लेता है । 'जुराखन भाई', 'बहूरानी', 'ताई फूलमती' आदि कई कहानियाँ बड़ी भावनात्मक हैं और यथार्थ जीवन को चित्रित करती हैं । 'बलात्कार' एक नये किस्म के अपराध की कहानी है जिसमें एक पुरुष बलात्कार का शिकार हो जाता है । ताई फूलमती एक वास्तविक घटना का मेरा संस्मरण है ।

'बहूरानी' का पति अपनी खूबसूरत पत्नी के शिंकजे में इस तरह जकड़ जाता है कि वह अपने माँ बाप को बुढ़ापा में भी साथ नहीं दे पाता । किन्तु बहू किरन के अपने ही बेटे की एक साधारण घटना से वह पानी पानी होकर सास-श्वसुर को बड़ी आत्मीयता में अपना लेती है ।

यह कहानियाँ मैंने जरूर लिखी हैं किन्तु इनका एक समन्वित प्रभाव जो मेरे ऊपर पड़ा है उससे मुझे इतना अवश्य अहसास हुआ कि शायद जमीन पर सोने वाले गरीबों के सपने, मखमली गद्दों पर सोने वालों के सपनों से कहीं अधिक मधुर होते हैं । उनकी अपनी मोहक खुशियाँ हैं, अपने सुहाने सपने भी । यदि ऐसा न होता तो गरीब की जिन्दगी महज एक व्याधि बन कर रह जाती । जीते गरीब भी हैं - सरल, कपट विहीन श्रमशील एक निश्छल जिन्दगी ।

'सुख दुःख एक मनःस्थिति के अतिरिक्त और कुछ नहीं' गरीबों के जीवन का यही एक जीवन सूत्र है, जो इन कहानियों में देखने को मिलता है ।

भाषा का प्रवाह, घटनाओं का संयोजन भावनाओं की अभिव्यक्ति में मैं कितना सफल हुआ हूँ इसका निर्णय तो पाठक ही करेंगे, किन्तु इतना तो विश्वास मुझे अवश्य हो रहा है कि यह कहानी संग्रह पाठकों को भरपूर मनोरंजन करेगा।

-साहू बी.पी. जायसवाल
सीतापुर रोड, लखनऊ
मो. - 9415765495

विषय सूची

निकाह

छुक्कन मनिहार तथा शकूरे मिस्त्री आपस में अच्छे दोस्त थे। वे दोनों मुबारकपुर गाँव के रहने वाले थे। यह गाँव दो भागों में विभक्त था, बीच से सई नदी निकलती थी। वैसे तो नदी में पानी सालों साल रहता था किन्तु बरसात के दिनों में कभी-कभी बाढ़ भी आ जाती थी और इधर-उधर के हिस्से के लोगों का दूसरी तरफ जाना मुश्किल हो जाता था। इस कारण एक हिस्से का नाम दिल्ली और दूसरे का नाम दौलताबाद पड़ गया था। सरकारी अभिलेखों में पूरा गाँव मुबारकपुर के नाम से ही अंकित था।

छुक्कन मियाँ की बेगम वहीदन सिर पर डलिया रखकर आस-पास के गाँवों में चूड़ी बेचने का काम करती थी। अपने सरल स्वभाव के कारण सारा इलाका उन्हें चच्चीजान के नाम से पुकारता था। छुक्कन मियाँ घर पर दुकानदारी का काम करते थे, जिसमें तेल नमक से लेकर आटा-दाल तक रोजमर्रा के काम आने वाली लगभग सभी वस्तुयें मिल जाती थीं। उनके पास दो बीघा पुश्तैनी खेत था। मियाँ बीबी दोनों कमाते थे कुछ खेती की पैदावार से मिल जाता था, इसलिये छुक्कन मियाँ के घर का खर्च आराम से चल जाता था। उधर सारे इलाके में ईंट-गारे की जुड़ाई का काम करते थे। उसकी अकेले ही कमाई छुक्कन मियाँ से किसी भी सूरत में कम न थी। उसके पास भी डेढ़ बीघे जमीन थी जो उसे गाँवसभा से पट्टे पर मिली थी।

प्रकृति की गोद में बसे भारत के गाँव आज भी अपनी ख़ूबसूरती के लिये सारी दुनिया में जाने जाते हैं। इमारतें शानदार भले ही न हों किन्तु वहाँ की जिन्दगी पुरसुकून होती हैं। लोग ईमानदार, सरल, गैरतमन्द, व सब्रदार होते हैं। उनके मन का यह भाव लोगों को शिद्दत से बांधे रखता है।

शकूरे दिन भर चाहे जहाँ काम करें शाम को छुक्कन मियाँ की दुकान पर

आकर बीड़ी जरूर पीते थे तथा दिनभर की कमाई से घर का सौदा सुलुफ खरीदकर ले जाते थे। छुक्कन मियाँ शाम को दुकानदारी में व्यस्त रहते थे, इसलिये घर से नहीं निकल पाते थे, किन्तु सबेरे जब नदी की तरफ से टट्टी मैदान से लौटते तो शकूरे के घर पर हाज़िरी लगाकर ही वापस होते थे। गाँव का नाम मुबारकपुर जरूर था पर उसमें मुसलमानों के कुल जमा पाँच ही मकान थे। तीन दिल्ली में और बाकी दो दौलताबाद में। थोड़ी आबादी के लोगों में मित्रता स्वाभाविक रूप से गहरी हो जाती है। छुक्कन मियाँ व शकूरे की गहरी दोस्ती का भी यही राज़ था। यदि छुक्कन के घर में शकूरे कोई छोटा सा काम करते तो उसका मेहनताना नहीं लेते थे और चच्चीजान अगर शकूरे के घर में चूड़ी पहनाती तो उसका पैसा नहीं लेती थी। गाँव के कुछ नवयुवक उनकी इस दोस्ती का मज़ाक भी उड़ाया करते थे और दबी जुबान से सलमान व शाहरुख की जोड़ी कहकर सम्बोधित करते थे।

समय बीतता गया शकूरे एक लड़के का बाप बन गया और छुक्कन के घर एक लड़की ने जन्म लिया। लड़के का नाम मुशीर अहमद और लड़की का नाम बन्नो रखा गया। दोनों साथ ही साथ पले बढ़े और साथ ही साथ गाँव की गलियों में खेले कूदे व लड़े झगड़े। चूँकि दोनों परिवारों में दोस्ती थी इसलिये मुशीर व बन्नो में भी दोस्ती हो गई। गोलियाँ खेलते हुये जब बन्नो अपनी सारी गोलियाँ हार जाती और खिन्न होकर किनारे बैठ जाती तो मुशीर को बिल्कुल भी अच्छा नहीं लगता। वह अपनी ढेर सारी गोलियाँ देकर उसे खुश करने का प्रयास करता। हारी हुई गोलियाँ वापस पाकर बन्नो खुशी-खुशी अपने घर चली जाती, किन्तु जाते जाते वह मुशीर को बड़ी ही एहसानमंद नजरों से देखकर कहती कि -

"मुशीर तुम कितने अच्छे लड़के हो।"

मुशीर उसके इन शब्दों से इतना गद्गद् हो जाता, कि उसका मन करता कि वह अपनी सारी गोलियाँ उसे दे दे। अगर किसी अन्य बच्चे से भी बन्नो अपनी गोलियाँ हार जाती तो मुशीर उसकी भरपाई कर देता था।

दोनों गाँव के प्राइमरी स्कूल में पढ़ते थे, और अधिकांश समय साथ ही साथ बस्ता टाँगे विद्यालय पहुँचते थे। चूँकि छुक्कन मियाँ व शकूरे दिल्ली में रहते थे और स्कूल दौलताबाद में स्थित था इसलिये दोनों दरिया पार कर स्कूल पहुँचते

थे। दरिया पार करते समय बन्नो का बस्ता मुशीर अपने कन्धे पर लाद लेता था। कभी-कभी पानी बढ़ जाने से नदी की धारा तेज होती थी तो बन्नो का हाथ पकड़कर वह नदी भी पार करा देता था। ऐसा करने में मुशीर को बड़ी ही शान्ति की अनुभूति होती थी। वह खुद नहीं समझ पाता था कि उसकी मदद करना उसे क्यों अच्छा लगता है।

एक दिन बन्नो को घर से निकलने में देर हो गई और मुशीर नदी तक पहुँच गया था। नदी की धारा थोड़ा तेज हो गई थी। मुशीर ने सोचा कि अकेले नदी पार करने में बन्नो कहीं गिर सकती है, इसलिये वह नदी के किनारे बैठ कर उसका इन्तजार करने लगा। साथ के अन्य बच्चे चले गये पर मुशीर उसके इन्तजार में बैठा रहा। तभी बन्नो भागती हुई आयी तब दोनों ने नदी पार की और स्कूल पहुँचे। दोनों थोड़ा चिन्तित थे कि कहीं देरी से पहुँचने की सजा न मिल जाये, किन्तु उस दिन मास्टर साहब स्वयं लेट हो गये थे और अब तक विद्यालय के गेट पर ताला लटक रहा था। रास्ते भर मुशीर यही सोचता रहा कि चलो पिटेंगे तो दोनों साथ-साथ पिटेंगे कम से कम बन्नो अकेले तो नहीं पिटेगी।

एक दिन ऊपरी इलाके में कहीं वर्षा हो गई, तो नदी की धारा तेज हो गई। सभी लड़के धीरे-धीरे एक दूसरे का हाथ पकड़कर पार उतर गये किन्तु बन्नो की हिम्मत जवाब दे गई। भय की एक स्मित रेखा उसके चेहरे पर साफ दिखाई पड़ने लगी। उसने मुशीर की तरफ देखकर कहा –

"मुझे डर लगता है कि कहीं बह न जाऊँ, मैं घर लौट जाती हूँ। शाम को आपसे कापी लेकर काम पूरा कर लूँगी।"

"और यदि मैं बह गया तो।"

"हाय अल्ला, ऐसी बातें मुँह से क्यों निकालते हो।"

"मैं हूँ न, तुम क्यों डरती हो, मैं तुम्हें पार करा दूँगा। मुशीर ने बन्नो को थोड़ा साहस देते हुये ढाँढस बंधाया तो वह धारा पार करने को तैयार हो गई।"

मुशीर ने अपना व बन्नो दोनों का बस्ता बांये कन्धे पर टाँगा, पायजामा ऊपर चढ़ाया और दाहिने हाथ से मज़बूती से बन्नो को पकड़ लिया और बन्नो ने मुशीर के गले में बांया हाथ डालकर मज़बूती से उसे पकड़ लिया। दोनों आधा

पानी पार कर पाये कि मुशीर का पाँव किसी पत्थर से लगकर डगमगा गया और बन्नो के मुँह से एक चीख निकल गई -

"हाय अल्ला, इसी के साथ उसने मुशीर को दोनों हाथों से और कसकर पकड़ लिया।"

मुशीर थोड़ा लहराया जरूर पर बदन का पूरा जोर लगाकर खड़ा हो गया और बोला -

"बन्नो इतना क्यों डरती हो ?"

"मौत से तो मुझे बहुत डर लगता है।"

"मेरे होते हुये मौत तुझे छू भी नहीं सकती। तेरे मरने से पहले मैं मर जाना पसन्द करूँगा।"

उसका साहस देखकर बन्नो का डर जाने कहाँ चला गया। थोड़ी देर में दोनों किनारे तक पहुँच गये। फिर अपने अपने कपड़े ठीक कर स्कूल पहुँचे। लौटते समय नदी का पानी घट गया था इसलिये पार करने में कोई कठिनाई नहीं हुई।

मुकद्दर की मारी बन्नो की सवालों की किताब एक दिन कहीं गुम हो गई उसे पूरा सुवहा था कि उसके बांये बैठने वाले लड़के विलास ने इसे चुरा लिया है। जिद्दतन उसने इसका इंतक़ाम लेने की भी ठान ली। उसने अपने घर पर भी इस बात का तशकिरा तक नहीं किया, क्योंकि वह अपने कंजूस वालिद की झिड़कियों से बेहद ख़ौफ़ खाती थी। मुशीर से भी उसने इस बात की चर्चा नहीं की। दो दिन बाद उसने मौका ताड़कर विलास की गणित की किताब उसके बस्ते से निकालकर अपने बस्ते में रख ली, किन्तु उसके दांयी ओर बैठे मुशीर ने उसकी इस हरकत को देख लिया था। विलास ने मास्टर से शिकायत की कि उसकी गणित की किताब किसी ने चुरा ली है। मास्टर साहब ने सभी बच्चों के बस्तों की जाँच व तलाशी लेने का निर्णय लिया। पांचवी कक्षा के हर बच्चे का बस्ता देखा जाने लगा। मुशीर घबरा गया, क्योंकि उसे पता था कि किताब बन्नो ने उठाई है और किसी किताब की चोरी पर दस बेंत मारने की सज़ा मास्टर साहब ने पहले ही मुकर्रर कर रखी थी। उसके मन में यह ख्याल भी आया कि लड़की होने के कारण

बन्नो यह सजा झेल नहीं पायेगी । अभी तलाशी का बवण्डर चल ही रहा था कि मौका देखकर मुशीर ने बन्नो के बस्ते से वही किताब निकालकर अपने बस्ते में रख ली। कोई बच्चा उसके इस कार्य को देख न सका क्योंकि सभी का ध्यान तलाशी पर लगा था । एक क्षण के लिये बन्नो कांप गई क्योंकि असलियत का उसे तो पता था । मार खाने के भय से वह लगातार घबरा रही थी जब उसकी किताबों को देखा गया तो उसमें चोरी की किताब थी ही नहीं । तलाशी में किताब मुशीर के बस्ते से निकली । बच्चे मास्टर सभी परेशान थे क्योंकि मुशीर सभी की नज़रों में एक निहायत ही होनहार व शरीफ़ बच्चा था । पर नियम तो नियम, सजा तो मिलनी ही थी । उसे दस बेंत खाने ही पड़े । हर बेंत पर वह हथेली पकड़कर झुक जाता था । उसकी हथेली पर पड़ता हर बेंत बन्नो के कलेजे को चाक़ कर जाता था और हर बार वह अल्लाताला से दर्द कम होने की दुआ करती। अब उसे अपनी नासमझी पर पछतावा भी हो रहा था ।

रास्ते में बन्नो ने पूछा -

"मुशीर किताब तो मैंने उठाई थी फिर तुम्हारे बस्ते में कैसे पहुँच गई ?"

"बन्नो मैं जानता था कि तुम दस बेंत नहीं झेल पाओगी । इसलिये मैंने किताब तुम्हारे बस्ते से निकालकर अपने बस्ते में रख ली थी ।"

बन्नो बेहद परेशान होकर बोली - "मेरे लिये तुम चोर भी बने और तुमने बेंत भी खाये, या खुदा कौन सा गोबर भर गया था मेरे दिमाग में ।"

और इसी के साथ उसने अपना बस्ता ज़मीन पर पटक दिया और मुशीर की हथेलियों को खोलकर देखने लगी । दोनों ही हथेलियाँ लाल पड़ गई थीं और बेंतों के निशान उन पर साफ झलक रहे थे । उसने मुशीर को रोका, बस्ता उसी के पास छोड़कर खेतों की तरफ भागी और वहाँ से बौड़ी के ढेर सारे पत्ते तोड़ लायी और उनका अर्क निकाल कर मुशीर के हाथों पर लगाने लगी । मुशीर ने उसकी डबडबाई आँखों को देखा । शायद उसके बेपनाह आँसुओं में मुशीर को जितनी पीड़ा की अनुभूति हुई उसके आगे उसका अपना दर्द भी उसे फीका लगने लगा था। हर आदमी के लिये दुनिया में कुछ ऐसे लोग होते हैं, जो अपनी जान देकर भी उनकी सहायता करने में कितनी रफाक़त् महसूस करते हैं ।

“मुशीर आपकी इन इनायतों को मैं शायद जीवन भर भी भुला न पाऊँगी।”

“जा । फिज़ूल की बातें करती है । क्या तेरे लिये मैं चार बेंत भी नहीं खा सकता । किसी भी कीमत पर मैं तुम्हें पिटता हुआ नहीं देख सकता था ।”

गाँव से पांचवीं पास कर दोनों ने पड़ोस के एक कालेज में दाखिला करा लिया । हाईस्कूल तक दोनों साथ-साथ पढ़ते रहे । बाद में मुशीर ने इण्टर कालेज में दाखिला करा लिया और बन्नो के वाल्दैन ने उसकी पढ़ाई को विराम दे दिया । गर्चे कि चच्चीजान उसे आगे और पढ़ाना चाहती थीं, किन्तु छुक्कन मियाँ सयानी लड़कियों को स्कूल भेजने के सख्त खिलाफ थे । वह चच्चीजान को सुनाकर अक्सर कहा करते थे-

“लड़कियों को ज्यादा इल्म की क्या जरूरत । इल्म क्या चूल्हे में लगायेगी। उन्हें तो बस खाना-पकाना, सीना-पिरोना और अपने शौहर की ख़ातिरदारी करनी आनी चाहिये ।”

पर इसके पीछे उनका एक खास मक़सद कंजूसी ही थी जिसे छिपाने के लिये वह बेगम को तरह-तरह के लतीफे सुनाया करते थे और वह चिढ़कर कहती थी कि - “मियाँ, आप तो दुनिया में सबसे न्यारे हैं, हमेशा उल्टी राहों पर चलने की आदत जो बना रखी है आपने । आपकी चले तो लड़कियों की सारी राहों पर कांटें ही बिछा दिये जायें और उन्हें घर की अंधेरी कोठरियों में कैद कर दिया जाये।”

पर अन्त में छुक्कन की ही चली और बन्नो की पढ़ाई बन्द हो गई ।

बन्नो की पढ़ाई बन्द हुई तो अम्मीजान की मदद में रहकर चूड़ी लेकर फेरी पर जाने लगी । इस बीच कभी-कभी मुशीर दुकान से कोई सामान खरीदने के बहाने छुक्कन मियाँ के घर पहुँच जाता था । गाहे बगाहे बन्नो ही फ़क़त् दुकान पर बैठी मिल जाती थी, खुलकर बात कर लेता था और उसे देखकर बन्नो का दिल भी बल्लियों उछल जाता था । समय बीतता गया मुशीर इण्टर पास करके लखनऊ चला गया । वहाँ वह बी.ए. करने के साथ-साथ कम्प्यूटर टाइपिंग व शार्ट हैण्ड भी सीखने लगा । कुछ दिनों के बाद उसे रोडवेज में स्टेनों की नौकरी मिल गई।

इधर तीन चार साल का समय बीत गया, बन्नो भी शादी के लायक हो गई

थी। एक दिन खाना खाते वक्त दस्तरख़ान पर ही चच्चीजान तल्ख होकर बोलीं-

"मियाँ लड़की की तालीम बन्द करवा दी, क्या जिन्दगी भर यों ही घर में बिठाये रखोगे। कहीं अच्छा घर बार तलाश कर उसका निकाह कर दो, कम से कम घर तो बसा दो उसका।"

"तलाश तो कर रहा हूँ।"

"कर रहे होंगे दुकान पर बैठे बैठे, कहीं हिलकर तो गये नहीं सारे वाल्दैन अपने अपने लड़के लेकर यहीं दुकान पर आ जाते होंगे और सेहरा भी साथ में लाते होंगे।"

"बेगम। आप तो हाथ धोकर मेरे पीछे पड़ जाती हैं। दूल्हे कहीं बाजार में तो बिकते नहीं कि कीमत अदा करूँ और लादकर साथ ले आऊँ।"

"बिकने भी लगेंगे तो सबसे पहले शुरुआत आपकी दुकान से ही होगी। मैं कितनी बार आपसे कह चुकी हूँ कि मुशीर एक अच्छा लड़का है, बात चलाकर कम से कम मालूमात तो करते।"

"मैं शकूरे के घर शादी नहीं करूँगा।"

"क्यों ? क्या वे लोग कोई चोर उचक्के हैं।"

"ईंट-गारे का छोटा काम करते हैं।"

"मियाँ, काम कोई छोटा बड़ा नहीं होता, बस अक़्ल का फेर है। आप से ज्यादा कमाता है वो। फिर पढ़ा लिखा लड़का सरकारी मुलाज़िम है। गाँव में लड़की का निकाह कर दोगे तो कौन सी आपकी आबरू हतक होने का खतरा है। अपनी झूठी शान के पीछे लड़की के नसीब से खिलवाड़ कर रहे हो। कभी उनसे बात करने की जेहमत तो उठाई नहीं। औलाद मरे तो मरे झूठी शान न छूटे।"

बेगम की बातें मिर्च से भी अधिक कड़वी लगी थी छुक्कन को। गला छीलती हुई कलेजे तक खरोंचें छोड़ गई थीं। दूसरे दिन दुकान बन्द करके लड़के की तलाश में निकल पड़े। उनके गाँव के पश्चिम में दस बारह किलो मीटर की दूरी पर एक गाँव था नूरपुर। उसमें कासिम अली का एक लड़का था जमालुद्दीन। अच्छा खासा घर द्वार, खेती पाती, ट्रैक्टर-ट्राली दरवाजे पर देखकर छुक्कन मियाँ लट्टू हो गये। जमालुद्दीन लगभग अट्ठाइस वर्ष का हट्टा-कट्टा छोकरा था पर

बन्नो से दस साल बड़ा। बेगम की बेरुखाई से परेशान छुक्कन मियाँ ने इसे नजरंदाज कर बेटी की शादी उसी के साथ पक्की कर दी।

मुशीर जब कभी गाँव आता तो वह बन्नो का हालचाल लेने की कोशिश जरूर करता। जब उसे उसका निकाह तय होने की बात पता चली तो वह बद्हवास हो उठा। वह सीधे छुक्कन मियाँ के घर पहुँच गया, दुकान बन्द थी, चच्ची चूड़ी बेचने चली गईं थी। अकेले बन्नो ही घर पर थी - मुशीर को देखते ही वह बेजार होकर सिसक उठी और बोली मुशीर मुझे मुआफ करना। तकदीर अपना खेल खुद ही खेलती है। इंसान बस बेबस हुआ देखता भर रहता है। "बन्नो रोना बन्द करो। मैं तुम्हारे आँसू नहीं देख सकता। अल्लाह तुम्हें सदा खुश व सलामत रखे। अभी मैं तुम्हारे निकाह तक इन्तजार करूँगा।" मुशीर ने कहा।

बन्नो को उसकी बेपनाह मुहब्बत और उसके लिये पिटे उन बेंतों के निशानों का दर्द फिर हरा हो गया। वह अपलक उसके ग़मज़दा चेहरे को देखती रही बोली कुछ भी नहीं, किन्तु अपने बेजुबान लफ्जों से इतना जरूर कह गई कि शायद अल्लाह को यही मंजूर था। मुशीर अधिक देर तक उसके सामने रुक न सका, उसे धरती उड़ती और आसमान नाचता हुआ नजर आया। वह उठा और बड़े ही तेज कदमों से अपने घर की ओर चल दिया। जाते-जाते कानों में एक टूटती हुई आवाज आ टकराई -

"मुशीर मैं डोली में बैठते वक्त तुम्हें देखकर विदा होना चाहती हूँ।"

"इंशाअल्लाह, कोशिश करूँगा।"

दोपहर में बारातियों का खाना चल रहा था। शकूर के साथ मुशीर भी दावत-ए-वलीमा में शामिल हुआ। लगभग तीन बजे विदाई हुई। सिसकती दुल्हन माँ से छूटकर जब डोली में बैठी तो सामने मुशीर को खड़े देखा। विदाई की रुसवाई व मुशीर से जुदाई ने बन्नो का कलेजा दहला दिया। गमों का एक दरिया आँसू बनकर आँखों से फूट निकला। मुशीर भी किसी लुटे हुये मुसाफ़िर की तरह खरामा-खरामा अपने घर चला गया। दूसरे दिन सुबह अंधेरे में ही वह अपनी नौकरी पर निकल पड़ा। बन्नो की विदाई से सूनी हुई गाँव की उन गलियों को

वह माहताब के उजाले में देखना नहीं चाहता था, जिनमें कभी बन्नो के साथ वह कंचे, छुपा-छुपौरी का खेल खेला करता था।

रेलगाड़ी के डिब्बे की एक सीट के किनारे बैठा मुशीर लखनऊ की तरफ चला जा रहा था। उसके दिमाग में उठता तूफान, गाड़ी की छुकछुक करती आवाज के साथ मिलकर मानों सारे जहाँ को संजीदा बना रहा था। सामने से गुजरते दरख्तों के बागान, झाड़ियाँ, हरियाली, पीछे को भागती उनकी परछाइयाँ फिजाओं में फैली मनहूसियत सभी मानों यह पैगाम दे रही थीं कि चलते रहने का नाम ही जिंदगी है, मिलन और बिछुड़न तो प्रकृति के अटूट नियम हैं और इंसान इनकी सीमाओं में ही बंधा चलता रहता है।

बन्नो ससुराल चली आयी थी। पहली रात में ही उसे पता चल गया था कि वह किसी गलत इंसान के दामन से बांध दी गई है। हुआ यह कि जमालुद्दीन के फोन की घण्टी बजी –

"हैलो" जमाल ने कहा।

उधर से क्या सवाल हुआ बन्नो समझ न पाई, पर शौहर का उत्तर साफ था।

"दो पेटी मिल गई है, सर। दो दिन में काम हो जायेगा। सब इन्तजामात कर लिये हैं। दो छोकरों को एडवांस में भुगतान भी कर दिया है।"

उधर से फिर आवाज आई पर बन्नो सुन न सकी। जमाल ने उत्तर दिया- "सर, आप बिल्कुल भी चिन्ता न करें, रोज ही तो पुलिस सी.आई.डी. की आँखों में धूल झोंकता रहता हूँ।"

बन्नो काफी जहीन थी इशारों-इशारों में कही गई बातों का मतलब निकालना उसके लिये कोई मुश्किल काम नहीं था। उसका सरल सीधा मन घबरा गया तथा नारी दिल लोहार की धौंकनी के मानिन्द चलने लगा। निकाह के शवाब में खिलाखिला उसका चेहरा किसी तुशारग्रस्त लतिका की भांति मुरझा गया। रातभर किसी हिंसक पशु के समान व्यवहार कर सुबह जमाल न जाने कहाँ गुम हो गया।

महीने भर बाद बम्बई पुलिस ने आकर उसे धर दबोचा। पता चला कचेहरी बम काण्ड में वह आतंकवादियों के साथ शामिल था। खबर जंगल की आग

की तरह चारों ओर फैल गई बन्नो का तो रो-रोकर बुरा हाल था। अखबार में दूसरे दिन ही निकल गया कि नूरपुर का जमालुद्दीन आतंकवादी गतिविधियों में गिरफ्तार किया गया है।

छुक्कन मियाँ भागकर झेंपते हुये अपना ग़मज़दा चेहरा लिये हुये दूल्हेराजा के घर पहुँचे। घर वालों ने बात को छिपाने की पूरी कोशिश की, किन्तु बन्नो से रहा न गया। उसने कहा जो अखबारों में छपा है वही सही है। आपने अपनी बेटी को एक आतंकवादी के गले में मढ़ दिया है, अम्मीजान की एक न सुनी। छुक्कन मियाँ बड़ी देर तक मुँह लटकाये बैठे रहे फिर बोले -

"बेटी चलो कुछ दिनों के लिये रुखसती करा लेते हैं। तुम मेरे साथ घर चलो।"

"नहीं अब्बू अब मैं कहीं नहीं जाऊँगी, इसी चौखट पर सिर पटक-पटक कर जान कुर्बान कर दूँगी। जिस भयानक मानसिक पीड़ा से मैं गुजर रही हूँ उसमें दुनिया की कोई इमारत या महल तसल्लीबख्श नहीं लगेगा। उसकी दीवारें ही काटने लगेंगी, अब्बूजान। आप जाइये और अम्मीजान का ख्याल रखियेगा। मुझे मेरे हाल पर छोड़ दीजिये।"

झक मारकर छुक्कन मियाँ घर लौट गये। मुशीर ने अखबार में खबर पढ़ी तो तुरन्त गाँव की तरफ भागा। वहाँ से पता चला कि वाक्या बिल्कुल सही है। वह सीधा चच्चीजान के पास गया। उन्होंने सारा किस्सा रो-रोकर बयाँ कर दिया। "लड़की बाप को फूटी आँख नहीं देखना चाहती यदि हो सके तो बेटा तू चला जा, अल्लाह तुझे उम्रदराज करें।"

"ठीक है चच्ची, मैं कल सुबह चला जाऊँगा।" उधर दो तीन दिन बीत गये बन्नो ठीक से सो भी नहीं सकी। बार-बार सोचती रही कि मैं एक आतंकवादी की बीबी, मुजाहिद कहते हैं अपने को, मुल्क के गद्दार, जिस धरती पर पले बढ़े, जहाँ का अन्न खाया, जहाँ की फिजाँओं में सांस ली उसे ही बमों से नेस्तनाबूत करने वाले देशद्रोही हैं, और एक देशद्रोही की बीबी कहलाने से मैं मरना पसन्द करूँगी। वह पड़ी पड़ी कुढ़ती रही। उसका सारा शरीर आत्मग्लानि की इस तपिश से जल उठा। न उसने कुछ खाया और न ही कुछ पिया, अपने कमरे से बाहर

भी नहीं निकली।

सुबह जब मुशीर बन्नो के पीहर पहुँचा तो वहाँ अफरा-तफरी का माहौल था। दरवाजे पर लोगों की भीड़ लगी थी। सुबह अंधेरे में ही बहू कहीं चली गई। चारों तरफ यही चर्चा थी। लोग इधर-उधर जाकर उसे तलाश रहे थे। गाँव के सारे कुयें तालाब छान मारे, पर बन्नो का कहीं कोई पता न चला।

मुशीर एकदम से घबरा गया इसी समय उसके दिमाग में बन्नो की एक बात याद आयी जो उसने किसी समय मुशीर से कही थी-

"मुशीर यदि घर व शौहर बेढंगा मिला तो मैं रेल के आगे कूदकर जान दे दूँगी।"

और यह बात याद आते ही वह लखनऊ सीतापुर रेलवेलाइन की ओर अपनी साइकिल से भागा। उसे पता था कि बन्नो अपनी जिद पूरी कर सकती है। चार किलोमीटर का सफर उसने आधे घण्टे में पूरा कर लिया। रेलवे लाइन पर पहुँचकर उसने इधर-उधर देखा कोई दिखाई न दिया। किन्तु उसी समय दाहिनी ओर से आ रही किसी रेलगाड़ी की सीटी अवश्य सुनाई दी। साइकिल वहीं छोड़कर वह पूरी ताकत से उसी दिशा में दौड़ने लगा। रेलगाड़ी की सीटी की आवाज अब और तेज होती जा रही थी। उसका दम फूल रहा था, किन्तु मौके की नजाकत भांपकर वह पागलों की भांति तेजी से भागा जा रहा था। इसी समय रेलवेलाइन के बगल की घनी झाड़ियों से एक लड़की निकल कर लाइन पर आकर लेट गई जिस पर गाड़ी तीव्रगति से आ रही थी। वह दूरी लड़की से बीस कदम थी और खुद मुशीर उससे तीस कदम की दूरी पर था। जान छोड़कर उसकी तरफ भागने के अलावा उसके पास कोई चारा न था। उसकी हिम्मत जवाब दे रही थी और गाड़ी की रफ्तार में कोई कमी न थी। या अली कहकर उसने एक जोर की छलांग लगाई और बन्नो को किसी सामान की तरह उठाकर रेललाइन के दूसरी ओर ढकेल दिया, फिर भी इंजन का एक कोना मुशीर के हाथ की कोहनी को छीलता हुआ खटापट-खटापट करता हुआ निकल गया।

बन्नो उठकर दोनों हाथों से मुशीर को पीटने लगी और चिल्लाकर बोली-

"क्यों बचा लिया मुझे, मैं आतंकवादी की बीबी बनकर एक मिनट भी

जीना नहीं चाहती ।"

मार खाते हुये भी मुशीर उसे तब तक पकड़े रहा जब तक ट्रेन उसकी निगाहों से ओझल न हो गई ।

बन्नो अब भी मुशीर को मारे जा रही थी, यद्यपि उसके हाथ ढीले पड़ गये थे ।

"बन्नो !" मुशीर जोर से चिल्लाया "क्या पागल हो गई हो ।"

मुशीर की कड़कती आवाज सुनकर बन्नो होश में लौटी और बिलखते हुये अपना सिर मुशीर के सीने पर रख दिया और उसे अपनी बांहों में जकड़कर रोते हुये बोली –

"मुशीर, अब मैं जीना नहीं चाहती ।"

"जिन्दगी खुदा की बख्शी हुई नियामत है इसे यों ही जाया करने का तुम्हें कोई हक नहीं । आत्महत्या तो बुज़दिल लोग करते हैं और तुम बुज़दिल नहीं हो सकती, बन्नो । तुम्हारी जिन्दगी किसी और के लिये तुमसे भी अधिक कीमती है, यह कभी सोचा है तुमने । अब तुम मेरी हो, दुनिया की कोई ताकत तुम्हें मुझसे जुदा नहीं कर सकती ।"

अब तक काफी लोगों की भीड़ जमा हो चुकी थी । सभी मुशीर के साहस की दाद दे रहे थे ।

दो घण्टे बाद दोनों चच्चीजान के सामने खड़े थे और उन्होंने दोनों को अपने सीने से चिपका लिया । छुक्कन मियाँ दूर से ही सजल नेत्रों से तीनों को निहार कर एक असीम आनन्द और बेमिसाल तसल्ली का अनुभव कर रहे थे ।

***

भिखारिन

"लो, बब्लू खाना खा लो ।" मक्का के खेत में बने मचान के नीचे से एक मीठी आवाज उसके कानों में आ टकराई । उसे लगा कि मधुमास के सारे रंग उसी आवाज के साथ आकर उसके अंग-अंग को सराबोर कर गये । औपचारिकता कम अनुरोध के भाव से ओतप्रोत कितना मिठास व अपनापन था इन शब्दों में।

गुन्नी जानती थी कि बब्लू का खाना रोज देर से आता है, या आता ही नहीं, उसकी माँ रोज सुबह से जो सड़क पर काम करने चली जाती है । इसलिए अपने ही खाने में से उसे खिलाने के लिए पड़ोस में बने मचान पर खाना लेकर वह चली आई थी ।

"नहीं तू खा ले" मचान पर बैठे बैठे ही बब्लू के मुँह से निकला । इसी के साथ मचान के नीचे किसी के आने की आहट भी सुनाई पड़ी । ऊपर से ही झांककर देखा नीचे गुन्नी हाथ में खाने की पोटली लिए खड़ी थी ।

"खाओगे क्यों नहीं ? रोज ही भूखे रह जाते हो ।" फिर गुन्नी की वही मधुर ध्वनि सुनाई पड़ी और इसी के साथ बब्लू मचान से नीचे आ गया । बब्लू को बिना देखे ही वह मचान पर चढ़ने लगी । चूँकि वह एक हाथ में खाने की पोटली पकड़े थी इसलिए दूसरे हाथ के सहारे मचान पर चढ़ने का प्रयास करने लगी ।

अभी मुश्किल से पहले डण्डे पर कदम रखा था, कि संतुलन बिगड़ा तो वह लहराकर नीचे गिरने को हुई कि बब्लू ने लपककर उसे अपनी बांहों में समेट लिया ।

"उई अम्मा !" गुन्नी के मुँह से एक हल्की सी चीख निकल गई ।

इसके बाद बब्लू के मजबूत हाथों के सहारे वह मचान पर चढ़ गई । बब्लू की नसों में एक अनजानी सी सनसनाहट दौड़ गई । वह तेज-तेज सांसें लेने लगा।

मचान के ऊपर पहुँचकर गुन्नी ने अपने दुपट्टे से दो गोरे नाजुक हाथ निकाले और खाने की पोटली खोलने लगी । बब्लू ने उसे देखते हुये पूछा -

"अपना खाना तुम यहाँ क्यों ले आई । मुझे दिखा-दिखा कर तरसाने के लिये ।"

"नहीं । तुम्हें खिलाने के लिये । बिना खाये जो रोज़ रह जाते हो ।"

"नहीं । मैं नहीं खाऊँगा ।"

"क्यों, कहीं बेधरम न हो जाओ ?"

बब्लू ने इस प्रश्न का कोई उत्तर नहीं दिया और खाना लगाती गुन्नी को टुकुर-टुकुर देखता रहा । गुन्नी अपने काम में लगी रही । उसकी ओर बिना निगाहें उठाये वह पोटली से दो मोटी-मोटी पीली बेसन की रोटी पर ही सब्जी व चटनी सजाती रही। बब्लू उसके चाँद के टुकड़े जैसे खिले-खिले मुखड़े पर दो कज़रारी कटीली बरौनियों के नीचे श्वेत अक्ष पटल पर मचलती चंचल पुतलियों को देखता रहा । जीवन की इतनी मोहक तारतम्यता की कहीं उसे मादक अनुभूति हो रही थी ।

रोटियों पर रखी आलू बैगन की सब्जी के मसालों की मद-मस्त खुशबू पवन के झकोरों के साथ बब्लू के नासिका रन्ध्रों में प्रवेश कर भूख को और उत्तेजित कर रही थी । उसके मुख की स्वाद ग्रन्थियों से रिसता पानी मुँह में भर आया और भूख की उत्तेजना को कई-कई गुना बढ़ा गया ।

बब्लू का मन हुआ कि वह बिना गुन्नी के कहे खाने लग जाये, पर खान पान की वर्जनाओं व जातीय सीमाओं में जकड़ा समाज अभी जाति कुजाति के घरों में स्वच्छन्द खान-पान की अनुमति कहाँ देता है । वह थोड़ा हिचककर रोटियों की तरफ देखने लगा । इसी समय गुन्नी ने एक कौर में सब्जी लगाकर उसके मुँह में ठूँस दिया । बब्लू 'ना' न कर सका उल्टे अन्दर से किसी अनिर्वचनीय आनन्द की अनुभूति कर मुँह चलाते हुये बोल ही गया-

"तेरा खाना मैं क्यों खा लूँ ।"

"इसलिये कि तू रोज़ ही दोपहर में भूखा रह जाता है ।"

"मैं खा लूँगा तो तू भूखी रह जायेगी ।"

"धत् ! मैं कैसे भूखी रह जाऊँगी। किसी को खिलाने वाला क्या कभी भूखा रहता है।" गुन्नी ने कहा।

"यदि तुम न खाते तो खाकर भी मैं भूखी रह जाती।" ऐसा कहते हुये उसकी आँखें सजल हो गईं।

उसके इन शब्दों से बब्लू को अपनी माँ की याद आ गई। किस तरह जिद करके वह पिता जी को खिलाया करती थी। उसने सोचा कर्त्तव्य-बोध की भावना से बंधी उन शब्दों में वह गहराई कहाँ थी, जो गुन्नी की इस निष्काम आत्मीयता भरे अनुरोध में है।

"कोई देख नहीं रहा। आराम से खा लो। मैं किसी से कोई चर्चा नहीं करूँगी।"

गुन्नी ने आश्वासन दिया। कौन जानेगा कि तुमने मेरा खाना खाया है।

मुँह में एक कौर जा चुका था, पर बब्लू अभी भी सांसत में था। एक तरफ गुन्नी का असीमित प्यार तो दूसरी ओर जातीय-विद्वेष की पक्की दीवारें। प्यार नफरत से ज्यादा सशक्त होता है, सारे सामाजिक बन्धनों को तोड़ डालता है।

गुन्नी की आत्मीयता से लबरेज उसका मन व शरीर उसका साथ छोड़ गया और उसका हाथ स्वतः रोटियों की तरफ उठ गया। उसने पहला नेवाला तोड़कर अपने हाथ से गुन्नी को भी खिलाया और फिर दोनों साथ-साथ खाने लगे।

खाते समय गुन्नी अपनी आधी रोटी तोड़कर बब्लू की तरफ बढ़ा दी।

"क्यों ! यह क्या कर रही हो गुन्नी ?"

"मुझे भूख नहीं है।"

भूख न होने का बहाना गुन्नी ने क्यों किया इसका अर्थ बब्लू भलीभांति समझ चुका था, पर कुछ बोला नहीं। उसकी जूठी रोटी खाकर बब्लू को एक स्वार्गिक आनन्द की अनुभूति हुई थी। उसे भरपेट खिलाने के लिये वह खुद भूखी रह जाना चाहती थी।

खाना खाकर दोनों मचान से उतरकर खेत की मेड़ पर आ गये। चारों तरफ देखा क्वाँर की कड़ी धूप और रेगिस्तान जैसा दोपहर का सन्नाटा चारों तरफ फैला था–

"कंचे खेलोगी, गुन्नी ?"

"कहाँ हैं, कंचे ?"

"मेरे पास, कहकर वह मचान की तरफ भागकर ढेर सारे कंचे जेब में भर लाया। आधे से अधिक उसने गुन्नी को दे दिये और थोड़े से अपने पास रख लिये।"

पूरे एक घंटे तक दोनों कड़ी धूप में कंचे खेलते रहे। बब्लू जानबूझकर अपना निशाना बिगाड़ लेता था ताकि गुन्नी अधिक से अधिक कंचे जीत सके, फिर भी गुन्नी सारे कंचे हार गयी। उसका गिरा चेहरा देखकर बब्लू ने लग्गू सहित सारे कंचे उसे दे दिये और यह कहा कि कल फिर वह उसके लिये ढेर सारे कंचे लेकर आयेगा।

इसी समय पक्षियों का एक बड़ा झुण्ड गुन्नी के मक्का के खेत में लगे भुट्टों पर टूट पड़ा था। अतः वह अपने मचान की तरफ जाकर उन्हें गुलेल से उड़ाने में लग गई। बब्लू भी भागता हुआ अपने मचान की तरफ चला गया क्योंकि गुन्नी द्वारा उड़ाये गये पक्षियों की बब्लू के खेत की तरफ ही आ जाने की सम्भावना थी।

गुन्नी चली तो गई, किन्तु उसकी सूरत लगातार बब्लू के हृदय पटल पर उभरती व मिटती रही। उसने सोचा "दो दिलों का एक दूसरे के प्रति आकर्षण का नाम ही तो प्यार है।" शायद जीवन में इस प्रकार की अनुभूति पहली बार हो रही थी। उद्भ्रान्त नेत्रों से आसमान में उड़ते पक्षियों को देखकर वह सोचने लगा–

"कितनी मोहक लगती है जब वह हँसती है। उसके सुरमई होठों से एक बिजली सी चमक जाती है। अन्तर्मन से उठी प्यार मिश्रित आत्मीयता की मासूमियत की अनुभूति उसके कपोलों पर अठखेलियाँ करने लगती है। क्या पड़ी थी उसे, खुद भूखे रहकर मुझे पेटभर खाना खिलाने की ?"

इन्हीं बातों को सोचकर बब्लू के दिल में प्यार का एक अजस्त्र श्रोत फूट पड़ा और पूरे तन को भिगोता चला गया।

इसके बाद तो रोज दोनों साथ-साथ बैठकर अपना-अपना खाना मिल बाँटकर कभी इस मचान पर कभी उस मचान पर खाने लगे।

दोनों के खेत पड़ोस में थे और दोनों में मक्का की फसल बोई गयी थी। अतः माँ-बाप उन्हें बचाने के लिए प्रतिदिन खेतों पर भेज देते थे । उन्हीं खेतों के नैसर्गिक वातावरण में दोनों के प्यार का रसायन शनैः - शनैः पकता रहा और वाणी की अभिव्यक्ति के बिना दोनों इसकी सुखद अनुभूति का एहसास भी करते रहे ।

थोड़े दिन और बीते, मक्का लगभग पक चुकी थी । फसल कट गई तो गुन्नी बब्लू दोनों का खेतों पर जाना बन्द हो गया । बब्लू अपनी गाय-भैंस चराने के लिए गाँव के पूर्व में स्थित नदी के ढलानों पर जाने लगा । गुन्नी भी इन्हीं चारागाहों में अपनी बकरियाँ ले जाने लगी । बब्लू को तो मानों मनचाही मुराद मिल गई । वह गुन्नी के वहाँ आने से काफी प्रसन्न था । गाँव के अन्य कई चरवाहे भी अपने-अपने जानवरों को लेकर वहाँ पहले से ही आते थे । सभी चरवाहे जानवरों को मैदान में छोड़कर गुल्ली डण्डा, कबड्डी, व रेड्डी तथा गाँव में प्रचलित अन्य खेल खेलने लगते थे । कभी-कभी जानवर चरते-चरते आस-पास के खेतों तक पहुँच जाते थे । फसलों को नुकसान होता तो कृषक शोरगुल मचाने लगते थे। आज सभी चरवाहों ने मिलकर क्रमवार सब की ड्यूटी लगा दी थी जो खेतों की तरफ बढ़ते हुये जानवरों को रोकने पहुँच जाते थे । जब गुन्नी का नम्बर आता तो बब्लू उसकी जगह खुद दौड़कर चला जाता और गुन्नी उसकी इस हमदर्दी का मन ही मन एहसास कर खुश हो जाती और उसकी इस लगातार कृतज्ञता का भाव अपने दिल में संजोकर रख लेती थी और तमाम सारी इन इनायतों की झिलमिलाहट में कभी-कभी भावी जीवन के काल्पनिक दृश्यों को भी सजाने में लग जाती थी । उसके साथ के चरवाहे उसके खोये-खोये चेहरे को देखकर तंज भी कसने लगते थे ।

"गुन्नी किन कल्पनाओं में रंग भरने में लगी हो ।"

सभी चरवाहे दोपहर का खाना खाने चले जाते किन्तु बब्लू व गुन्नी साथ में लाया खाना मिल बाँटकर खाते थे । एक दिन खाना खाते समय बब्लू ने गुन्नी को देखकर कहा -

"गुन्नी न जाने मेरा मन क्यों चाहता है कि सारा जीवन तुम इसी तरह प्यार से मुझे खाना खिलाती रहो ।"

"और मैं चाहती हूँ कि तुम इसी तरह मेरी ड्यूटी को अपनी समझकर अंजाम देते रहो, जैसे मेरे लिये जानवर हाँकने चले जाते हो।"

दोनों एक दूसरे की बात पर मुस्करा दिये। बब्लू उसके गालों पर पड़ गये सुघड़ गड्ढों को निहारता ही रह गया।

खेतों की खड़ी फसलें, इन्हीं के बीच चरते जानवर, छुहिया नाले के ढलानों पर फैली हरी घास की चादर, ग्रामीण अंचलों में मचलती फिजाओं, कच्चे घरों व खपरैलों की छतों के बीच फैली गलियों व चौबारों के सान्निध्य में गुन्नी व बब्लू का प्यार परवान चढ़ता रहा और उसकी तरंगे अपनी ही गति से पेंग मारती रहीं।

प्यार के गुप्त सरगम भी लोगों के कानों में कुछ न कुछ गुनगुना जाते हैं और फिर चरवाहों के बीच उठी बातें गाँव मोहल्ले में आग की तरह फैल जाती हैं। दोनों के प्यार की चर्चायें बढ़ी तो गुन्नी के माँ-बाप के कानों तक पहुँच गई।

गुन्नी ब्याह लायक हो चुकी थी। किसी अपकीर्ति से बचने के लिये गुन्नी के पिता लोचन प्रजापति अपना सारा काम धाम छोड़कर एक अच्छे वर की तलाश में जुट गये। तीन चार महीने के अथक प्रयत्न से उन्होंने एक रिश्ता खोज निकाला और बाराबंकी जिले के भानपुर गाँव में बचान नाम के लड़के से उसकी शादी कर दी।

गुन्नी की शादी के बाद बब्लू एकदम टूट गया। गुन्नी के साथ जिये हर पल की यादें उसे विशिख बाणों के समान चुभने लगीं। गुन्नी के स्निग्ध मासूम चेहरे के साथ, मक्का के खेत, उनके बीच पक्षियों से बचाव के लिये बना मचान, आकाश में उड़ते क्रमबद्ध पक्षी, नदी के ढलान पर चरते जानवर, उनके पीछे हाथ में लकुटिया लिये दुपट्टे को सम्हालती गुन्नी, एक-एक कर उसके दिल के पार्श्व में टकरा कर बिखर जाते थे और उसके पोर-पोर में फैली शिराओं में प्रवाहित होते रक्त को विषाक्त कर जाते थे। उसी के प्रवाह में वह क्रियाविहीन दरवाजे पर बैठ सूने आकाश को अपलक निहारता रहता था। बीच-बीच में रोती बिलखती डोली में बैठती गुन्नी भी उसके विचारों में दस्तक दे जाती थी। खाना व सोना दोनों ही ख्वाब बनकर रह गये। यदि माँ कभी खाने के लिये कहती भी तो वह झुंझलाकर मना कर देता और अपनी कोठरी में नंगी चारपाई पर जाकर लेट जाता।

नासवान मानव शरीर गहरी संवेदनाओं के थपेड़े अधिक सहन नहीं कर पाता। कुछ दिन बाद ही उसका रुग्ण सा हुआ शरीर उसका साथ छोड़ने लगा।

बब्लू के पिता गिरिजा साहु उसकी इस अप्रत्याशित उद्विग्नता का कारण जानते थे। वे किसान थे, और खेतों में लहलहाती व तुषारग्रस्त फसलों के कारणों को भलीभांति समझते थे। गाँव का व्यक्ति समझता सब है भले ही उसे शब्द न दे पाता हो।

समय बीत गया तो परिस्थितियाँ थोड़ा सामान्य हो सकती हैं और बब्लू भी अपनी जिन्दगी की राह पकड़ सकता है। समय का मरहम बड़े-बड़े घाव भर देता है। यही सोचकर उन्होंने अपने एक पूर्वपरिचित व दूर के रिश्तेदार की लड़की बिन्दू से उसकी शादी कर दी। थोड़े दिन बाद बिन्दू ने एक पुत्र को जन्म दिया।

विवाह के बाद घर के खर्चे बढ़े तो बब्लू किसी नौकरी की तलाश में लखनऊ आ गया। एक महीने तक प्रयास के बाद भी उसे कोई काम न मिल सका, पर अन्त में उसे एक प्लास्टिक की फैक्ट्री में नौकरी मिल गई।

नौकरी मिलने के बाद बब्लू एक कमरा किराये पर लेकर बिन्दू को भी लखनऊ ले आया। लेकिन दुर्भाग्य ने यहाँ भी उसका पीछा न छोड़ा। बिन्दू स्वाइन फ्लू की चपेट में आ गई। बब्लू ने यथाशक्ति उसका इलाज कराया, किन्तु उसे बचा न सका।

बच्चा स्कूल जाने लायक हो चला था। अब तक की जिन्दगी में बब्लू तमाम थपेड़े खा चुका था, इसलिये वह बच्चे को शहर में ही रखकर पढ़ाना चाहता था। इसी विचार से उसने बच्चे का दाखिला एक डे-बोर्डिंग स्कूल में करवा दिया। वह फैक्ट्री में जी तोड़ मेहनत करता रहा, ओवरटाइम कर पैसे जुटाता रहा और अपने खर्चों में कटौती कर बच्चे को पढ़ाता रहा। सुबह जाते समय उसे लेता जाता और वापसी में उसे साथ ही लेकर घर वापस आता।

एक दिन रविवार को बब्लू बच्चे को लेकर उसकी स्कूल की यूनिफार्म खरीदने अमीनाबाद जा रहा था। जैसे ही नजीराबाद पार कर वह एक रेडीमेड गारमेण्ट की दुकान की ओर मुड़ा एक औरत अपनी गोद में एक बच्ची को लिये फटे पुराने कपड़ों में अपनी अस्मिता को छिपाने का प्रयास करती हुई एक गोल

टोपी पहने सेठ के सामने गिड़गिड़ा रही थी –

"बाबू जी रुपया दो रुपया" ....यह बच्ची दो दिन से भूखी है और खाने के लिये लगातार रोये जा रही है ।

अपनी धुन में, शायद अपनी तिजोरी का गणित बैठाते हुये, हाथ में झोला पकड़े हुये उस व्यक्ति ने अपने मोटे चश्मे से सिर झुकाकर उस औरत पर निगाह डाली और घृणापूर्वक शब्दों में बोला –

"जा..... जा..... तुझ जैसी औरतों को मैं भली-भांति जानता हूँ, तेरे जैसी कितनी ही औरतें भेष बनाकर भीख के नाम पर कमाई करती हैं और भोले भाले इंसानों को रोज ठगती रहती हैं । अभी जवान हो, जाकर कहीं नौकरी मजदूरी करो, भीख मांगने का ढोंग क्यों करती हो ।"

इतना कहकर वह सेठ तिरस्कारपूर्ण नजरों से गुन्नी को घूरता हुआ आगे बढ़ गया ।

बब्लू उस कंजूस सेठ को खड़ा-खड़ा बड़े ध्यान से देख रहा था । उसे अपने मोटे चश्में से उस औरत की जवानी तो दिख गई थी, पर उसके फटे पुराने कपड़े में लिपटी दरिद्रता व भूख से तड़पती बच्ची की विवशता बिल्कुल न दिखाई पड़ी थी । उसके निर्दयतापूर्ण निष्ठुर व्यवहार पर उसे इतना क्रोध आया कि यदि उसका बस चलता तो उसकी गर्दन पकड़ कर मरोड़ देता और दौलतमन्दों की प्रतीक उस काली गोल टोपी के टुकड़े-टुकड़े कर पैरों के नीचे रौंद डालता और उस चमकते चश्में को सड़क पर पटक-पटक कर तोड़ डालता, जिसके नीचे से सेठ को गरीब भिखारिन की जवानी दिखाई पड़ गई थी, पर हाथ में पकड़े बालक तथा अपनी खुद की परिस्थितियों में उलझा वह ऐसा न कर सका । उसके मन से एक धीमी आवाज जरूर निकल गई ।

"इन भरे पेट वाले नर-पिशाचों को गरीबों की कड़कड़ाती भूख दिखाई ही कब पड़ती है ।" यह आवाज उस भिखारिन के कानों में जा टकराई थी ।

उस धनी सेठ की तिरस्कार पूर्ण कसैली डाँट खाकर भिखारिन बब्लू की तरफ बढ़ गई । इसी समय भूख से बिलबिलाती उसकी बच्ची पुनः जोर से रोने लगी । अपमान की आग में सुलगती उस औरत ने बच्चे को एक झन्नाटेदार थप्पड़

जड़ते हुये कहा-

"क्या खिला दूँ तुझे ? क्या है मेरे पास ? क्या अपना मांस खिलाऊँ तुझे?"

मारने को तो उसने थप्पड़ मार दिया पर बच्ची के बेपनाह क्रंदन पर वह खुद को भी न रोक सकी और फफक-फफक कर रोने लगी। उसने बच्ची को उठाकर सीने से लगा लिया।

अब तक बब्लू उसके काफी नजदीक आ गया था और दोनों को देखकर वह बोल पड़ा -

"उस बच्ची का क्या कसूर ? कसूर तो उन दुनिया वालों का है जिनके कारण वह भूख से व्याकुल तड़फड़ा रही है।"

कोई भला आदमी समझकर उस भिखारिन ने बब्लू के आगे भी कुछ दे देने की याचना में हाथ फैला दिया और रोती हुई उस बच्ची ने भी माँ को देखकर बब्लू के आगे अपना भी हाथ फैला दिया। वह रोते हुए बस इतना ही कह पायी-

"बाबू..... भू.....ख.....।"

"पैसा, ...दो पैसा। रुपया .....दो रुपया.....।"

उन दोनों की याचना बब्लू के कानों में आ टकराई तभी उसके मस्तिष्क में एक विचार आया कि शायद इस देश की नारी की अस्मिता हजार बार मरती है, किन्तु उसकी अंत्येष्टि कभी नहीं होती। उसकी निगाहें भिक्षावृत्ति की शर्म से ढकी कोई गृहस्थ सी लगने वाली उस भिखारिन को ही अधिक देखे जा रही थी। हाथ फैलाने वाली उस भिखारिन की दृष्टि भी बब्लू के करुणा विगलित मुखमण्डल पर ही टिकी थी।

बब्लू ने बच्चे का हाथ पकड़े-पकड़े ही एक बार अपने सिर को झटका दिया और फिर ध्यान से देखा। उसकी स्मृतियों के धुंधलके में वे सारे दृश्य मक्का के खेत में बने मचान, उस पर गुन्नी के साथ खाना खाता वह खुद, बेसन की रोटी, खेतों की मेड़ पर कंचे खेलना, छुहिया नाले की ढलानों पर चरते जानवर और हाथ में लकुठी लिये उन्हें हांकती एक ग्रामीण बाला, सभी एक-एककर नाचने लगे और इन सबके साथ एक बालिका का धुंधला चित्र भी उभर आया जो सामने खड़ी उस

महिला से मेल खाता था। जिसकी मासूमियत, भोलापन व आकर्षक हरकतें सब कुछ कहीं खो गयी थीं, यदि कुछ बचा था, तो वह था शर्म व हया को तार-तार कर लोगों के सामने भिक्षा के लिये फैला उसका हाथ। अमीनाबाद की शाम की उमड़ती भीड़ से बेखबर बब्लू ने उसकी ओर तर्जनी उठाते हुये कहा-

"तुम शा.....य.....द....., गुन्नी.....।"

एक अनजाने व्यक्ति के मुँह से अपना नाम सुनकर वह उसे पहचानने का प्रयास करते हुये बोली-

"हाँ, मैं गुन्नी हूँ, और तुम ?"

"मैं वही अभागा बब्लू" उसने बुझी-बुझी आवाज में बताया।

"यह क्या हालत बना रखी है तुमने ?"

"बना नहीं रखी, बन गई है, बब्लू ! दुर्भाग्य की घनी काली रेखाओं ने इस मोड़ पर लाकर खड़ा कर दिया है।"

बच्ची का हाथ अब भी माँगने की ही मुद्रा में फैला हुआ था। उसी समय एक फेरीवाला समोसा व बरगर बेचता हुआ दिखाई पड़ा। बब्लू ने दोनों बच्चों को समोसे व बरगर दिला दिये।

इसके बाद बब्लू गुन्नी का हाथ पकड़कर झण्डे वाले पार्क की तरफ ले गया और वहाँ एक बेंच पर बैठ गया।

अब तक दोनों एक दूसरे को बड़े ध्यान से देख रहे थे। दोनों बच्चे समोसा बरगर खाने में मस्त थे। गुन्नी ने ही अपने एक प्रश्न से मौनता तोड़ी-

"यह बालक।"

यह मेरा इकलौता बेटा है। इतना कहकर बब्लू का मन भर आया और वह आगे कुछ न कह सका। गुन्नी ने ही फिर पूछा -

"और भाभी जी ?"

"क्या बताऊँ, गुन्नी। तुम्हें खोकर मैं विक्षिप्त हो गया था। न खाने की फिक्र न सोने की चिंता। पागलों की भाँति कभी इस दरवाजे पर बैठा रहता तो कभी उस दरवाजे पर। कभी उस खाली खेत की मेंड़ पर घण्टों बैठा पुरानी यादों में खोया रहता। पिताजी शायद मेरे दर्द को समझ गये थे। उन्होंने मुझे सामान्य करने के

लिये मेरा विवाह कर दिया। लगभग दो साल बाद इस बालक का जन्म हुआ। मैं लखनऊ आकर एक प्लास्टिक की फैक्ट्री में काम करने लगा। मगर शायद भगवान को यह भी मंजूर नहीं था, लखनऊ में इसकी माँ स्वाइनफ्लू की चपेट में आ गई, लाख हाथ पैर मारे, अपनी क्षमता भर इलाज किया, किन्तु वह स्वर्ग सिधार गई।"

इतना सुनकर गुन्नी ने आगे बढ़कर बच्चे को अपनी बाहों में समेट लिया और उसके बदन पर हाथ फेरकर उसे पुचकारने लगी। एक लम्बे अर्से बाद बच्चे को किसी महिला का निश्छल प्यार मिला था। वह गुन्नी के सीने से लिपटकर सिसक पड़ा, मानों उसको अपनी खोई हुई माँ मिल गई हो।

बब्लू और गुन्नी दोनों एक दूसरे को नम आँखों से देखे जा रहे थे। फिर बब्लू ने ही गुन्नी से पूछा शायद तुमने कोई बड़ी त्रासदी झेलकर भिक्षावृत्ति को ही अपनी जीविका बना ली है।

"बब्लू तुम मेरा हाल ना सुनो सोई अच्छा है।"

"क्यों ?"

"इसलिये कि उन हृदय विदारक कष्टों को, जिनसे मैं गुजरी हूँ तुम सहन न कर पाओगे।"

"फिर भी शायद मैं तुम्हारे किसी काम आ सकूँ।"

यदि सुनना ही चाहते हो तो बताये देती हूँ इतना कहकर गुन्नी ने एक लम्बी सांस खींचकर छोड़ी और बताना शुरू किया।

"हम दोनों के प्यार की बातें तेजी से गाँव में फैल रहीं थीं। चरवाहों से पिता जी को भी इस बात का पता चल गया। बस फिर क्या था आनन फानन में उन्होंने मेरी शादी भानपुर में एक लड़के से कर दी। उस समय मैं आपके लिये इतना रोई कि मेरी आँखें सूज गईं। माँ मेरे दर्द को समझती थी पर समाज की प्रथाओं के आगे वो भी विवश थी।"

"शादी के बाद मैं आँसुओं का सागर लिये पति के घर आ गई। मैंने तुम्हें दिल से निकालने की लाख कोशिश की, मगर बब्लू ! ज्यों-ज्यों दवा की, मर्ज बढ़ता गया, मेरे आँसुओं का मतलब माँ-बाप की जुदाई से लगाया जाता रहा, किन्तु मेरा

दिल ही जानता था, कि आँसुओं का दरिया लगातार उसके लिये बह रहा है जो मेरे दिल में रहते हुये भी मुझसे काफी दूर चला गया था।"

थोड़ी देर दम लेकर वह फिर बोली –

"बब्लू वह एक अच्छा आदमी था, किन्तु मैं उस बेचारे को चाहकर भी दिल से प्यार न कर सकी। एक सुन्दर पत्नी पाकर वह बहुत खुश था। किन्तु पति-पत्नी के प्यार की गहराई का अहसास न वह कर सका न मैं कर सकी" और शायद इसी कुण्ठा में कहता भी था कि-

"गुन्नी शायद मैं तुम्हारे लायक नहीं। पर उसका दिल न टूटने पाये इसलिये मैं उससे ऊपर से बनावटी प्यार करती रही। इसकी टीस मुझे आज तक झकझोरती रहती है। एक आदमी जो मुझे चाहता था उसे मैं क्यों नहीं पूरा प्यार दे सकी। बब्लू मैं आज भी अपने गुनाह का अहसास करती हूँ, पर क्या करती मैं खुद ही अपने दिल के कैदखाने में बन्द थी।"

"फिर क्या हुआ ?"

बीच में ही एक भीगा-भीगा स्वर सुनाई दिया। आवाज बब्लू की ही थी।

प्रश्न सुनकर गुन्नी ने उसके चेहरे पर एक अश्रुपूरित निगाह डाली और फफककर रो पड़ी। थोड़ा सा आश्वस्त होने पर उसने आगे बताना शुरू किया –

"मेरे पति तीन भाई थे। घर में मिट्टी के बर्तन बनाने का पुस्तैनी काम होता था। आमदनी कम और खर्च ज्यादा। वह मुझे दुखी नहीं देखना चाहता था, अतः गाँव छोड़कर लखनऊ चला आया इधर-उधर किसी काम की तलाश की पर जब कोई अच्छा काम नहीं मिला तो रिक्शा चलाने लगा। एक कमरा किराये पर लेकर मुझे भी साथ ले आया। प्रतिदिन डेढ़-दो सौ रुपये कमा लेता था। हम लोग इतने में ही खुश थे। इसी समय रूबी (लड़की की तरफ इशारा करते हुये) का जन्म हुआ।"

इतना कहकर वह किसी भावपूर्ण मुद्रा में खो गई। बब्लू ने ही जोर देकर पूछा –

"फिर क्या हुआ ?"

वह खुद को सम्भालती हुई बोली –

"एक दिन रिक्शे पर सवारी लेकर वह चारबाग से कैसरबाग बस अड्डे आ रहा था कि रिक्शा एक सिटी बस की चपेट में आ गया। घायलावस्था में उसे लेकर पुलिस वाले बलरामपुर अस्पताल पहुँचे मगर तब तक देर हो चुकी थी। वहाँ पहुँचते ही डॉक्टरों ने मृत घोषित कर दिया। पुलिस द्वारा ही मुझे सूचना मिली, रोती बिलखती मैं अस्पताल पहुँची पर तब तक सब कुछ खत्म हो चुका था। उसकी मौत के बाद जिन्दगी कूड़े का एक ढेर बनकर रह गई। मैं बेटी को लेकर गाँव पहुँची तो घरवालों ने मुझे पहचानने से ही इन्कार कर दिया। सम्पत्ति के लोभी सास-ससुर व जेठों ने मिलकर मुझे घर में ही नहीं घुसने दिया। गाँव वालों ने भी मुँह फेर लिया। इसके बाद बेटी को लेकर मैं फिर लखनऊ लौट आई कि कम से कम मेहनत मजदूरी कर बेटी की परवरिश कर लूँगी। बब्लू ! शादी के समय पति ने जो सात फेरे लिये थे उनके भी टुकड़े-टुकड़े होकर शून्य में समा गये।"

फिर आगे ? बब्लू ने बड़ी व्यग्रता से पूछा -

फिर क्या हुआ..... "औरतों को मजदूरी पर कौन रखता है और रख भी लिया तो आधी चौथाई मजदूरी ही देता है। ईंट गारा का काम कभी किया नहीं था, इसलिये कर न सकी। मकान मालिक को किराया नहीं मिला तो कमरा खाली करवा लिया। कोई रास्ता सुझाई न पड़ा तो मेडिकल कॉलेज के रैन बसेरे में रहने लगी।"

"लोगों के घरों में झाड़ू-पोंछा कर लेती।"

"वह भी करके देखा पर जवान औरत पर लोगों की निगाहें भाले जैसी बनी रहती है। इज्जत की कीमत पर यह करना रास नहीं आया। एक दिन बच्ची बड़ी भूखी थी, और जब भूख के कारण चिल्ला रही थी, इसे लेकर मैं पड़ोस के एक मन्दिर में गई। एक दर्शनार्थी बाहर चबूतरे पर बैठा खाना खा रहा था। बच्ची बार-बार उसे देख रही थी। मैंने उसके आगे हाथ फैलाकर कहा- बाबा, यह बच्ची भूख से रो रही है। पति मर चुका है मेरे पास फूटी कौड़ी भी नहीं है। वह कोई भला आदमी था उसने बच्ची को पास बुलाकर दो पूड़ी व सब्जी दे दी। इतना ही नहीं उसने जेब से निकालकर दस का एक नोट भी दिया।"

"भगवान तुम्हारे बच्चों को खुश रखे।" मैंने उसके लिये दुआ की।

"वह आदमी बच्ची को देखता हुआ चला गया और बब्लू जब एक दिन हाथ फैलाकर माँग लिया तो सब शर्म व हया भी मिट गई। दिनभर भीख माँगती हूँ और रात में रैन बसेरे में सो जाती हूँ।"

"बस करो गुन्नी..... बस करो। मेरा कलेजा फटा जा रहा है और खोपड़ी चकरी की तरह घूम रही है।"

बड़ी देर तक दोनों आसन्न भाव से उसी मुद्रा में ऐसे बैठे रहे मानों दरिद्रता व करूणा की दो प्रतिमायें पार्क में स्थापित कर दी गयी हों। दोनों बच्चे आपस में बातें कर खेलने में लगे थे।

थोड़ी देर में किसी बूढ़े फेरी वाले की फटे बांस जैसी आवाज सुनकर बब्लू अपनी स्मृतियों में लौटा। उसने गुन्नी के उदास चेहरे पर नजर डाली जो पहले से ही उसी को लगातार देखे जा रही थी। बड़े संकोच व झिझक के साथ उसने कहा कि-

"गुन्नी आज मैं तुमसे एक भीख माँगना चाहता हूँ, मना तो नहीं करोगी।"

"मेरे पास है ही क्या जिसे मैं दे सकूँ ?"

"गुन्नी तुम्हारे पास माँ रूपी एक पारसमणि है, यह माँ विहीन बालक उसे ही पाने की बाट जोह रहा है, क्या आप इस बच्चे की माँ बनना कुबूल करोगी ?"

गुन्नी बब्लू की भिक्षा-याचना को भली प्रकार समझ चुकी थी। वह उठी और बच्चे को गोद में उठाकर प्यार के साथ सीने से लगा लिया और बब्लू ने गुन्नी की बेटी को गोद में उठा लिया। चारों धीरे-धीरे बब्लू के कमरे की तरफ चले गये।

***

बहूरानी

विशेश्वर राय भारतीय राजस्व सेवाओं के 1980 बैच के एक प्रवर अधिकारी थे। केन्द्रीय शासन में एक लम्बी अवधि बिताने के बाद सेवा-निवृत्ति से पहले प्रयास कर उन्होंने अपनी नियुक्ति आयकर आयुक्त के पद पर लखनऊ में करवा ली। वे प्रारम्भ से ही एक परिश्रमी, कर्मठ व मृदुभाषी अधिकारी थे । पत्नी प्रमिला राय एक सुशील व सौम्य आचरण की महिला थी । उन्होंने अपना सारा जीवन पति के साथ कदम से कदम मिलाकर चलने में बिता दिया । पति की इच्छा ही उनके लिये परमात्मा का आदेश था । केन्द्रीय सरकार में दिल्ली में रहते हुए भी लखनऊ शहर उन्हें अत्यंत प्रिय था । इसलिये यहाँ गोमती नगर के विभव खण्ड में उन्होंने अपना मकान बनवा लिया था । लखनऊ स्थानान्तरित होने के बाद उन्होंने सरकारी आवास के बजाय अपने मकान में ही रहना प्रारम्भ कर दिया था।

विशेश्वर के केवल एक लड़का रत्नेश राय था, जो उनकी शादी के दस साल बाद अनेक मन्दिरों व मज़ारों के चक्कर लगाने के बाद पैदा हुआ था । रत्नेश पढ़ने-लिखने में न ही कुशाग्र था और न ही परिश्रमी । राय साहब उसे अच्छी शिक्षा देकर प्रशासनिक सेवाओं में भेजना चाहते थे, किन्तु उनके अथक प्रयासों के बावजूद भी वह इस योग्य नहीं बन पाया । किसी प्रकार गिरते-पड़ते उसने स्नातक की डिग्री प्राप्त की तो राय साहब को बेटे की नौकरी में लगाने की चिन्ता सताने लगी।

राय साहब मूल रूप से जनपद जौनपुर के रहने वाले थे । पिता के पास केवल दस बीघे जमीन थी, जो उनके स्वर्गवास के बाद तीन भाइयों में बँट गई । राय साहब को लखनऊ का नगरीय जीवन पसंद था । इसलिये गाँव की जमीन जायदाद बेंचकर गोमती नगर के मकान में लगा दिया था ।

सेवा निवृत्ति का समय धीरे-धीरे पास आता जा रहा था और उसी के साथ

बेटे की अजीविका को लेकर उनकी चिन्तायें भी गहरी होती जा रही थीं। रेलवे बोर्ड व कई अन्य विभागों की सेवाओं में उसने अनेकों बार प्रयास किया, किन्तु कहीं सफलता नहीं प्राप्त हुई। धीरे-धीरे राय साहब को अभास हो गया कि बेटा खुद के प्रयासों से अपने पैरों पर खड़ा नहीं हो पायेगा तो, उन्होंने अपने विभाग में प्रयत्न कर, लिपिक के पद पर नियुक्त करा दिया।

एक प्रतिष्ठित पदाधिकारी का बेटा नौकरी में लग गया, तो रिश्ते के लिये राय साहब के दरवाजे पर लोगों की भीड़ लगने लगी। प्रमिला भी परिवार में आने वाली खुशियों से काफी आनन्दित हो रही थी और आगन्तुकों का बड़ी आतुरता से स्वागत व सत्कार करती थी। घर में बहू का आना माँ बाप के लिये भावनात्मक हर्ष का कारण बनता है, अतः बड़ी बेसब्री से उस क्षण का इन्तजार राय साहब के घर में होने लगा।

इस बीच राय साहब व उनकी धर्मपत्नी ने कई कन्याओं को देखा किन्तु सब में जगदीश राय की बेटी किरन उन्हें सबसे अधिक पसंद आई। जगदीश राय इलाहाबाद में कवाड़ का व्यापार करते थे। काफी सम्पन्न व मृदुभाषी भी थे। किरन बेहद खूबसूरत तीखे नाक नक्श की लड़की थी और इलाहाबाद विश्वविद्यालय से फैशन टेक्नोलोजी में स्नातक कर चुकी थी। रंग इतना गोरा कि अंधेरे में भी मुखाकृति दमक उठे। जगदीश के पास पैसे की कमी नहीं थी। बातचीत चली तो रिश्ता पक्का हो गया।

जगदीश ने बरातियों की जमकर खातिर की और इलाहाबाद के सबसे महँगे मैरिजहाल में शादी की व्यवस्था की। लोग चर्चा करते थे कि उन्होंने शादी में कम से कम पच्चीस लाख रुपये खर्च किये और दहेज इतना दिया कि राय साहब को उसे लखनऊ लाने के लिये अलग से ट्रक की व्यवस्था करनी पड़ी।

शादी सम्पन्न हो गई और किरन खुशी-खुशी ससुराल आ गई। लाल जोड़े में सजी बहू को पाकर प्रमिला की खुशियों को मानों बेशुमार पंख लग गये। दरवाजे से घर में बने मन्दिर तक वे उसे अपने बांहों में समेटे हुए ले गई। उन्होंने अपना हीरे का हार लाकर उसके गले में डालते हुए कहा - "बेटी यह हार मुझे मेरी सास से मिला था, तब से आज तक मैंने शायद ही कभी पहना हो। कलेजे

में छुपाकर तुझे देने के लिए रखे रही। आज भगवान ने मेरे अरमानों का मूर्तरूप, एक चाँद का टुकड़ा मुझे मिल गया है। यह हार भी उसी के लिये है।"

इस हार के साथ प्रमिला ने मातृत्व से परिवेष्ठित अपना सम्पूर्ण वात्सल्य बहू पर लुटा दिया। राय साहब भी आए दिन किरन के लिए कोई न कोई उपहार लाकर देते थे। प्रमिला भी घर में छाये आह्लाद पूर्ण वातावरण से अपने भाग्य को सराहते कभी नहीं थकती थी।

बेटे की शादी के छः माह बाद राय साहब सेवा निवृत्त हो गये। उन्हें सेवा नैवृत्तिक लाभों की लगभग दस लाख रुपये की धनराशि प्राप्त हुई, जिसे उन्होंने घर के चारों सदस्यों में बराबर-बराबर बाँट कर बैंक में डलवा दिया।

घर में अब भी एक नौकर तथा चौका बर्तन के लिए एक महरिन लगी थी। खाना किरन स्वयं बनाती थी। राय साहब के पास भी अब कोई व्यस्तता न थी। नहा-धोकर पूजा-पाठ करते तथा खा-पीकर बाहर पोर्टिको में बैठे पति-पत्नी आपस में बातें करते रहते। इसी बीच किरन ने एक बच्चे को जन्म दिया जिसका नाम रवि रखा गया। बालक अधिकांश दादा-दादी के पास रहता था। वह थोड़ा और सयाना हुआ तो बाबा ने उसे शहर के एक ख्याति प्राप्त विद्यालय-लिटिल ऐंजिल्स एकेडमी में दाखिला करा दिया।

समय भागता रहा और जिन्दगी अपनी सीधी-सीधी राहों पर डोलती रही। राय साहब पहले से दमा के मरीज थे, उम्र बढ़ी, शरीर शिथिल हुआ तो उसने अप्रत्याशित रूप से अपना प्रकोप बढ़ा दिया। चिकित्सीय परीक्षण हुआ तो पता चला उन्हें यक्ष्मा का रोग है। दिन पर दिन वे कमजोर होते गये। बढ़ी दाढ़ी बिखरे बाल व अस्त-व्यस्त कपड़े पहने वे अधिकांश दरवाजे पर बने बरामदे में बैठे पत्नी के साथ अपना समय गुजार देते। खांसना, थूकना व हाँफना तो टी.वी. के मरीज के प्रमुख लक्षण हैं।

दौलत के बीच पली बढ़ी किरन को अब श्वसुर का घर में रहना ही अखरने लगा, पोता रवि दादी-दादा के प्राणों में बसा था। स्कूल से आने के बाद अधिकांश समय वह उन्हीं के पास रहता था। अब किरन उसे भी उनके पास जाने से मना करने लगी।

वह कभी-कभी डाँटकर कहती -

"रवि तुम से कितनी बार कहा है कि बाबा-दादी के पास मत जाया करो।"

"क्यों मॉम ? वे मुझे बहुत प्यार करते हैं ।"

"मैं तो जाऊँगा, जरूर जाऊँगा ।"

इस पर किरन ने उसके गाल पर एक झन्नाटेदार थप्पड़ रसीद कर दिया। थप्पड़ इतना जोरदार था कि बालक जमीन पर गिर गया । उसकी भौंह पर चोट लग गई । माँ के हाथ का इतना जोरदार थप्पड़ खाकर वह बेतहाशा रोता हुआ दादी के पास चला गया । दादी माँ के प्यार भरे स्पर्श व बाबा की स्नेहमही बातों से वह चुप तो हो गया पर काफी देर तक सिसकियाँ भरता रहा और उनकी गोदी में ही सो गया । थोड़ी देर बाद किरन ने आकर बच्चे को जबरियाँ खींच लिया और यह कहते हुए अन्दर ले गई-

"आप लोगों के अधिक प्यार ने लड़के को बिगाड़ दिया ।"

"क्या प्यार से भी बच्चे बिगड़ते हैं बहू ?" प्रमिला ने धीमे स्वर में कहा।

किरन सास के प्रश्न का कोई उत्तर दिये बिना पैर पटकती बच्चे को लिये अन्दर चली गई ।

शाम को रत्नेश जब घर आए तो किरन ने वही सब बातें उगल दी और कहा - "इस तरह तुम्हारे माँ बाप का दरवाज़े पर बैठना मुझे गवारा नहीं ।"

रत्नेश ने पत्नी को समझाने का प्रयास किया, किन्तु उसने एक न सुनी और बड़े कड़े शब्दों में कहा-

"कान खोलकर सुन लो । तुम्हारे पिता जी दरवाजे पर भिखारियों जैसी शकल बनाये बैठे रहते हैं । वहीं पर थूकते हैं और दिन भर खुर्र-खुर्र किया करते हैं । मेरी सहेलियाँ आती हैं, तो इन लाशों को दरवाजे पर देखकर नाक भौं सिकोड़ती हैं ।

"तो क्या तुम्हारी सहेलियों के लिये माँ-बाप को घर से निकाल दूँ ।"

"तुम उन्हें नहीं निकाल सकते, किन्तु मुझे तो निकाल ही सकते हो । मेरे बाप के पास इतनी दौलत है कि सारा जीवन मुझे पाल पोस सकते हैं ।"

इतना कहकर किरन ने आँखों से आँसू ढारना शुरू कर दिया और थोड़ी देर बाद कहा –

"यदि कल तक तुम्हारे माँ-बाप की चारपाइयाँ पीछे गैराज में नहीं लग गईं तो मैं अपने मायके चली जाऊँगी, जिन्दगी भर इन लाशों को ढोते रहने से अच्छा है मैं पापा के घर चैन से रह लूँगी ।"

किरन के पिता की दौलत व उसके अनुपम सौन्दर्य के आगे रत्नेश शादी के बाद से ही भीगी बिल्ली की तरह उसके आगे पीछे चक्कर लगाता रहता था । अतः पत्नी के विरोध में बोलने का उसमें साहस नहीं था । लेकिन फिर भी उसके पास जाकर बोला-

"किरन यह घर मकान जो भी है सब उनका ही बनवाया है और यदि आप उन्हें गैराज में डाल देंगी तो दुनिया क्या कहेगी ?"

"दुनिया वालों को और अपने माँ बाप को तुम लेकर बैठो मैं कल ही इलाहाबाद चली जाऊँगी ।"

इतना कहकर वह एक झटके के साथ उठी और रत्नेश के बगल में रखे टेलीफोन की तरफ यह कहते हुए बढ़ी कि पापा जी को आज ही फोन कर बुला लेती हूँ । उसने नम्बर डायल भी कर दिया कि रत्नेश ने पीछे से जाकर गिड़गिड़ाते हुये कहा –

"किरन प्लीज मान जाओ जो तुम चाहोगी वही होगा ।"

पति की इस अनुनय विनय से वह कुछ शांत हो गई । अब तक रवि भी जाग गया था, उसने आँखें मलते हुए मम्मी की तरफ तिरस्कारपूर्ण नजरों से देखा और पापा के पास जाकर रुआंसा सा खड़ा हो गया । अभी तक उसकी आँखों में माँ का वह थप्पड़ नाच रहा था ।

रत्नेश समझ गया कि बेटे पर माँ की डाँट पड़ी है, किन्तु पत्नी के आवेशपूर्ण तेवर के कारण उससे पूछने का साहस न जुटा सका । बच्चे के लिये हुए बाहर चला गया ।

बाहर जाकर बच्चे ने पापा को रुआंसे स्वर में बताया –

"पापा मम्मी ने मुझे थप्पड़ मारा और दादी की गोद से जबरियाँ छीन ले

गई ।"

"क्यों मारा मम्मी ने ?"

"दादी के पास जाने को मना करती हैं । कहती हैं कि बाबा के टी.वी. है, तुझे भी हो जायेगी ।"

"ठीक ही तो कहती हैं ।" रत्नेश ने कहा ।

पापा की बात सुनकर बालक अचम्भे के साथ बाप का मुँह ताकता रह गया । उसे पूरी उम्मीद थी कि वे उसके समर्थन में खड़े होंगे और माँ को डाँट पिलायेंगे, मगर हुआ इसके विपरीत । इसलिए फिर दुबारा उसने कोई प्रश्न नहीं किया । उनकी गोद से उतर कर पुनः दादी के पास चला गया ।

रात में भोजन के बाद जब रत्नेश सोने गया तो उसने एक बार फिर किरन को समझाने का प्रयत्न किया, किन्तु उसने पति की एक न सुनी और गुस्से में दूसरी तरफ मुँह करके लेट गई । रत्नेश रात भर जग कर अचानक आ खड़ी इस समस्या का निदान खोजता रहा ।

सुबह रत्नेश ने बरामदे में आ बैठे मम्मी-पापा को सम्बोधित कर कहा-

"पापा जी । आज शाम को मेरे ऑफिसर कुछ अपने साथियों के साथ आने वाले हैं इसलिए आप दोनों के बिस्तरे पीछे गैराज में डाल देते हैं । वहीं आराम से लेटिये । यहाँ आपको दिक्कत होगी और दरवाजे पर इस तरह आप लोगों का बैठना अच्छा भी नहीं लगता ।"

"ठीक है बेटा ! थोड़ी देर की बात है, हम दोनों पीछे चले जाते हैं ।"

इतना कहकर रत्नेश अपने दफ्तर चला गया और दिन में किरन ने सास-श्वसुर दोनों का बिस्तरा पीछे गैराज में लगवा दिया तथा उन्हें यह कहकर वहीं आराम करने को कहा कि उनका खाना भी वहीं पहुँचा दिया जायेगा । रवि पहले ही स्कूल चला गया था ।

शाम दो बजे स्कूल से आकर बच्चे ने बड़े सहजभाव से पूछा -

"मम्मी दादी कहाँ चली गई ?"

"क्यों ! दादी को क्या करेगा ?" माँ की झिड़की पाकर वह बिना खाये ही बाहर चला गया । बच्चे के स्कूल से आने की आहट प्रमिला को लग गई थी ।

उन्होंने गैराज का एक पल्ला खोला, रवि को बाहर खड़े देखा। बच्चे ने भी दादी के मुरझाये चेहरे को देखा, किन्तु माँ के डर से उनके पास जाने की हिम्मत नहीं कर सका।

शाम को न तो किसी मेहमान को आना था और न ही कोई आया। शाम का पापा-मम्मी का खाना भी रत्नेश वहीं गैराज में दे आया।

रात में विशेश्वर ने पत्नी से कहा-

"लगता है दरवाजे पर हम लोगों का बैठना बहू को अच्छा नहीं लगता, इसलिये हमारा इन्तजाम यहाँ करवा दिया है।"

"क्यों बरामदा क्या उसके बाप का है ? इलाहाबाद से क्या दहेज में ले आई थी।"

"नहीं लाई थी पर मेरा अनुमान ठीक ही लगता है।"

"मैंने एक एक पैसा जोड़कर इतना अच्छा मकान बनवाया था क्या इसलिये कि बुढ़ापे में हम दोनों के गैराज में प्राण निकलेंगे।"

प्रमिला काफी दुःखी थी, फिर भी पति की इच्छा के विरुद्ध उसने कुछ कहना सुनना उचित नहीं समझा।

धीरे-धीरे दिन व महीना गुजरते गये, किन्तु माँ-बाप की चारपाईयाँ गैराज से उनके कमरे तक नहीं पहुँची। समय भी कितना निष्ठुर होता है, कभी-कभी अपने साथ प्यार का आँचल व खुशियों का अम्बार भी खींच ले जाता है। पारिवारिक आत्मीयता का अस्तित्व तो व्यक्ति की श्वांस प्रश्वांस में समाया रहता है, किन्तु अपनों के निष्ठुर प्रहार से वह किस प्रकार छिन्न भिन्न हो जाता है। दोनों बूढ़े माँ-बाप की दुनिया अब इसी गैराज़ में सिमट कर रह गई थी। कभी चमचमाती कारों व सहकर्मियों की भीड़ में घिरे रहने वाले विशेश्वर आज अपने ही बनवाये उस गैराज के कैदखाने में पत्नी सहित निरुद्ध हो गये थे। खाना दोनों वक्त नौकर दे आता था, जिसे खाकर पड़े-पड़े अपनी उस पत्नी के सूने चेहरे को निहारते रहते जो कभी आनन्दोच्छवासित होकर गोदी में खिलखिलाते बेटे के चेहरे को घंटों निहारती रहती थी। अकेला बेटा, परिवार का चिराग, माँ-बाप के अरमानों का सम्बल, पत्नी के दबाव के आगे घुटने टेक चुका था। माँ का निर्बल प्यार व

कुचला सम्मान, आँसू बनकर आँखों में फूट निकला था ।

रवि कभी-कभी माँ की आँख से बचकर दादी के पास चला आता था और उनका स्नेहित स्पर्श पाकर द्रवित हो उठता था ।

एक दिन रवि को स्कूल से जल्दी छुट्टी मिल गई । वह घर लौटा तो सीधे गैराज में बैठी दादी के पास चला गया । बस्ता पीठ पर लादे-लादे ही उसने धीरे से पुकारा –

"दादी माँ !"

आवाज के साथ बालक की दृष्टि दादी माँ की अन्तरलहरी तक उतरती चली गई । महीनों से बच्चे के लिये तरसता उनका अतृप्त मन किसी ज्वार भांटे के जल की भांति हृदय उपकूल को आप्लावित कर गया । उनके मुँह से बस एक भर्राई आवाज निकली –

"बे.....टा.....!"

और आगे के शब्द आँसू बनकर आँख से बह निकले । इसी के साथ प्रमिला ने बच्चे को अपनी बूढ़ी बाहों में समेटकर इतने जोर से सीने से भींच लिया कि बालक के मुँह से एक चीख निकल गई–

"आह दादी......!"

एक लम्बे अरसे से पौत्र के प्यार के लिये तिवर्ण दादी का मुख मण्डल स्नेह के तरलामृत से मानों खिल उठा । बड़ी देर तक वह बालक को गोद में लिए बैठी रही और बगल में बैठे विशेश्वर अपनी भीगी पलकों से बच्चे को पत्नी की गोद में देखते रह गये । उनकी स्मृतियों में बस एक भाव उठा–

"हे वसुदेव ! महाभारत की तरह काश समय कुछ देर के लिए ठहर जाता और मैं रवि के लिये प्यार की खरी हो चुकी दिल की प्यास को तृप्त कर पाता ।"

सुबह शाम कार्यालय आते-जाते रत्नेश के पद-चाप की आहट पाकर प्रमिला उद्विग्न नेत्रों से मकान के प्रवेश द्वार को इस आशा से ताकती रहती कि शायद वह कभी उसके पास आ जाये, पर वह तो सीधे आकर किरन के पास अपनी हाजिरी लगाता था । रत्नेश की इस रुखाई ने माँ बाप दोनों की ममता को क्षत-विक्षत कर डाला था । किरन ने तो कभी भूलकर भी बूढ़े दम्पत्ति की ओर दृष्टि

नहीं डाली थी ।

मनुष्य जब भौतिक उपादान-घर मकान व विलासिता में जीवन का अर्थ तलाशने लगता है, तो भावनात्मक आधार पर टिकी पारिवारिक सम्बन्धों की डोरी स्वतः कमजोर पड़कर टूट जाती है । अपना वजूद तलाशता जीवन का सौहार्द घर की विषाक्त दीवारों में कैद हुआ अपना दम तोड़ जाता है । प्रमिला का घर आँगन भी इस समय इसी असहनीय पीड़ा से गुजर रहा था । रवि बाबा दादी के प्यार के अभाव में उद्भ्रांत रहने लगा तथा किरन धीरे-धीरे चिड़चिड़ी होती चली गई । हत् बुद्धि रत्नेश संवेदना विहीन मिट्टी का माधव बन गया ।

दिन का ग्यारह बज रहा था । बूढ़े माँ-बाप को बस एक-एक कप चाय नसीब हुई थी । उनके क्षुधाग्रस्त मन घर की हर आहट पर खाना आने का धोखा खाकर बाहर की ओर ताकते रह जाते थे । भदमत्सर में उबाल खाती किरन का चेहरा प्रमिला की पथराई आँखों में नाच गया । ममता पर गहरा घाव लगा था । वह चुपचाप मूर्तिवत बैठी रही ।

अत्यांतिक मौनता टूटते दिल का लक्षण है व एक गति हीन बुझी जिन्दगी का द्योतक है । अनायास रत्नेश का बचपना उसकी आँखों में तैर गया । माँ के साथ उसी की प्लेट में खाता रत्नेश, अपने नन्हें हाथों से माँ के मुँह तक कौर ले जाता रत्नेश, माँ के दाँतों के बीच दबी उंगली पर रोता रत्नेश और फिर उसकी पीड़ा कम करने के लिये अपने प्यार मिश्रित मुँह की फूंक से उसका उपचार करती माँ-सभी कुछ एक-एककर उसके विचारों में नाच गया ।

गहरे भावों में खोई प्रमिला के चेतनाविहीन मुख मण्डल को विशेश्वर लगातार देखे जा रहे थे, जिससे उठ रही विषाद की तरंगे उनके भी अन्तर्मन को कचोटने लगी । उसे देखते ही देखते उन्होंने अपने मन के भाव को कुछ इस तरह व्यक्त किया -

"शायद बहू के विषय में सोच रही हो प्रमिला ?"

"काहे की बहू, किसका लड़का और किसकी बहू ?"

थोड़ा रुककर फिर बोली -

"पता नहीं आप किस बहू की बात करते हो ?"

"कौन सा काम किया है इस अनूठे शब्द का नाम व हक पाने का ? रोटी तो लोग भिखारी को भी डाल देते हैं। इसने तो इकलौते बेटे को भी पराया बना दिया। आग लगा दी पूरे घर को हमारी उम्र के इस आखिरी पड़ाव पर। तबीयत करती है कि कहीं मुँह छिपाकर चली जाऊँ या जहर खाकर मर जाऊँ। पड़ा गिरा खाकर पेट पालते रहने को जिन्दगी नहीं कहते। क्या बचा है उन लोगों के दिलों में हमारे लिये ? उन्हें तो बहू लड़का कहने में भी नफरत लगती है। यह घर छोड़कर कहीं किसी तीर्थ स्थान, या वृद्धाश्रम क्यों नहीं चलते। वहाँ गैर भी अपने बन जाते हैं, यहाँ तो अपने भी दुश्मन हो गये हैं।"

"आप बिल्कुल सही कहती है प्रमिला ! पर रिश्तों की डोरी बड़ी नाजुक होती है, एक बार उलझ गई तो सुलझाना बड़ा कठिन होता है।"

"उलझने में क्या अब भी कुछ बचा है ? सारे रिश्तों का एक साथ खून कर डाला है इन लोगों ने।"

"हाँ कर डाला है खून ! कुछ नहीं बचा, अगर कुछ बचा है तो उम्मीदों का एक धुंधला सहारा।"

"आचरण मन की भावनाओं का रूपांतरण ही तो है। क्या इन लोगों के व्यवहार में आपको कोई आशा की किरण दिखाई पड़ रही है। खयालों में जीते रहने का क्या मतलब ? अगर इससे भी बुरे दिन देखना चाहते हो तो पड़े रहो इस गैराज में।"

"मैं खूब समझता हूँ प्रमिला ! आचरण की अभिव्यक्ति बिल्कुल शून्य नहीं होती उसी से मानवीय सम्बन्धों की परिभाषा निकलती है। पर मेरी एक कमजोरी है, रत्नेश की माँ और वह यह कि मैं इस घर की बेजान दीवारों से बंधा हूँ, जिसे मैंने अपनी कमाई व पुरुखों की जमीन जायदाद बेंचकर बनवाया है। इस घर की ईंटों व गारे में कहीं मेरी आत्मा बसती है। इसका कण-कण मेरी साँसों में समाया है।"

"मैं नहीं कहती जरूर समाया होगा। भीष्म-पितामह भी हस्तिनापुर के सिंहासन से बंधे थे। परिणाम आपने देख लिया महाभारत हुआ और सब कुछ नष्ट हो गया। मारे गये योद्धाओं की आत्मायें भी पितामह को कोस रही होंगी।

जिस घर की दीवारें आपसी द्रोह व घृणा से अभिशप्त हो गई हो, उस मरघट हो चुके घर में शरीर ही नहीं आत्मा भी जलती रहती है ।"

प्रमिला इतना कहकर चुप हो गई और विशेश्वर उसके ग़मज़दा चेहरे को किसी अपरचित की भांति ऐसे देखते रहे जैसे उसे पहचानने का प्रयास कर रहे हों । थोड़ा रुककर वह फिर बोल पड़ी-

"कहते हैं माँ-बाप के चरणों के नीचे स्वर्ग होता है । पता नहीं शास्त्रों में इतनी अनर्गल बातें क्यों लिख दी गई है ?"

"अनर्गल ही मान लो, तो फिर क्या करोगी ?"

"कहीं तो जीने की राह मिलेगी भगवान की बनाई इतनी बड़ी दुनिया में। मैं जिन्दगी के खो चुके उन लम्हों को फिर से जीना चाहती हूँ ।"

इसी समय मौका पाकर खेलता हुआ रवि दादी माँ के पास आ गया । सरल मन बालक दादी माँ के गालों पर बह रहे आँसुओं को अपनी कोमल नन्हीं हथेलियों से पोंछने लगा और इसी के साथ आँसुओं का एक नया प्रवाह दादी माँ की आँखों से बह निकला । शायद पोते का निष्कलुष प्यार प्रमिला के डूबते दिल को और उद्वेलित कर गया था । उसने बच्चे को हठात अपनी बाहों में समेट कर गोदी में बिठा लिया ।

दरवाजे पर दस्तक हुई, दूध वाला आ गया था । भगौना लेकर किरन बाहर निकली तो अचानक निगाहें गैराज की तरफ चली गईं । रवि को दादी की गोद में बैठे देखा ।

माँ को देखते ही रवि दादी माँ की गोद से उतर कर घर की तरफ भागा। किरन के पास पहुँचते ही एक झन्नाटेदार थप्पड़ उसके गाल पर पड़ा । बालक चकराकर वहीं फर्श पर गिर गया और बड़ी जोर से चीख चीख कर रोने लगा । अश्रुपूरित नेत्रों से उसने दादी माँ को पुकारा ।

आवाज सुनकर प्रमिला दौड़ी और आँगन में आ खड़ी हुई । उसने लपककर बालक को उठाना चाहा पर बहू की कर्कश आवाज सुनकर उसके कदम एकाएक ठिठक गये ।

"आप लोगों ने बच्चे को इस कदर बिगाड़ दिया कि वह मेरा कहना ही

नहीं मानता ।" यह आवाज किरन की थी ।

फिर दादी ने बच्चे के उठाकर गोद में ले लिया और अपने आँचल से आँसू पोंछते हुये किरन को इंगित कर कहा ।

"बेटी । क्या प्यार करने से बच्चे बिगड़ते हैं ?"

बस इतना कहकर वह बच्चे को उठाकर गैराज जाने को मुड़ी तो देखा पीछे विशेश्वर खड़े थे । किरन ने बालक को एक बार छीनना चाहा पर पता नहीं क्या सोच कर वह रसोई की तरफ बढ़ गई ।

रसोई में बर्तनों की तेज खनक बता रही थी कि किरन बेतहाशा क्रोध में उबलती रसोई के काम को जल्दी-जल्दी निपटाने में लगी थी ।

समय बीतता गया और जिन्दगी इसी कशमकश में चलती रही । रिश्तों की सम्वेदनायें अपना वजूद तलाशती दम तोड़ती गई । प्रमिला भी शायद इसी को अपने भाग्य का खेल समझकर मन की असहनीय पीड़ा को उसी गैराज में सहती रही ।

रविवार का दिन था रत्नेश घर पर ही था । किरन की रसोई का ओवन गिरकर टूट गया था । जिसे खरीदने के लिय वह पति व बालक के साथ बाजार गई ।

बर्तनों की कई दुकानों पर चक्कर काटकर ये लोग एक बड़े मियाँ की दुकान पर पहुँचे । किरन पति के साथ ओवन पसंद करने में लगी थी, किन्तु बालक इन दोनों के बगल में खड़ा दुकान के उस हिस्से को लगातार देखता जा रहा था, जहाँ अल्म्यूनियम के बर्तन सलीके से सजाये गये थे । थोड़ी देर बाद वह दुकानदार को अंकल कहकर दुकान के अन्दर घुसकर दो अल्म्यूनियम की थाली खुद उठा लाया ।

किरन ने अब तक ओवन पसंद कर लिया था और जैसे ही वह बड़े मियाँ को उसका पैसा भुगतान करने लगी, रवी ने आगे बढ़कर कहा ।

"मम्मी इन थालियों का भी भुगतान कर दीजिए मैं इन्हें लूँगा ।"

"अरे ! यह अल्म्यूनियम की थाली तू क्या करेगा ?"

"नहीं मम्मी । मैं इन्हें जरूर खरीदूँगा ।"

"आखिर क्यों ? इनमें तो गरीब नौकर मजदूर खाते है । घर में इतनी सारी तो स्टील की थालियाँ है । इनका क्या काम है ?"

"जब आप और पापा बूढ़े हो जायेंगे तो आखिर खाना किसमें खिलायेंगे।"

"तू मुझे खाना इन गरीब मजलूमों वाली थाली में खिलयेगा ?"

"क्यों ? आप भी तो ऐसी ही थालियों में बाबा दादी को खाना देती हैं ।"

माँ-बाप और दुकानदार तीनों की नजरे रवि के चेहरे पर जा टिकीं, जो उन थालियों को सीने से चिपकाये उन्हीं को देखे जा रहा था ।

थोड़ी देर के लिये दुकान पर सन्नाटा छा गया । किरन अब भी अवाक हुई अपने बेटे को निहार रही थी ।

बालक की बात किसी क्षारीय तेजाब की भांति रत्नेश दम्पत्ति के अन्तर्मन तक उतर गई, जिसकी गर्म तरंगे उद्वेलित होकर दोनों की नस नस में व्याप्त होती चली गई । बच्चे की कटु व्यंजक वाणी से किरन जमीन में धंसी जा रही थी । उसे सारी धरती हिलती व आकाश नाचता नजर आया । अपने घृणित आचरण की अग्नि में वह सुलगती जा रही थी । उसे लगा कि वह अपने ही विषाक्त व्यवहार की ज्वाला में जलकर शेष रह जायेगी ।

किरन के लहराते बदन को देखकर रत्नेश ने आगे बढ़कर उसे अपने हाथों में थाम लिया । अस्त-व्यस्ता की इसी स्थिति में बच्चे को खींचते हुए वह वहीं पड़ी बेंच पर बैठ गई । किरन ज्यों ज्यों सामान्य होती जा रही थी त्यों त्यों वह बेटे को बाहों में समेटती जा रही थी । शायद उसके स्पर्श में माँ के धधकते भावों को कहीं शीतलता प्राप्त हो रही थी ।

थोड़ी देर आराम करने के बाद किरन बेटे व ओवन दोनों को पकड़े पति के साथ घर लौटी तो सीधे गैराज में सास के पास चली गई । उसके पैरों में माथा रखकर रोते हुये कहा -

"माँ मुझे माफ कर दो । पता नहीं मेरी आँखों पर किस फरेब का पर्दा पड़ा था, जिसके कारण ममता की मूरत अपनी देवी सदृश्य सास को न देख सकी। आज रवि ने उस पर्दे को खींच कर फाड़ डाला तो वह विमल मूर्ति दिखाई पड़ गई

है ।"

इसके बाद विशेश्वर के पाँव पकड़कर बोली ।

"चलिये ! आप लोग घर में चलिए । आज के बाद आपकी अनवरत सेवा करूँगी और इन्हीं कदमों में अपना स्वर्ग तलाश करूँगी।"

प्रमिला बहू के बदले व्यवहार से एकदम हतप्रभ हो गई और उसे सीने से लगाकर बस 'बेटी' कह सकी और शेष शब्द आँसुओं में परिवर्तित होकर चेहरे की झुर्रियों पर लुढ़क गये ।

✸✸✸

ताई फूलमती

(जीवन का एक संस्मरण)

भारत में जमीन की कीमत सोने से भी अधिक रफ्तार से बढ़ती है । पलक झपकते ही हजार लाखों में और लाख करोड़ों में बदल जाते हैं । इसलिये यहाँ जमीन के झगड़े भी सबसे ज्यादा हैं । कभी-कभी पीढ़ियाँ गुजर जाती हैं, अदालतों के चक्कर काटते-काटते । बाप के मुकदमें तो बेटे तक लड़ते रहते हैं और कितने साल तो वकीलों के चेम्बर में ही बैठे-बैठे अपनी आधी से अधिक उम्र गुज़ार देते हैं । किसानों पर दैवी आपदाओं - बाढ़ सूखा व उपल वृष्टि की मार तो पड़ती ही है, इस मुकदमेबाजी की चोट उससे कम दर्द नहीं देती। उधर हाल के वर्षों में कृषकों की आत्महत्या के सैकड़ों मामले दूरदर्शन के विभिन्न चैनलों पर देखे जा सकते हैं । पश्चिमी उत्तर प्रदेश में तो जमीन के प्रति इतना गहरा लगाव है, कि कई एक परिवारों में, पिता अपने एक ही बच्चे की शादी करते हैं ताकि एक द्रोपदी के रहते पुश्तैनी जमीन का विखण्डन न हो सके ।

नायब तहसीलदार के पद पर मेरी पहली नियुक्ति जनपद बांदा की बबेरु तहसील में हुई और पहले ही दिन एक लाखों रुपये की जमीन का वाद मेरे समक्ष सुनवाई के लिए लगा था । दोनों तरफ से कई-कई वकील आकर खड़े हो गये और मैं न्यायालय की प्रक्रिया से बिल्कुल अनभिज्ञ । एक बार अन्दर से घबराहट महसूस हुई, किन्तु पेशकार का पहले से बताया सूत्र- 'सर आप बस पाषाण प्रतिमा की तरह कुर्सी पर बैठे रहें, बाकी मैं संभाल लूँगा' याद आ गया और मैं सद्दाम हुसैन की तरह गम्भीर मुद्रा में न्याय की कुर्सी पर तनकर बैठा रहा ।

पीछे से एक धीमी आवाज, जो सम्भवतः किसी वकील की ही थी मेरे कानों में आ टकराई - 'साहब तो अभी नये लड़के से हैं कानून कायदा तो कुछ पता नहीं होगा, कैसे निपटा पायेंगे इतना बड़ा मुकदमा ।'

शायद मेरे पेशकार ने भी यह आवाज सुन ली थी, वह बड़ी बेबाकी से बोल पड़ा – 'अरे वकील साहब कानून की व्याख्या तो आप करते हैं। दोनों पक्ष अपने-अपने तर्क रखते हैं, उसी के आधार पर अदालत निर्णय करती है। साहब तो फिर भी एम०ए०एल०एल०बी० हैं। आप लोग जरा भी चिन्ता न करिये। ऊपर वाले की मेहरबानी उस दिन केवल एक बयान दर्ज हुआ, विपक्षी वकील ने जिरह की और बाद में अगली तारीख तय कर दी गई।'

इसी तहसील के उत्तरी छोर पार यमुना नदी के किनारे एक छोटा सा मरपा नाग का गाँव नदी की ऊँची कटान पर बसा था। यहीं पर बुन्देला ठाकुरों का एक परिवार रहता था। पतिराज सिंह व रिखिराज सिंह दो सगे भाई परिवार में थे। दोनों के पास लगभग पचास बीघा जमीन थी। पतिराज के कोई औलाद नहीं थी किन्तु रिखिराज के दो बच्चे थे- लाखन सिंह व रनछोर सिंह। दोनों भाई प्रेम से रहते थे और सारा कारोबार संयुक्त रूप से चलता था। अचानक पतिराज सिंह का स्वर्गवास हो गया। उसकी पत्नी फूलमती तनहा रह गई। कुछ दिन तक तो सब ठीक ठाक चलता रहा, किन्तु बाद में काफी मनमुटाव हो गया। लाखन सिंह ने लेखपाल से मिलकर पतिराज की भूमि पर अपना व अपने भाई का नाम चढ़वा लिया। जब फूलमती को इस बात की जानकारी हुई तो वह आग बबूला हो गई। वह गाँव के प्रधान व पंचों के पास गई, आदमी आदमी से गिड़गिड़ाई, किन्तु उसकी लाखन के अक्खड़ स्वभाव के कारण किसी ने मदद नहीं की। तहसील भी गई-लेखपाल से मिली पर कहीं से कोई उम्मीद की किरन नहीं दिखाई पड़ी। झक मारकर उसने वकील के माध्यम से तहसीलदार के यहाँ उत्तराधिकार का बाद दायर कर दिया। यही मुकदमा मेरे सामने सुनवाई कर निर्णय के लिये चल रहा था।

इस गरीब बेवा को गाँव का कोई गवाह नहीं मिला। यह दुनिया सदैव बलशाली लोगों के पीछे खड़ी हो जाती है। गरीब के आँसुओं का इस बेरहम संसार में कोई स्थान नहीं। मजबूरन उसने अपना बयान दर्ज कराया और मतदाता सूची की नकल प्रस्तुत की जिरह में लाखन के वकील उससे कोई अपने मतलब का तथ्य नहीं कबुलवा पाये।

लाखन ने अपने साक्ष्य में गाँव के प्रधान व चार अन्य लोगों के बयान

दर्ज कराये । एक बिना पंजीकृत वसीयतनामा और उसको प्रमाणित करने के लिये वसीयतनामा के दोनों गवाह पेश किये । इनमें से एक गवाह ने बताया कि वसीयत प्रधान के दरवाजे पर लिखी गई थी, जब कि दूसरे ने बताया कि यह तहसील में एक वकील द्वारा लिखी गई थी । पतिराज ने कभी गाँव की कृषि सहकारी समिति से एक बोरी यूरिया ली थी । यह बात फूलमती के संज्ञान में थी जिसे उसने अपने वकील को बताया तो उसने समिति से खाद की वितरण पंजिका ही तलब करवा दी। उस पर लगे अंगूठे व वसीयत पर अंगूठे का एक्सपर्ट से पहचान कराई गई तो वसीयतनाम पर लगा अंगूठा वितरण पंजिका पर लगे अंगूठे से अलग पाया गया।

दोनों पक्षों के अधिवक्ताओं ने बड़ी लम्बी चौड़ी बहस की । इसके बाद मुकदमें में आदेश की तिथि निर्धारित की गई ।

इस बीच फूलमती एक दिन मेरे आवास पर आ खड़ी हुई । मेम साहब बाहर चबूतरे पर बैठी थीं । उनके पैर पकड़ लिए और रो-रोकर अपनी पूरी व्यथा आदि से अंत तक बताती चली गई । मेम साहब असमंजस में पड़ गई । मेरे काम में उनकी दखल देने की आदत नहीं थी, मगर उस महिला से उन्होंने इतना अवश्य कहा –

"देखो माँ, आप अपनी बात सीधे साहब को बता दीजिए, वे गरीबों के प्रति पूरी सम्वेदना रखते हैं । यदि आप की बात सही है तो विश्वास रखो, आप का हक उनकी कलम से नहीं मारा जायेगा ।"

"मगर बेटी ! लाखन तो रुपयों की गड्डी बाँधे घूम रहा है, कहता फिरता है कि पैसे के बल पर मुकदमा जीत लेगा ।"

"आज कल आफिसर तो नोटों से खरीदे जाते हैं । आप उसकी बातों पर मत जाइए, मेरे साहब को पैसे से, कोई नहीं खरीद सकता । मुझसे बेहतर उन्हें कौन जानता है ।"

मेम साहब की बातों से फूलमती के व्यथा-ग्रहीत मन को थोड़ी शान्ति अवश्य मिली । उसका अधीर मन कहीं न कहीं फिर भी दुःखी था । वह मेरे पास आने का साहस न जुटा पा रही थी, किन्तु मेम साहब के प्रोत्साहित करने पर वह बैठक कक्ष में, फाइलों में व्यस्त मेरे पास आ खड़ी हुई और रो रोकर वहीं सारी

बातें दोहराई, जो उसने मेम साहब से कही थीं ।

"मुकदमें की कार्यवादी के दौरान मैंने उसे कई बार देखा था । उसके स्थूल वृद्ध शरीर पर झूलती खाल तथा आँखों में भरे आँसुओं के उमड़ रहे पारावार की झलक मेरे दृष्टि से आ टकराई ।

"फूलमती तुम ।" मैंने आत्मीयता भरे स्वर से पूछा ।

"हाँ मैं हूँ साहब । मुकद्दर की मारी आप तक आने की हिम्मत यह सोचकर जुटा पाई कि जिसका कोई नहीं होता उसका भगवान होता है । आप मेरे लिए भगवान ही हैं । न्याय की कुर्सी पर बैठे हर व्यक्ति में भगवान विराजमान रहता है । बस मैं इतना ही कहना चाहती हूँ ।

"फूलमती तुम्हारे कोई आल औलाद नहीं है, तुम्हारे बाद जमीन तो उन्हीं लोगों को मिलनी है, तो अभी से क्यों नहीं दे देती ।"

"साहब ! एक रोटी तो दे नहीं सकते, जमीन पूरी की पूरी हड़प जाना चाहते हैं। इसी जमीन के लालच में बुढ़ापा में कोई रोटी पानी देगा; नहीं तो दरवाजे-दरवाजे भीख माँगने के अतिरिक्त और कोई रास्ता नहीं बचेगा मेरे पास।"

"क्या यह भतीजे आप की सेवा नहीं करते ?"

"यदि करते होते तो यह नौबत ही क्यों आती ?"

"ठीक है तुम घर जाओ तुम्हारे साथ न्याय होगा ।"

फूलमती फिर भी डटी रही । मेरी बात सुनकर उसने राहत महसूस की थी, किन्तु फिर भी बैठी रही, शायद मेरे मन में वह अपनी व्यथा को और गहराई तक उतार देना चाहती थी । मेरे कई बार कहने से वह उठी और धीमे कदमों के साथ बाहर आकर मेम साहब के पास बैठ गई । शायद उनके पास बैठकर उसकी उम्मीदों की डोरी मजबूत होती मालूम हो रही थी । बाद में मेम साहब ने उसे ढाँढस बंधा कर भेज दिया ।

आदेश के तीन दिन पहले सबेरे-सबेरे लाखन भी मेरे पास आ धमका उसने झुककर सलाम किया और बोला-

"साहब मैं फूलमती का भतीजा हूँ, और आप के पास अपनी एक फरियाद लेकर आया हूँ ।"

''बोलो !'' मैंने थोड़ा तीखे स्वर में कहा। क्योंकि मुझे आभास हो गया था, कि वह क्या कहना चाहता है।

''आप की जेब से कुछ कागज बाहर निकल रहे हैं। उन्हें संभाल कर रख लीजिए कहीं गिर न जाये थोड़ा मुस्करा कर मैंने उसे सलाह दी।

यह कागज नोटों की गड्डी थी, जिसे जानबूझ कर लाखन ने इस प्रकार रखा था ताकि मैं उसके आने के उद्देश्य को समझ सकूँ। मेरे इस मशविरे से लाखन कुछ हताश अवश्य हुआ पर दूसरे ही पल वह नोटों को संभालता हुआ बोला।

''सर ! एक मेरा मुकदमा आपके न्यायालय में आदेश में लिए लगा है। यदि आपकी कृपा हो जाये, तो मेरे खानदान की जमीन घर में ही रह जायेगी। अन्यथा वह बुढ़िया उसे खुर्द बुर्द कर देगी।''

''तो फिर तुम उसे रास्ते से हटा ही क्यों नहीं देते'', मैंने थोड़ा व्यंग्यात्मक भाव से कहा और उसके चेहरे पर आँखें गड़ा दी। लाखन मेरे इस वाक्य से परेशान हो गया और विनम्र स्वर में नोटों की गड्डी निकालकर मेरी मेज पर रख दी और कहा – सर आप का खर्चा पानी ?''

मुझे क्रोध तो बहुत आया, किन्तु फिर भी मैं उसे भगाना नहीं चाहता था। अतः मैंने उससे कहा –

''लाखन ! अगर मैं पैसा लेकर आपके पक्ष में निर्णय कर भी दूँ तो अपील में आप निश्चित रूप से हार जायेंगे। आपकी फर्जी वसीयत किसी न्यायालय में असली नहीं साबित होगी। पैसा भी खर्च करोगे किन्तु जमीन फिर भी नहीं पा सकोगे। इसलिये यह मुद्रा आप पहले अपनी जेब में रख लें।''

मेरी बात सुनकर उसने रुपये जेब में रख लिये और हाथ जोड़कर बोला।

''सर आप मेरे पिता के समान हैं जैसा बतायेंगे मैं वहीं करूँगा, पर इतना चाहता हूँ कि जमीन मेरे खानदान से न निकलने पाये।''

''पर इसके लिये तुमने रास्ता बहुत गलत चुना है।''

''फिर क्या करूँ सर ! आप ही कोई रास्ता बता दें।''

''रास्ता तो निकल सकता है, पर तुम कर नहीं पाओगे।''

''आप जो कहेंगे वही करूँगा।''

"देखो लाखन तुम्हारे मन में इस समय केवल जमीन नाच रही है और एक स्वार्थी व्यक्ति सदैव अपने सुख के लिए भोग्य पदार्थों की खोज में, बिना जीवन मूल्यों का विचार किये अनवरत लगा रहता है। वे वस्तुयें उसे मिल भी जाती हैं, किन्तु इसके लिये उसने क्या खो दिया इसका उसे कभी आभास ही नहीं होता और एक दिन इन सारी वस्तुओं को दूसरों के लिए छोड़कर चला जाता है। पल की खबर नहीं किन्तु अगली पीढ़ियों तक के लिए वह उचित अनुचित मार्गों से संग्रह करने में लगा रहता है।"

आखिर वह औरत जिसे तुम बुढ़िया कह कर सम्बोधित करते हो, तुम्हारी कौन लगती है।

"ताई सर।"

"तो फिर घृणा से बुढ़िया क्यों कहते हैं ? आपके मन में उसके लिए जितनी घृणा व कडुवाहट भरी है, इस कारण ही अपमान पूर्ण शब्दों का प्रयोग कर रहे हो।"

लाखन ! आसन्न भाव से सिर झुकाये सुन रहा था। मैंने फिर उसे इंगित कर कहा -

"आप बखूबी जानते हैं कि यह विवादित जमीन उसके पति की है और उसे हड़पने के लिए आपने एक फर्जी वसीयत तैयार करा ली है जब आप उसे एक रोटी नहीं दे सकते तो फिर उसकी जमीन पर क्यों निगाह लगाये हो ?"

उसके कोई औलाद नहीं। तुम्हीं लोग तो उसकी औलाद हो, उसकी मौत के बाद वह भूमि भी आप को ही मिलने वाली है, फिर भी उसे यथा शीघ्र हथियाने के लिए आप ने अनैतिक राह पकड़ ली।

"तो फिर क्या करता ?"

"सेवा ! सेवा से तो भगवान खुश हो जाते हैं, इन्सान किस लेखे में है उस विराट की तुलना में, जो कण-कण में समाया हुआ है।"

"वह मेरी सेवा स्वीकार नहीं करेंगी।"

"लाखन तुम फिर वही अज्ञान की बात करते हो। सच्चे मन से की गई सेवा सदैव स्वीकार होती है। चाहे वह भगवान हो या इन्सान। सेवा सीधे आत्मा

से जुड़ती है, बुद्धि व मन फिर गौड़ हो जाता है । आत्मा का जुड़ाव बुद्धि की कुटिलताओं से अप्रभावित हुए बिना सीधा मस्तिष्क पर प्रभाव डालता है ।"

"सर ! आप ने मेरे बन्द नेत्र खोल दिये, मुझे क्या करना चाहिए, कृपा कर इतना और बता दीजिए ।"

लाखन आप सीधे घर जायें और शाम को उसके मन का खाना पकवायें और उस के चरणों को पकड़ कर अपनी गलती की माफी माँगो और उससे कहें- बड़ी अम्मा आज से आप खाना मेरे साथ खायेंगी और यदि आप नहीं खायेंगी तो हम लोग भी नहीं खायेंगे । पहले आप के इस अचानक से बदले व्यवहार पर वह संदेह करेगी किन्तु जब माँ कहकर उसे सम्बोधित करोगे और मुकदमा न लड़ने की बात करोगे तो वह मान जायेंगी । उससे स्पष्ट कहो कि माँ जमीन तुम्हारी है और तुम्हारे जीवित रहते उसको कोई नहीं ले सकता । ताई तो माँ होती है और माँ शब्द में जीवन का इतना रहस्य छिपा है कि उसमें ईश्वर की प्रतिमा नजर आती है । निःश्छल प्यार सम्पूर्ण व्यक्तित्व को परिप्लावित कर देता है । प्रकृति भी अपनी नैसर्गिक राहें बदल देती हैं । पुरुष और विशेषकर महिलाओं के नेत्र प्यार की तरंगों को भली प्रकार समझ लेते हैं । निश्छल प्यार व कपटपूर्ण आचरण को परख लेने की उनमें अद्भुत क्षमता होती है और माँ में तो यह और अधिक संवेदनशील होती है । लाखन तुम पढ़े लिखे लड़के हो अवश्य उसे मना लोगे । मैंने उसे देखा है और समझा भी है, वह एक सीधी औरत है, कुटिल नहीं है । मेरा विश्वास है कि वह मान जायेगी । जाओ मेरी शुभकामनायें तुम्हारे साथ हैं । मुकदमें में मैं आदेश की अगली तारीख लगा दूँगा ।

थोड़ा कहना और बहुत समझना । लाखन होशियार लड़का था । मैंने संकेत भर दे दिया, बाकी का काम उसी पर छोड़ दिया ।

मुझे नमस्ते कर उसने सीधे अपने घर की राह पकड़ ली ।

बस में बैठा लाखन गाँव की तरफ बढ़ा जा रहा था, किन्तु उसके मन में मेरे द्वारा कही गई बातें किसी चक्रवात की तरह नाच रहीं थीं । उसके अन्दर से एक आवाज उठी- "साहब ठीक ही तो कह रहे थे कि दुष्ट व्यक्ति अपने स्वार्थ की पोटली कंधे पर लटकाये घूमता रहता है । यदि उसे कोई वांछित वस्तु मिल भी

जाये तो उसके सारे पुण्य कर्म नष्ट हो जाते हैं । एक समय आता है कि वही सम्पत्ति उसके विनाश का कारण बन जाती है ।

रास्ते में एक कस्बा कसौली पड़ता था । बस जाकर वहीं रुक गई । आगे का दस कि०मी० का मार्ग उसे पैदल ही तय करना था । वह अपने गाँव जाने वाली सड़क पर मुड़ा किन्तु उसी समय उसकी दृष्टि सामने स्थित माँ दुर्गा के मन्दिर पर पड़ गई । सड़क के बजाय उसके कदम मन्दिर की तरफ मुड़ गये ।

कस्बे का नाम भले कसौली था किन्तु यथार्थ में यह एक छोटा किन्तु अत्यंत सुन्दर कस्बा था और यहाँ पर स्थित माता का मन्दिर लोगों के लिए एक आकर्षण का केन्द्र था ।

वह सीधे मन्दिर के द्वार पर पहुँच कर मत्था टेकते हुए पुकारा –"माँ तू सबकी पालनहार है और दिल से पुकारने पर अपने पुत्रों की प्रार्थना जरूर सुनती है मुझे सही रास्ता दिखा दे । शायद जमीन के लालच में कहीं मेरी बुद्धि नष्ट हो गई है ।"

इतना कहकर वह वहीं माँ की मूर्ति के सामने निर्विकार भाव से बैठ गया। मंदिरों के पवित्र स्थलों पर प्रवाहित होती दिव्य तरंगें सीधे मनुष्य के हृदय में उतर जाती हैं। बड़ी देर तक मंडप में बैठा वह माँ की सौम्य अभय मुद्रा में विराजमान प्रतिमा को देखता रहा। उसे लगा कि माँ की प्रतिमा हर क्षण अपनी मुद्रा बदल रही है । कभी करूणा के भाव में तो कभी अपने रौद्र रूप में हाथ का खंजर ताने महिषासुर मर्दनी उसके संहार के लिए आवेशपूर्ण भाव में उद्यत नजर आ रहीं हैं। इस स्थिति में लाखन बस केवल एक ही अर्थ समझ पाया कि दुष्टों के लिये केवल वे संहारक है । अन्दर से कहीं उसकी आत्मा ने झकझोरा – "क्या उस बुढ़िया की भूमि हड़पकर तू पुण्य का कोई स्मारक निर्मित कर रहा है।"

वह मन्दिर से निकला व सीधे एक हलवाई की दुकान पर पहुँचा । वहाँ एक किलो इमरती खरीदा और सीधे घर की राह पकड़ ली । उसके मन में अब लोभ के दबाव के स्थान पर एक नई अह्लादपूर्ण प्रेरणा हिलोरें मार रही थी ।

लाखन जिस समय अपने गाँव के निकट पहुँचा भगवान भाष्कर अपनी दिनभर की यात्रा का अंत कर विश्राम के लिये क्षितिज के निकट जा पहुँचे थे।

उनकी शांत होती पीतवर्ण रश्मियाँ मकानों की दीवारों पर बिखर कर संध्या कालीन माधवी गोधूलि का दृश्य प्रस्तुत कर रही थी। वह गाँव के बाहर शान्त खड़े एक वृक्ष के नीचे बैठ कर थोड़ा झिलमिला अँधेरा होने का इन्तजार करने लगा। संध्या कालीन गोधूलि का संक्रमण काल शायद भावनाओं को उद्दीप्त करने का सबसे उपयुक्त समय होता है। थोड़ी देर में सूर्य क्षितिज के पीछे जा छिपा किन्तु उसकी रश्मियों की प्रत्यावर्तित आभा अब भी सम्पूर्ण विश्व को आलोकित कर रही थी और इसी मंद होते उजाले में लाखन अपने घर जाने वाली जानी पहचानी गली पर बढ़ता जा रहा था।

घर पहुँचकर वह सीधा ताई के कमरे में घुसता चला गया। शाम के अंधेरे में उसे अचानक अपने कमरे में आया देखकर वह सहम गईं। कितनी बार वह सुन चुकी थी कि जमीन जायदाद के लालच में घर के ही लोग - भाई भतीजे ही बूढ़ों का गला घोंट देते हैं। यह सोचकर वह उठी और कमरे से बाहर भागते हुए पूरी ताकत से चिल्लाई।

"तू यहाँ क्यों आ गया ? क्या मुझे मार डालना चाहता है" बचाने के लिये अपने देवर रिखिराज का नाम लेकर चिल्लाई। उसकी आवाज पर देवर एकदम दौड़ा। उसे अपनी ओर आता देखकर वह फिर काँपते हुये बोली - "देखो यह कमीना मुझे मार डालने पर उतारू है। यह जमीन मेरी जान लेकर ही दम लेगी।"

रिखिराज ने अपना बचपना भाभी के गोद में बड़ी आत्मीयता से बिताया था। उसका मधुर व्यवहार और हँसना मुस्कुराना प्यार व दुलार सभी कुछ रिखिराज की यादों में उभर आया। रिखिराज अब भी इस सारे फसाद का कारण अपने बेटे लाखन को ही मान रहा था। इसलिये उसने लाखन को ही फटकारते हुये कहा।

"आखिर तू क्यों मेरी भाभी के पीछे हाथ धोकर पड़ा है।"

आँगन में शोर गुल सुनकर दोनों बहुयें भी ताई के पास आ खड़ी हुईं। लाखन इस अप्रत्याशित रूप से खड़े हो गये तूफान के लिए तैयार न था। वह हतप्रभ सा खड़ा-खड़ा कभी ताई को तो कभी आँगन में जमा हो चुके घर के अन्य सदस्यों को देख रहा था। फिर इसी शोर-गुल के बीच वह बड़ी विनम्रता के साथ

बोला –

"ताई ! मैं तुम्हें मारने के लिए नहीं, बल्कि अपनी गलती की माफी माँगने गया था ।" इतना कहकर लाखन ने फूलमती के पैर पकड़ लिये और उन्हीं पर मत्था टेककर गिड़गिड़ाने लगा । ताई पहले तो थोड़ा कसमसाई और पैर खींचने की कोशिश की किन्तु जब वह लाखन की पकड़ से उन्हें ढीला न कर पाई तो शान्त होकर खड़ी रही किन्तु थोड़े धीमे स्वर में कहा –

"मैं तेरे झांसे में आने वाली नहीं । इस बुढ़िया को तूने तहसील तक दौड़ाकर मार डाला और अब माफी माँगने चला है ।"

"ताई मैं कसम खाकर कहता हूँ मेरे दिल में बेईमानी आ गई थी, किन्तु उस देवता तुल्य नायब तहसीलदार ने मेरी आँखों पर पड़ा स्वार्थ का पर्दा उतार दिया ।"

जिस समय लाखन ताई के पाँव पकड़ने के लिए झुका था काँख में दबी वह इमरती की पोटली जमीन पर आ गिरी और उसमें दो तीन इमरती निकल कर फर्श पर बिखर गई । जिन पर फूलमती की निगाह पड़ गई । एक बार उसे अपनी शादी के बाद का समय याद आ गया जब वह विदा होकर इस घर की दहलीज पर कदम रखा था, और उसका पति तथा देवर दोनों ही उसकी पसंद जानकर बाजार से इमरती लाकर दिया करते थे ।

इमरती देखकर थोड़ा शर्माते हुए उसने रिखिराज की ओर देखा और फिर लाखन को अपलक आसन्न भाव से देखती रही । इस समय लाखन के चेहरे पर उसे कोई नफरत का भाव नज़र नहीं आया । इसी समय ताई को देखकर लाखन ने बड़े अनुनय पूर्ण स्वर में कहा –

"ताई जी मैंने बहुत बड़ी गलती की है मुझे माफ कर दो । अब तुमसे कोई मुकदमा नहीं लड़ूँगा । जमीन आपकी है और उस पर पूरा अधिकार आपका ही है । मैं कल ही आपके साथ तहसील चलकर बयान कर दूँगा कि जमीन ताई की है और ताई के नाम ही कर दी जाये । आपको नाहक मैंने परेशान किया । मेरी बुद्धि पर पाला पड़ गया था ।"

इतना कहकर उसने अपनी पत्नी से कहा, रसोई में जाकर खाना तैयार

करो । आज ताई जी हमारे साथ ही खाना खायेंगी । पत्नी तो उठकर रसोई की तरफ बढ़ गई लेकिन ताई ने अपनी नाराजगी व्यक्त करते हुए कहा –

"नहीं! मैं तेरा खाना क्यों खाऊँ? मैं खुद अपना खाना बनाकर खाऊँगी।"

ताई अब भी सामान्य नहीं हो सकी थी किन्तु लाखन का निष्कलुष व्यवहार उसे कहीं न कहीं छलकपट से दूर लगा था । रिखिराज अब भी मौन भाव से खड़ा कभी भाभी को तो कभी लाखन की तरफ निहारे जा रहा था ।

वह उचित समय ताड़कर लाखन को इंगित कर बोला –

"लाखन ! इस सारे फसाद की जड़ तू ही है । जमीन के लालच ने तुझे अंधा कर दिया था । नहीं तो भाभी क्या यह जमीन अपनी खोपड़ी पर उठाये लिए जा रही थी । उनके और कौन बेटा है, जिसके नाम लिखवा देती ।"

"पिता जी इसी गलती की तो मैं माफी माँगना चाहता हूँ ।"

"घाव पर नमक छिड़कता है और फिर माफी माँगता है ।"

इतना कहकर रिखिराज ने वह इमरती का लिफाफा अपने हाथ में उठा लिया और लाखन को पानी व कटोरा लाने को कहा । उसने इमरती कटोरे में रखी और फूलमती को इंगित कर कहा–

"भाभी ! लो इसे लड़का समझ कर माफ कर दो । विश्वास रखो कि लाखन के इस फरेब पूर्ण कार्यवाही में मेरा कोई हाथ नहीं था । इसका अपराध निश्चित ही माफी योग्य नहीं है, पर आप तो माँ हैं । ताई व माँ में कोई अन्तर नहीं होता ।"

इतना कहकर रिखिराज ने एक इमरती उठाई और भाभी के मुँह तक ले गया, पर फूलमती ने मुँह नहीं खोला । रिखिराज ने फिर भी हिम्मत नहीं हारी । वह लगातार जिद पर अड़ा रहा ।

विश्व चेतना का सदृश्य स्वरूप अन्तर्मन में निरन्तर प्रवाहित होता रहता है । देवर तथा अन्य घर के लोगों के अनुनय विनय से उद्दीप्त करूणा का भाव फूलमती के विषादग्रस्त चेहरे पर उभर आया था । क्रोध का भाव शनैः शनैः विलुप्त होता गया और वह रिखिराज के हाथ से इमरती लेकर खाने लगी । इसी के साथ वह कई इमरती खा गई और पानी पिया ।

थोड़ी देर तक सभी लोग ताई को घेरे बैठे रहे। बहू अपनी रसोई में खाना बना रही थी, इसी बीच फूलमती ने अपनी रसोई में खाना बनाने के लिए चूल्हा जलाया किन्तु लाखन व उसकी पत्नी ने आकर उसका चूल्हा बुझा दिया।

"बहू ने कहा – ताई जी आप को खाना तो आज हम लोगों के साथ ही खाना पड़ेगा, नहीं हम लोग भी नहीं खायेंगे।"

"मैं नहीं खाऊँगी।"

"ठीक है तो हम सभी लोग भी ऐसे भूखे रह जाते हैं और तब तक भूखे रहेंगे, जब तक आप हाँ नहीं कर देंगी।"

इसके बाद पति-पत्नी दोनों ताई को आँगन में उठा लाये और घर के सभी लोग उसे घेर कर बैठ गये। इनमें रिखिराज भी शामिल था।

अब तक ग्यारह बज गया था। सबकी खाने की थालियाँ भी रखीं थीं। रिखिराज ने भी एक बार फिर भाभी से अनुरोध किया। थोड़ी देर तक वह कुछ सोचती रही। उसने एक बार रिखिराज की तरफ निगाह डाली, जो पहले से ही उसे देखे जा रहा था। इसके बाद उसने थाली खींची और खाने लगी।

दूसरे दिन ग्यारह बजे लाखन ताई को लेकर तहसील पहुँचा और मुकदमें में इस आशय का समझौता दाखिल कर दिया कि जमीन फूलमती की है। हम दोनों पक्ष चाहते हैं कि विवादित भूमि फूलमती के नाम कर दी जाये।

इसी समझौते के आधार पर मैंने प्रश्नगत भूमि फूलमती के नाम अंकित किए जाने का आदेश पारित करते हुए सुपरवाइजर कानूनगो का प०क० 11 का आदेश निरस्त कर दिया।

लगभग छः माह के बाद फिर दोनों मेरे आवास पर मिलने आए। माँ बेटे की भांति दोनों का स्नेह देखकर मुझे बड़ी हार्दिक प्रसन्नता हुई।

मेरे जीवन का यह एक ऐसा संस्मरण है, जिसे मैं आज तक नहीं भुला सका। सोचता हूँ कि यदि मेरी मंत्रणा से दोनों में मधुर सम्बंध स्थापित न हो गये होते तो शायद इन दोनों का सारा जीवन वकीलों के चक्कर लगाते ही बीत जाता। आपसी समझदारी ही तो सुखी सामाजिक जीवन का आधार है, किन्तु स्वार्थवश आदमी भटक जाता है।

❋❋❋

(58) निकाह

जुराखन भाई

पिछले कई दिनों से वह उसी स्थान पर आसन जमाये बैठा था। सुबह रोज अंधेरे में जब मैं अपने दाहिने हाथ में छड़ी घुमाता उसकी बगल से निकलता था, तब वह या तो सोया हुआ होता था और यदि जगा हुआ बैठा होता तो उसकी पीठ मेरे सामने होती थी, इसलिए उसका ध्यान मेरी तरफ नहीं जाता था, किन्तु लौटते समय उसका चेहरा उसी दिशा में होता था, जिधर से मैं लौट रहा होता था। पता नहीं क्या समझ कर मुझसे, बिना नागा किये, हाथ उठाकर कहता था- 'नमस्ते बाबू जी।'

मैंने यह सोचकर उसकी तरफ कोई विशेष ध्यान नहीं दिया कि कोई भिखारी होगा, जो दिन भर भीख माँग कर रात में यहाँ सो जाता होगा। वैसे भी शहर में आजकल ऐसे लोगों की कमी नहीं, इसलिये सामाजिक जीवन की इसे एक सामान्य बात मानकर लोग इनकी उपेक्षा कर निकल जाते हैं।

वैसे यह स्थान मेरे घर से लगभग 150 कदमों की दूरी पर पुलिस चौकी से थोड़ा पहले ही था। चौड़ी सड़क के डिवाइडर पर सीमेंट की इंटर-लॉकिंग ईंटों से बने लम्बे ऊँचे चबूतरे पर एक शीशम के नये वृक्ष के नीचे यह एक साफ सुथरा स्थान था। एक मैली दरी पर बैठा वह खुद तथा सिरहाने की तरफ पेड़ के तने के पास एक प्लास्टिक की पानी की बोतल व एक छोटी सी पोटली नजर आती थी।

दो एक दिन और गुजरा तो मुझे लगा कि उसके भिखारी होने का मेरा ख्याल शायद गलत था। उसकी स्वाभाविक, चितवन, पहरावा व नमस्ते करने के हाव-भाव से मुझे लगा कि वह गाँव का कोई गरीब किसान है, जो किन्हीं प्रतिकूल परिस्थितियों में आकर यहाँ रहने लगा है। अब तक मुझे इतना तो पक्का इत्मीनान हो गया था कि वह कोई चोर उचक्का या जेबकतरा तो नहीं हो सकता और ऐसा सोचने के कई जायज कारण भी थे। एक तो अपने सेवाकाल में मैंने सारी उम्र

गाँवों व किसानों के बीच गुजारी थी और दूसरा यह कि उसका कमजोर शरीर पहनावा व छल-कपट विहीन उसकी भावभंगिमा और तीसरा यह कि उसने 'नमस्ते' करने के बाद किसी प्रकार की याचना नहीं की थी ।

अब तक उसके विषय में कुछ विस्तार से जानने की जिज्ञासा मेरे मन में कुलबुलाने लगी थी । मेरा करूणा आप्लावित मन अन्दर ही अन्दर चीत्कार कर उठा, तुम कैसे इंसान हो किसी की दयनीय दशा पर आत्मीयता के दो शब्द भी बोलने से कतरा रहे हो ?

दूसरे दिन टहल कर मैं लौट रहा था, तो उसे उसी मुद्रा में बैठे देखकर, मैं भी उसी खंड़जे पर नीचे पैर लटकाकर उसके सामने बैठ गया । मुझे इस तरह बैठा देखकर वह मुझे सपाट नेत्रों से लगातार देखता रहा ।

"बाबा आपका नाम क्या है ?" मैंने ही पूछा था ।

"जुराखन ! बाबू जी ।"

"मैं कई दिन से तुम्हें यहीं बैठा देख रहा हूँ लगता है कहीं घर मकान नहीं है ।"

"है बाबू जी ! सब कुछ है । घर मकान लड़का बहू जमीन जायदाद बाग सब कुछ है ।"

इतना कहकर वह एकाएक विचारों के किसी गहरे अंधड़ में खो गया था और इसी अंधड़ में खो गये उसके चेहरे को मैं खुली आँखों में देखता रहा । अंधड़ के उस गर्दोगुबार में छिपी जा रही उसके चेहरे की झुर्रियाँ, गहरा सांवला रंग, गड्ढों में धंस गई पथराई आँखें खुद ब खुद बयां कर रही थी कि मेहनतकश किसानी के मुश्किल काम की कैसी कंकरीली पथरीली राहों पर गुजर कर उसकी वृद्धावस्था आज जिन्दगी के इस मोड़ पर खड़ी है ।

थोड़ी देर के बाद जुराखन खुद में वापस हुआ तो मैंने उसे देखकर कहा-

"जुराखन भाई ! मैं तुम्हारी पुरानी यादों को कुरेद कर आपके दिल पर लगे जख्मों को हरा नहीं करना चाहता, पर इतना जरूर जानना चाहता हूँ कि लड़के बहू घर मकान के होते हुए भी जिन्दगी के इस पड़ाव पर आप यहाँ अकेले इस तरह पड़े जिंदगी से संघर्ष कर रहे हैं । खून के रिश्ते क्या इस कदर बेवफा

हो गये हैं ?"

शायद मेरी बात सुनकर उसकी आँखें छलछला आई थीं। वह कुछ कहना चाह रहा था पर भावनाओं के उद्रेक ने उसके शब्दों की हलक में ही कैद कर दिया था। अपने को थोड़ा आश्वस्त कर उसने कहा।

कौन रिश्ते ? कैसे रिश्ते ? दुनिया के सारे रिश्ते झूठे हैं। ये सारे रिश्ते स्वार्थ के हैं, मतलब के हैं। मतलब निकल जाता है, तो रिश्तों की डोर को दुनिया झटके से तोड़ देती है। इतना कहकर वह फिर कहीं खो गया।

उसकी बात का प्रतिवाद करने का मेरे पास कोई तार्किक आधार नहीं था। वैसे भी रिश्तों के आंकलन में तर्क हमेशा अर्थहीन हो जाते हैं, लेकिन फिर भी मैंने बात को आगे बढ़ाते हुए पूछा -

"जमीन जायदाद तो सब आपकी ही बनाई होगी ?"

"हाँ बाबू जी ! सब कुछ मेरा ही बनाया है और मेरे नाम कागजात में दर्ज भी हैं।"

इतना कहकर वह थोड़ा रुका और सूनी नजरों से मुझे देखते हुए बोला- हम दो भाई थे। बड़े भाई का नाम माखन था। मेरी उम्र 20–22 वर्ष रही होगी तो पिता का स्वर्गवास हो गया। बाबू जी ! उस समय 'ताऊन' (प्लेग) की बीमारी गाँव-गाँव इस कदर फैली थी कि हर घर में मौतों का एक सिलसिला लगा रहता था। एक को शमशान में जलाकर लौटते थे, तो घर में दूसरी लाश तैयार मिलती थी। पूरे डेढ़ सौ आदमी मर गये थे उस भयानक महामारी में। मेरा बाप भी उन्हीं में से एक था।

पिता की मौत के बाद क्या हुआ जुराखन भाई ? मैंने पूछा।

क्या बताऊँ ? कि क्या हुआ ? मेरा भाई बड़ा चलता पुर्जा आदमी था। मैं तो छोटा था ही। पिता की आठ बीघा जमीन पटवारी से मिलकर उसने अपने नाम चढ़वा ली। मेरी माँ भी बड़े भाई के इस जाल फरेब को न समझ पाई। वही घर का मालिक व कर्ताधर्ता था। मैं चौदह पन्द्रह साल का रहा होऊँगा, माँ ने मेरी शादी कर दी। शादी के बाद ही उसका स्वर्गवास हो गया। माँ के मरते ही भौजाई के दबाव में माखन ने बँटवारा कर दिया और जब जमीन का एक बिस्वा

भी मुझे नहीं मिला, तब उसकी चालाकी का राज खुला । मगर तब तक काफी देर ही चुकी थी ।

अगर तुम लड़ जाते तो जमीन में तो तुम्हारा आधा हिस्सा लग ही जाता, मैंने प्रश्न उठाया ।

गया था तहसील तक । वकीलों और अफसरों के तमाम चक्कर काटे । पर सब बेकार रहा । उसने बाप को बहकाकर पक्का बैनामा करवा लिया था । उसके बाद तो कोई रास्ता ही न बचा था ।

जुराखन की बात सुनकर मैं भी सकते में आ गया था – 'कैसे कैसे घिनौंने जाल फरेब होते हैं इस दुनिया में ?' मेरे मुँह से एक बुझी-बुझी सी आवाज निकल गई ।

और यह आवाज शायद जुराखन के कानों में भी पड़ गई थी, उसे सुनकर ही वह बोला था ।

"वह तो भाई था पट्टीदार और पट्टीदार तो हर समय गला काटने को तैयार रहते हैं पर एक तरफ तो मेरी औलाद है ।"

कौन औलाद ?

"वही सोवरन मेरा लड़का । उसको लड़का बताने में भी मुझे घिन आती है ।"

"पाला पोसा तो आप ने ही होगा ?"

"और कौन पालेगा ? अपनी औलाद को तो लोग पाल नहीं पाते, दूसरे की कौन पालेगा ? पाला पोसा, शादी-विवाह किया । पर दुल्हनिया के आते ही बाप दुश्मन बन गया ।"

इतना मुँह से निकलते ही उसकी आँखें एक बार फिर नम हो गई । बेटे तथा बहू की बेवफाई से संतप्त उसका मन गमों के किसी गहरे सागर में डूब गया था । उसे देखकर मैंने ही कहा था –

"जुराखन भाई ! मैं आपकी पीड़ा को समझ सकता हूँ ।"

"पर जिसे समझना चाहिए वह तो नहीं समझ रहा बाबू जी ! बिल्कुल पत्थर दिल हो गया है ।"

मेरी तरफ से निगाहें हटाकर वह फर्श पर लगी ईंटों को इस प्रकार देखता रहा, जैसे उनकी गिनती कर रहा हो।

अब तक सूरज निकल आया था और उसकी पीतवर्ण किरणें वृक्षों की नई हरी कोपलों से खेलती वातावरण में एक नई आभा बिखेर रही थी। पवन के मंद झकोरों में हिलते झुरमुटों के बीच से पक्षियों के मधुर कलरव की स्वर लहरी भी सुनाई पड़ रही थी। पर जुराखन भाई इन सबसे बेखबर शायद अपने दुखांत नाटक की कड़ियाँ जोड़ रहे थे। पता नहीं क्या सोचकर वे मेरी तरफ देखकर बोले- "जिस समय बड़े भाई ने मुझे अलग किया था, उस समय मेरे पास छदाम नहीं था। बँटवारे में दो किलो अरहर की दाल 20 किलो गेहूँ व थोड़े से खाना पकाने के बर्तन मिले थे। मैंने इसी को मुकद्दर मान कर हाड़तोड़ मेहनत की। गाँव के किसानों के खेतों में काम करने लगा। सड़क पर पी०डब्ल्यू०डी० के गैंग में मजदूरी की। मौका लगता तो जंगल से लकड़ियाँ तोड़कर कस्बे में बेंच आता था। मजदूरी ही कितनी थी, उस समय। पूरे दिन का ढाई रुपया मिलता था। ज्यादातर खाने-पीने में ही चला जाता था। पाई-पाई जोड़कर सात बीघे जमीन खरीदी, उस हरामी की शादी ब्याह किया और जब बुढ़ापा आया, तो इन सबका मुझे यही तमगा मिला।"

"क्या कभी देखने भी नहीं आता ?"

"आता था ! शुरू में दस पाँच दिन आया था, खाना भी साथ लाता था। पर बीबी की डांट पड़ी होगी तो वह भी बंद हो गया।

अब खाना-पीना कैसे होता है।

वह विंध्याचल देवी का मन्दिर है उसमें जाकर झाडू लगा देता हूँ। पुजारी पाँच रुपये दे देता है। दिन में ज्यादातर वहीं बना रहता हूँ। कभी-कभी खाना भी मिल जाता है। रात में यहीं आकर सो जाता हूँ।

मैं बड़े ध्यान से उसकी बात सुन रहा था। एकाएक मैंने पूछा -

"भौजाई अभी क्या जिंदा है ?"

"कौन भौजाई ? क्या आप बुढ़िया को पूछ रहे हैं।"

"हाँ।"

वह तो चार साल पहले ही चल बसी थीं, अच्छा ही हुआ, यह सब नहीं देख सकी, नहीं तो जिंदा में ही मर गई होती। बड़ी नेक औरत थी। सुख-दुःख सभी कुछ झेली, पर हमेशा मेरे साथ खड़ी रही। वह जिंदा होती तो शायद यह दुनिया इतनी परायी नहीं लगती। साँसों को सहारा देती रहती। पर शायद ऊपर वाले को यह नहीं मंजूर था।

जुराखन अपनी आपबीती बता रहा था। मेरे कान उसकी जुबान की तरफ थे, किन्तु मन ही मन मैं उस लड़के व बहू का रेखाचित्र अपने भावना पटल पर खींच रहा था, जिन्होंने बुड्ढे बाप को भूखों मरने के लिए सड़क पर छोड़ दिया था। मैंने मन ही मन निश्चय कर लिया था कि किसी दिन उसके गाँव जाकर उसकी इन नाख्वांदा औलादों से जरूर मिलूँगा। इसी उद्देश्य से मैंने उसका पता पूछा था।

"आपके गाँव का नाम क्या है ? जुराखन भाई।"

"बढ़ौली ! उसके मुँह से निकला था, यहीं 20 कि०मी० इंटौंजा से पूर्व तरफ दो ढाई कि०मी० पर।"

"मेरा विचार था कि यदि उसके नालायक बेटे ने न सुनी तो जिला जज के यहाँ उसका मुकदमा करवा दूँगा। सरकार ने कानून बना दिया है कि औलादें बूढ़े माँ-बाप को इस तरह मरने के लिए सड़क पर नहीं छोड़ सकती। खाना-पानी देना ही पड़ेगा।"

अब तक काफ़ी समय बीत गया था।

"अच्छा जुराखन भाई ! चलता हूँ।"

कहकर मैं उठा तो उसने मुझसे बड़े आर्द्रभाव से पूछा -

"भैया, तुम कोई अफसर लगते हो ?" आपने अपना नाम पता तो कुछ बताया नहीं।

"मैं रिटायर एस०डी०एम० हूँ। हाकिम परगना।

इतना सुनते ही उसने अपने जर्जर हो चुके शरीर को संभालते हुए उठा और मेरे पैरों की तरफ हाथ बढ़ाया। मैंने बीच में ही उसे पकड़ते हुए कहा-

"अरे यह क्या कर रहे हो जुराखन भाई।"

"कुछ नहीं। बस मन के भाव इन बूढ़े हो चुके हाथों से उन पाँवों तक पहुँचाना चाहता हूँ।"

चलते समय मैंने एक सौ रुपये का नोट जेब से निकाल कर उसकी तरफ बढ़ाकर कहा-

"यह थोड़े पैसे रख लो, वक्त पर काम आएंगे।"

शायद कहीं उसका स्वाभिमान जाग गया था, क्योंकि उसका हाथ मेरे उस नोट की तरफ उस तेजी से नहीं बढ़ा था, जितनी तेजी से मैंने सोचा था।

"मैं भिखारी नहीं बाबू जी।"

उसकी आत्मा भिखारी की तरह रहकर भी, अपने को भिखारी मानने को तैयार नहीं थी।

मेरे बार-बार कहने पर उसने वह नोट लरजते हाथों से थाम लिया था।

इसके बाद दो दिन के लिए एक शादी के सिलसिले में मैं इलाहाबाद चला गया। जुराखन भाई की दारुण व्यथा लगातार मेरे मन को कचोट रही थी। वहाँ से लौटने के बाद तीसरे दिन मैं अपनी गाड़ी लेकर बढ़ौली गाँव, सुबह छः बजे ही पहुँच गया। सबसे पहले वहाँ की महिला प्रधान राजरानी व उनके पति दौलतराम से मिलकर पूरी जानकारी प्राप्त की तथा उनसे इस प्रकरण में सहयोग का भी अनुरोध किया। दौलतराम स्वयं एक समझदार इंसान था। उनसे जो जानकारी मिली उससे स्पष्ट था कि जुराखन ने जो-जो बातें मुझे बताई थीं, लगभग सही थीं। उन्हें साथ लेकर मैं जुराखन भाई के घर पहुँच गया। सुबह का वक्त सोवरन मुझे दरवाजे पर ही बीड़ी सुलगाता मिल गया। हम लोगों को आया देखकर वह थोड़ा भौंचक्का हुआ।

"तुम्हारा नाम सोवरन है?" मैंने थोड़ा कड़कदार आवाज में पूछा।

"जी! मैं ही सोवरन हूँ।"

"कहाँ है तेरा बाप जुराखन?"

"यहीं कहीं गाँव में होंगे ढूँढकर लाता हूँ आप बैठिये।" इतना कहकर वह चारपाई लेने के लिए मुड़ा, किन्तु उसके पहले ही मैंने कहा-

"तू झूठ बोल रहा है। तुम दोनों पति-पत्नी ने मिलकर उसे घर से

निकाल दिया है और इसी गुस्से में उसने अपनी सारी जमीन व मकान पचास हजार रुपये में मेरे हाथ बेंच दिया है। इसलिए तुम तुरन्त मकान खाली कर दो, खेतों पर पैर मत रखना। कल से उन खेतों पर मेरा ट्रैक्टर चलेगा। इतना सुनकर सोवरन की सिट्टी-पिट्टी गुम हो गई। बदहवास होकर वह हाथ जोड़कर गिड़गिड़ाने लगा।

अब तक उसकी बीबी धरमाना भी दरवाज़े पर आ गई थी और गाँव के कई लोग इकट्ठे हो गये थे। उन्हें देखकर मैंने उनसे बैनामे वाली बात बताई और फिर सोवरन की तरफ मुड़कर कहा –

"देख छोकरे दो दिन की मोहलत मैं तुझे देता हूँ। परसों तक अपनी व्यवस्था कर लो। बाद में न कहना कि मुझे घर से निकाल कर सड़क पर बैठा दिया।"

"घर जमीन सब मेरा है। हम लोग भिखारी हो जायेंगे बाल-बच्चे भूखों मर जायेंगे।" धरमाना ने दौड़कर दौलतराम के पाँव पकड़ लिये और उसी समय मैंने हाथ में पकड़े एक तथाकथित बैनामें की फर्जी कापी हवा में लहरा दी।

सोवरन बेदम होकर वहीं जमीन पर बैठ गया।

मैंने दौलतराम को सम्बोधित कर कहा-

"यह औरत कौन है ?"

सोवरन की घरवाली। प्रधान राजरानी ने उत्तर दिया।

"देखो प्रधान जी ! इसे अपने बच्चों के भूखों मरने की फिक्र है और बुड्ढा जिसकी जमीन जायदाद सब कुछ है वह लखनऊ में भीख माँग कर अपना पेट पाल रहा है। कभी उसकी दुर्दशा पर इस औरत को तरस नहीं आया।" मैंने कहा था।

"मैं कह रहा था इस चुड़ैल से कि बाप को जाकर मना लाऊँ, पर राजी ही नहीं हुयी।" सोवरन ने कहा।

गाँव व मोहल्ले के लोग मन ही मन खुश हो रहे थे, क्योंकि वह धरमाना की बद्मिजाजी से भली-भांति वाक़िफ थे और उन्हें यह भी पता था कि उसी की बद्सलूकी से जुराखन घर छोड़ गया था।

कोई दाल गलती न देखकर धरमाना ने कहा–

"मैं अभी मिट्टी का तेल डाल कर आग लगा लूँगी और सब को फँसा दूँगी।"

सोवरन पत्नी का यह नाटक देख रहा था, आज पहली बार उसे क्रोध आया था। अपने को बुरी तरह लुटा पिटा समझ कर वह विक्षिप्त हो गया और लपककर उसने धरमाना के तीन चार झन्नाटेदार थप्पड़ रसीद कर दिये और बोला–

"इसी हरामज़ादी के कारण बाप घर से भाग गया। घर बार हाथ से चला गया और इस पर भी इसे संतोष नहीं हो रहा है। गाँव भर को फँसाने के लिए आग लगा कर अब मरना चाहती है।"

इसी समय दौलतराम ने मुझ से निवेदन करते हुए कहा –

"एस०डी०एम० साहब इन्हें कुछ मोहलत दे दो। बेचारे गरीब लोग हैं। कहाँ जायेंगे ?"

आप कह रहे हो तो मान जाता हूँ। दस दिन बाद पुलिस लेकर आऊँगा।

उसके बाद मैं प्रधान जी के साथ चला आया।

वहाँ अभी चाय पी रहा था कि सोवरन व धरमाना दोनों आकर मेरे पैरों पर गिर पड़े। फिर दौलतराम के पैर पकड़कर बोले–

"इस बार बचा लीजिए मुझे। अब ऐसी गलती कभी नहीं करूँगा।"

इसके बाद मैं वहाँ से लौट आया।

दौलतराम व सोवरन के बीच क्या वार्ता हुई मैं जान नहीं पाया; किन्तु उसके बाद दूसरे दिन जब मैं टहलने गया तो जुराखन भाई बोरिया बिस्तर साहित वहाँ से नदारत थे।

बाद में मुझे पता चला कि दौलतराम व सोवरन दोनों आकर उसे घर वापस ले गये थे।

✱✱✱

आँगन में खिंची दीवार

भारत वर्ष के गाँवों के शानी बस्तियाँ दुनिया के किसी हिस्से में विरला ही देखने को मिलेंगे। प्रकृति सुन्दरी ने मानों अपनी लावण्यता का एक बड़ा भाग गाँवों के नाम कर दिया है। कहीं गेहूँ के लहराते खेत तो कहीं गन्ने की खड़ी फसलें, कहीं मक्का के खेतों के बीच मचान पर बैठी पक्षियों को उड़ाती एक हाथ गुलेल पकड़े तो दूसरे से दुपट्टे के कोने को खींचती अपने गोरे बदन को ढकने का प्रयास करती अल्हड़ बालिकायें, भला किस युवक के मन को अपने चुम्बकीय आकर्षण से खींच लेने की शक्ति से परिपूर्ण नहीं होती। पुरवा पवन के झोंको के बीच लहराते धान के खेतों की मेड़ से सिर पर रखे खाने की पोटली और हाथ में टाँगे रस्सी से लटकते चमकते पानी के लोटे, लम्बे कदमों से खेत में काम करते अपने पति की ओर बढ़ी जा रही युवतियाँ भला और कहाँ देखने को मिलेंगी।

उत्तर प्रदेश के पूर्वांचल में गुरदासपुर एक ऐसा ही सुहाना गाँव था, जो आम जामुन तथा नीम आदि के पेड़ों से घिरा अपनी अलौकिक छटा के लिए जाना जाता था। ठाकुर बलवीर सिंह ब्रतानिया शासन काल में इस गाँव के मुखिया हुआ करते थे। अच्छी जमीन जायदाद के मालिक थे।

बलवीर सिंह के दो बेटे थे- जसवंत सिंह व बलवन्त सिंह। दोनों की शादी हो चुकी थी और दोनों के एक-एक बालक भी था। देश में आई आजादी के साथ ही ठाकुर बलवीर सिंह स्वर्ग सिधार गये। उनके बाद जसवंत सिंह ने गृहस्थी का दायित्व संभाला और पिता की मुखियागीरी की पुरानी विरासत को भी कायम रखा। वे तीन बार गाँव के प्रधान रह चुके थे और इस बार भी यदि यह पद अनुसूचित जाति के लिए आरक्षित न होता, तो वे ही प्रधान चुने गये होते।

जसवंत सिंह ही घर के मालिक थे। मिल्कियत चलाने के अतिरिक्त उन्हें खेती पाती के कामों से कोई वास्ता न था। बलवंत सिंह अपने नाम के अनुसार

ही तगड़ा तन्दुरुस्त व शक्तिशाली था। दो आदमियों की शक्ति जैसे अकेले भगवान ने उसमें भर दी थी। जोतने बोने व सींचने निराने से लेकर माड़ने काटने तक की सारी जिम्मेदारी बलवंत सिंह पर ही थी।

दोनों भाइयों में आपस में बड़ा प्रेम भी था। बलवंत को कभी इस बात का गुरेज नहीं था, कि बड़े भाई केवल पंचनामा करते व हाकिम हुक्काम की खातिर बरदारी में लगे रहते हैं। किसी न किसी के दरवाजे पर मज़लिश लगाये रहते हैं, किन्तु खेती-पाती के मेहनतकश काम को कभी हाथ तक नहीं लगाते।

घर की औरतों में भी आपस में कोई हिसकेबाजी या द्वेष भावना नहीं थी। देवरानी अपनी जेठानी को पूरी इज्ज़त देती थी तथा उनकी सुख सुविधा का भी पूरा ध्यान रखती थी।

जसवंत सिंह भले अब प्रधान न रहे हों, पर गाँव के लोग अब भी उन्हें प्रधान जी कहकर ही पुकारते थे और लगभग पुरानी जैसी ही इज्जत देते। कुछ तो जातीय श्रेष्ठता तथा दौलत के कारण, शेष कुछ उनके रुतबे के कारण लोग ऐसा करते थे। गाँव के अनेक छोटे-मोटे झगड़े फसाद वे अब भी निपटा देते थे - कुछ तो लोगों के अनुरोध पर और कुछ इसलिए भी कि उनकी पुरानी प्रतिष्ठा भी किसी हद तक बनी रहे।

बलवंत सिंह की मेहनत व लगन के कारण जसवंत सिंह के यहाँ गाँव में सबसे अधिक गल्ला पैदा होता था। गल्ला ही किसान की दौलत है, वही उसकी प्रतिष्ठा भी।

अलल सुबह जसवंत सिंह खेतों की तरफ निकल जाते, सारे खेतों का चक्कर लगाकर अपने बाग में थोड़ी देर रुकते थे। उनके पास एक पाँच बीघा का तुखमी आम का बाग भी था, जिसे कभी बलवीर सिंह ने लगवाया था। उस समय देशी आम के बागों का ही अधिक चलन था। बाग व कुँआ औलाद के मानिन्द माना जाता था जो सैकड़ों वर्षों तक अपने मालिक के नाम व कीर्ति को अक्षुण्ण बनाये रखते थे। संसार में मनुष्य कितने काम अपने नाम व ख्याति को बढ़ाने के लिए करते हैं, उनमें से एक यह भी था, विशेषकर ग्राम्य जीवन में।

एक दिन सुबह जसवंत सिंह खेतों से घूम कर बाग में कुँयें की जगत पर

बैठे किसी सोच में मगन थे । अषाढ़ का महीना लग चुका था, आर्द्रा नक्षत्र लगने ही वाला था । इस बार बाग में फसल बहुत अच्छी थी । आम पकना शुरू हो गये थे किन्तु अभी एक आध आम ही पके थे ।

थोड़ी देर बैठकर घर जाने के लिये उठे ही थे कि इसी समय सामने के पेड़ से दो आम टपके । उन्होंने दोनों आम उठा लिये कि घर चलकर बच्चों को देंगे तो कितने खुश होंगे । इनमें एक आम बड़ा व अच्छा था किन्तु दूसरा छोटा व बदरंग था ।

बाजार सामान्यतया जसवंत सिंह ही जाया करते थे इसलिये बच्चे उनके घर आते ही 'दादा' कहकर दौड़ पड़ते थे और उनके हाथों से कुछ न कुछ पाकर हर्षोतिरेक से खिल उठते थे ।

आज जिस समय जसवंत सिंह दोनों आम लिए घर पहुँचे, दोनों बच्चे दरवाज़े पर ही मिल गये । बांयें हाथ में छोटा वाला आम था पर बच्चों में दाहिनी तरफ बलवंत का लड़का पप्पू था व बांयें हाथ की तरफ उनका अपना लड़का बिरजू था। प्रधान जी ने दाहिना हाथ बांयें व बांया हाथ दाहिने कर बच्चों को आम पकड़ा दिए । इस प्रकार बिरजू को उन्होंने बड़ा आम दे दिया और पप्पू को छोटा वाला मिला।

दोनों ही बच्चे पूरी उमंग व उत्साह के साथ 'दादा' की तरफ दौड़े थे, पर छोटा व बदरंग आम पाकर पप्पू निराश हो गया, उसने ललचायी आँखों से बिरजू के हाथ वाले आम को देखा । बिरजू सुंदर व बड़ा आम पाकर उछलता कूदता घर के अन्दर चला गया, पर पप्पू अपने आम को बेमन पकड़े रहा । वह काफी निराश हो गया था, उसका मन टूट गया और सोचा कि उसे वहीं जमीन पर डाल कर चला जाये, पर ताऊ के डर के कारण वह ऐसा न कर सका । अपनी उदासी लिए धीमें कदमों से वह भी अपनी माँ के पास चला गया ।

माँ सरल स्वभाव की निष्कपट महिला थी, बेटे की उदासी का कारण न समझ सकी, किन्तु बलवंत आँगन में खड़े-खड़े यह सारा वाक्या देख रहा था । बात बड़ी छोटी थी, पर उसका भाव इतना गहरा कि उसके निश्छल मन में बहुत अन्दर तक उतरता चला गया ।

बच्चा तो थोड़ी देर में सामान्य हो गया और बिरजू के साथ खेलते-खेलते बाहर चला गया, किन्तु बलवंत के मन में यह बात कढ़ाव में उबलते तेल की तरह खौलती रही। वह आँगन से उठा और किसी से बिना कोई बात किए खेतों की तरफ निकल गया।

खेतों पर भी उसका मन नहीं लगा। बच्चे का निराश चेहरा बार-बार उसकी यादों में उभर आता था और उसी के साथ भाई का पक्षपात पूर्ण व्यवहार भी याद आ जाता था। वह मन ही मन सोच रहा था कि सामान्य व्यवहार की बात तो यह होनी चाहिए थी कि जो बच्चा जिस हाथ की तरफ खड़ा था उसी हाथ का आम उसको पकड़ा देना चाहिए था पर भाई अपने लड़के को बड़ा आम देने के लिए हाथों को कैची की तरह घुमा दिया, आखिर क्यों ? इसीलिये न कि वह उनका अपना लड़का था और दूसरी तरफ गैर का। और जहाँ अपने पराये का भेद मन में आ जाये फिर साथ-साथ रहने का क्या मतलब ? बलवंत का पारा सातवें आसमान पर जा पहुँचा।

दिन तो किसी तरह बीत गया। शाम को बलवंत ने कहा-

"भाई ! मेरा बँटवारा कर दो मैं आप के साथ अब एक पल भी नहीं रहूँगा।"

बलवंत का इतना तीखा तेवर देखकर जसवंत सिंह हतप्रभ हो गये और घर की महिलायें भौंचक्की होकर बलवंत को अपलक देखती रह गई। किसी के मुँह से एक शब्द भी नहीं निकला। जसवंत सिंह का पूरा बदन बँटवारे के नाम पर झनझना उठा। बड़ी देर तक वे असहज भाव से शून्य में निहारते रहे, फिर बोले-

"बलवंत ! आखिर कुछ बताओगे भी, एकदम बँटवारे की बात कहाँ से आ टपकी ? मैंने कभी कुछ तो कहा नहीं, डाँटा फटकारा भी नहीं, फिर आखिर इतना बड़ा निर्णय तुमने कैसे सुना दिया।

"बताना क्या भाई ! जब भाई-भाई में अपने-पराये का भेद आ जाये, तब अलग-अलग ही रहना मुनासिब है।"

"मैं हर बात आपको बताना जरूरी नहीं समझता, किन्तु यदि आप जिद ही कर रहे हैं तो बताये देता हूँ।"

जसवंत सिंह पूरी एकाग्रता से बलवंत की ओर देखने लगे । उसने बताया-

"सुबह बाग से आप दो आम लाये थे, किन्तु बिरजू को बड़ा आम देने के लिये आपने हाथों को इधर-उधर कर दिया । अब तक आप पूरे घर के मालिक थे और सभी के समान संरक्षक व हितैषी थे । मैंने कभी आप से तेज आवाज में बात भी नहीं की होगी, पर अब आपके दिल में अपने पराये का भाव पैदा हो गया है । इसलिए अब एक साथ संयुक्त रूप से रहने का कोई मतलब नहीं रह गया। बँटवारा हो ही जाना चाहिए । अपनी-अपनी ढपली अपना-अपना राग ।

जसवंत सिंह को अपनी चालाकी भरी गलती का पूरा-पूरा एहसास हो गया था । बलवंत के तीखे तेवर ने उन्हें और भी गहरा एहसास करा दिया था । वह अपनी भूल स्वीकार करते हुए बोले-

"भैया मैं नहीं कहता कि मुझसे गलती नहीं हुई, पर एक छोटी सी चूक पर आपका इतना कड़ा निर्णय कहाँ तक उचित है ।"

"मैं उचित अनुचित के पचड़े में नहीं पड़ना चाहता, अपना आधा भाग ही तो माँग रहा हूँ । बँटवारा आज नहीं तो कल होगा, दो चार साल बाद होगा। दुनिया का कोई घर ऐसा नहीं जो सारे जीवन साथ-साथ रहता हो । अभी शरीर में ताकत है, अपनी गृहस्थी बाँध लूँगा । उम्र बढ़ने पर तो मुश्किलें ही अधिक झेलनी पड़ेगी । दुर्दिन में कोई किसी का नहीं होता ।"

बलवंत का जिद्दी रुख देखकर जसवंत पूरे सकते में आ गये, क्योंकि उन्हें भली प्रकार मालूम था कि खेती अलग कर वह कितना पैदा कर पायेंगे । अब तक काम करने खेती पाती संभालने की आदत ही खत्म हो गई थी । इधर-उधर गप्पे मारना और मंडली लगाना भर उनका काम रह गया था । किसानी की हाड़तोड़ मेहनत उनके वश की बात नहीं रह गई थी । उन्होंने बलवंत को काफी समझाने का प्रयास किया, किन्तु उसने एक भी न सुनी ।

दूसरे दिन जसवंत सिंह ने गाँव के कुछ प्रतिष्ठित लोगों को बुलाया और उनसे बलवंत को मनवाने का प्रयास किया, किन्तु उसने किसी की एक न सुनी, अपनी ही जिद पर अड़ा रहा ।

दूसरे दिन आँगन में दीवार खिंच गई । जमीन जायदाद का बँटवारा हो गया और दोनों भाई अपने-अपने हिस्से पर काबिज हो गये ।

कपटपूर्ण छोटी से छोटी बात कभी-कभी बड़े विवादों का कारण बन जाती है । इसलिए संयुक्त परिवारों में मुखिया को सदैव निष्पक्ष आचरण करना चाहिए।

✵✵✵

डायरी खर्चे की

'डायरी' एक ऐसी किताब जो कमोधिक हर व्यक्ति के जीवन से जुड़ी होती है। सरकारी अधिकारी अपने भ्रमण व कार्य का विवरण इसी में लिखते हैं, जिसे 'दैनन्दिनी' की संज्ञा भी दी जाती है। छोटे स्तर पर इसे 'नोट बुक' भी कहा जाता है, जिसमें सामान्यतया लोग लेन-देन व स्मरण रखने योग्य अन्य अनेक बातों को अंकित कर लेते हैं। बड़े स्तर पर इसे डायरी कहा जाता है। थाने पर एक जी०डी० (जनरल डायरी) रखी जाती है, जिसमें तिथिवार अपराधों, सूचनाओं व उन पर किए गये कार्य का विवरण रखा जाता है। जी०डी० में यदि दर्ज हो गई, कोई घटना तो बस पत्थर की लकीर हो गई। उसे मिटाना सम्भव नहीं। हर दारोगा अपनी-अपनी डायरी अलग लिखता है, जिसमें किए गये कार्य का ब्योरा अंकित किया जाता है। इसलिए न्यायालय भी तथ्यों के सत्यापन के लिए कभी-कभी उनको तलब कर लेता है। तीन अक्षरों के इस शब्द का इतना व्यापक महत्व है कि कभी-कभी यह झूठे तथ्यों को सच्चा और सच्चे को झूठा बना डालती है। दुकानों पर रखी जाने वाली बही भी व्यापारिक स्तर पर एक डायरी ही है। मोबाइल व कम्प्यूटर में भी एक डायरी होती है जिसे हम 'मिमोरी' कहते हैं। 'इंटरनेट' विश्व की विशालतम डायरी ही है। बटन दबाया और सारी दुनिया का ज्ञान-कोष सामने आ गया। स्त्री-पुरूष भी अपनी डायरी लिखते हैं, जिसमें क्रमानुसार उनकी दिनचर्या, बातचीत और जिन्दगी का प्रतिदिन का उतार-चढ़ाव, संयोग-वियोग मिलन-बिछुड़न, मीठे व कडुवे अनुभवों का विवरण अंकित किया जाता है। प्रेमी युगल अपनी मुलाकातों का बड़ा हृदय स्पर्शी विवरण कुछ इस तरह अंकित करते हैं, कि इनके वर्क पलटे और यादों को ताजा कर लिया। कितने प्रेमी तो दिल की सारी कोमल वृत्तियों को किताब के पन्नों के बीच रखी गुलाब की पंखुड़ियों की तरह डायरी में संजोकर रख देते हैं। मसलन आज कितनी बार उसका फोन आया,

सवेरे से उसका मोबाइल ही नहीं आया। दिन में कितनी बार मिली, किस पार्क माल या रेस्त्रां में, चेहरे पर मासूमियत भरी मुस्कुराहट थी, जाने क्यों आज उसके चेहरे पर हवाइयाँ उड़ रही थी। उसे छूने भर की तमन्ना लिये खाली हाथ वापस आना पड़ा।

लड़कियों की डायरी में और भी हृदय विदारक वर्णन मिल जाते हैं। एक किशोरी निंबू पार्क पर प्रेमी से न मिल पाने का दर्द दिल में लिए लौटी। उसने डायरी में लिखा- मिलने को दिल कितना बेताब था, पर वह आया नहीं, क्या करूँ यह दिल है, कि मानता नहीं, उसके नीचे गालिब का एक शेर लिखा दिया।

"इश्क पर जोर नहीं ये वह आतिश गालिब,
कि लगाये न बने और बुझाये न बुझे।।"

यह शेर मोबाइल पर डाला और प्रेमी को एस०एम०एस० कर दिया।

फैजाबाद की लड़की ने अपने विधायक प्रेमी की बेवफाई से बेजार अपनी डायरी में इन चन्द कतरे से अपनी पीड़ा को व्यक्त किया था-

"क्यों कत्ल हमें कीजिए मर जायेंगे हम खुद,
बस अपनी मोहब्बत का इल्जाम लगा दीजिये।
जला के दिल में हसरतों के चिराग,
हम आपके आने का इन्तजार करते हैं।"

कितने अरमान सजाये होंगे, पर डायरी उसकी मौत के बाद मिली। विधायक जी उसकी मौत के आरोप में सलाखों के पीछे हैं। राजनीति के गलियारों में पनपे उनके प्रेम के अफसानों का रहस्य अधिकांशतः पीड़ित लड़कियों की डायरी में ही मिलते हैं।

शासन के अधिकारियों की डायरियाँ कभी-कभी बड़े घोटालों का राज खोल देती है और उन्हें जेल के वैरकों तक घसीट ले जाती हैं। गाजियाबाद विकास प्राधिकरण के अधिकारी की कई डायरियाँ अरबों की कमाई का आंकड़ा जमाने के आगे खोल गई और मालिक को जेल की हवा खाने के लिये रास्ता दिखा गईं।

नेताओं की डायरियाँ कम ही देखने को मिलती है। कहाँ तक बेचारे लिखे। अनगिनत बातें और अनगिनत प्रकरण। वे तो खुद में एक चलती फिरती डायरी

होते हैं ।

इन सबसे अलग कुछ घरेलू डायरियाँ भी लिखी जाती है, जिनमें अधिकांश में घरेलू खर्चे का विवरण मिलता है । खर्चे की डायरी लिखने वाले बड़ी जिद्दी मानसिकता से इस काम को अपनी दैनिक उपासना समझ कर उसको पूरे मनोयोग से लिखते हैं । वे किसी भी अतिशय महत्वपूर्ण कार्य से चूक सकते हैं, पर खर्चों का गणित लगाना नहीं भूलते; जो व्यक्ति अपनी डायरी नहीं लिखते, उसे वे आलसी, निकम्मा, लापरवाह और यहाँ तक कि बेइमान व मिथ्यावादी कुपढ़ तक कहने में संकोच नहीं करते । यदि कोई खर्च यादों में न आए तो और बात, मगर यदि आधी रात में भी कोई भूला बिसरा खर्चा याद आ जाये तो बत्ती जलाकर उसी समय उसको लिख डालते हैं । कुछ लोग तो एक छोटी नोट बुक, कागज का पन्ना व कलम जेब में रखते हैं, दिन भर उस पर लिखते रहते हैं, फिर शाम को मुख्य बड़ी डायरी पर उतारने में लग जाते हैं । खुद की कमाई और खुद का ही खर्च मैं सारा जीवन इस कार्य की उपयोगिता नहीं समझ पाया । जीवन का बहुमूल्य समय जिसे किसी अन्य उपयोगी कार्य में लगाया जा सकता है, उसे अपने हाथ से खर्च किये गये पैसों की बैलेंस सीट तैयार करने में लगा देना मुझे किसी माने में युक्ति संगत नहीं लगता । बच्चों का होमवर्क भले न पूरा करा सके, पर खर्चे का यह पुराण कभी अधूरा नहीं रहता । ऐसे लोगों को सामान्यतः अपनी पत्नियों व बच्चों पर विश्वास नहीं होता । बच्चे भी घर के मुखिया-पिता व पति को अविश्वासी समझ कर उन्हें झेलते रहते हैं ।

ऐसे लोगों की स्मरण शक्ति भी क्षीण हो जाती है, क्योंकि चीजों का स्मरण रखने का वे कभी प्रयास ही नहीं करते । उनकी याद रखने की क्षमता तो डायरी में कैद रहती है । इसलिये अपनी डायरी को छोड़कर वे दुनिया के किसी व्यक्ति पर विश्वास नहीं करते और दुनिया वाले भी ऐसों को सिरफिरा समझकर किनारा काटते रहते हैं ।

मेरे एक मित्र-कनौजी लाल वर्मा जनगणना विभाग में अधिकारी के पद पर है। उनकी पत्नी श्रीमती पुष्पलता भी स्नातक है । दैवयोग से एक दिन मेरे यहाँ बैठे चाय पी रहे थे। घर के खर्चों पर कोई बात चली तो बड़े फक्र से वे बोल पड़े।

“भाई साहब मैं तो पैसे-पैसे का हिसाब हर दिन डायरी में लिख लेता हूँ। यदि दो पैसे की धनिया खरीदी तो भी मैं नोट कर लेता हूँ ।”

हम दोनों के एक अन्य परिचित मित्र-श्री करूणा शंकर मिश्र भी, इसी बीच आकर साथ में बैठ गये थे । वे वर्मा जी की इस दर्पयुक्त अभिव्यक्ति को सुनकर बोल पड़े-

“भाई साहब आपने तो समाज के अद्योपांत उन्नयन के लिए एक उत्कृष्ट सूत्र खोज निकाला है । ऐसे कर्मठ व्यक्ति को तो भारत के योजना आयोग का उपाध्यक्ष नियुक्त होना चाहिए । आपकी अद्‌भुत क्षमता का घर की दीवारों के बीच अनावश्यक ह्रास हो रहा है।”

वर्मा जी पहले तो समझे कि मिश्रा जी उनकी योग्यता की प्रशंसा कर रहे हैं, किन्तु अंततोगत्वा मिश्रा जी की हास्य व्यंगपूर्ण टिप्पणी समझकर आक्रोश में लाल हो गये और बोले -

“अरे भाई ! मैं अपने दिन भर के खर्चे का ब्योरा डायरी पर लिख लेता हूँ तो किसी को क्या तकलीफ ?”

“मैं तो तकलीफ की बात ही नहीं कर रहा ।”

“तो फिर और क्या कर रहे हो ?”

“मैं तो यह कह रहा हूँ कि घर में आप ही कमाने वाले और आप ही खर्च करने वाले, फिर भी कितना परिश्रम कर एक-एक पैसे का हिसाब डायरी पर लिख डालते हैं । कितना निष्ठापूर्ण कार्य है ।”

“तो और क्या आप जैसे पढ़े-लिखे होकर कुपढ़ जैसा काम करूँ ।”

मैंने सोचा वार्तालाप कहीं ऊँचे तापमान तक पहुँच कर संघर्ष का रूप ने ले ले, इसलिए मिश्रा जी से मुखातिब हो कर कहा -

“क्या आप नहीं लिखते अपने खर्चे की डायरी ।”

“मैं घर के खर्चे की डायरी लिखने से अधिक और कोई निकृष्ट काम नहीं समझता । जबरदस्ती अपनी पढ़ाई की फीस के एक-एक पैसे कणी सार्थकता प्रमाणित करने का मुझे पागलपन तो सवार नहीं है । डायरी वे लोग लिखते हैं जिन्हें अपने बीबी बच्चों पर विश्वास नहीं होता ।”

मैंने प्रकरण को बदलने के लिए प्रश्न किया था, पर मिश्रा जी के उत्तर ने तो आग में घी डालने का काम कर दिया। कोई साम्यवादी जिस प्रकार मार्क्सवाद व लेनिनवाद की निंदा सुनकर आपे से बाहर हो जाता है, उसी प्रकार वर्माजी नख-शिख क्रोध से उबल पड़े और बोले-

"क्या जाहिलों जैसी बातें करते हो। फिर पढ़ने लिखने का फायदा ही क्या? निकृष्ट तुम खुद होगे, इसलिए ऐसी बातें करते हो।"

मैं सोच रहा था कि वर्षों कि दोस्ती आज कहीं डायरी की भेंट न चढ़ जाये। इसलिए दोनों को शान्त करते हुए बोला-

"निकृष्ट शब्द का प्रयोग मिश्रा ने आपके लिए नहीं किया, वे उस काम को निकृष्ट बता रहे हैं।"

"क्यों मेरे काम को निकृष्ट बता रहे हैं ?" क्या मैं निकृष्ट काम करता हूँ। कौन होते हैं यह ऐसा कहने वाले ?

"अरे भाई शांत हो जाइए।" मैंने हाथ जोड़ते हुए दोनों से अनुरोध किया।

"क्या शांत हो जाऊँ भाई साहब ! बेवकूफों जैसी बातें करते हैं और चाहते हैं कि उनको कोई गणित का पुरोधा कहे और मूर्खतापूर्ण कार्य की प्रशंसा के कसीदे पढ़े।"

इस पर वर्मा जी और लाल पीले हो उठे और इसी आवेश में कुर्सी पीछे खिसकाई। मैं समझा क्या उठकर हाथा-पाई की तैयारी तो नहीं कर रहे इसलिए जल्दी से दोनों के बीच आ खड़ा हुआ और बोला-

"देखिये भाई अब कोई जबान नहीं खोलेगा।"

अब तक श्रीमती जी चाय ले आई थीं। उनके बीच में आने से दोनों को कुछ संकोच लगा और शान्त होकर अपनी-अपनी कुर्सी पर बैठे रहे।

चाय के प्यालों से उठती भाप को सभी लोग देख लेते थे और विपरीत दिशा में मुँह मोड़ लेते थे। थोड़ी देर बाद मैंने फिर अनुरोध किया। मिश्रा जी ने तो चाय उठा ली, किन्तु वर्मा जी शायद कुछ अधिक ही विक्षुब्ध थे। वे लगातार दरवाजे की तरफ ताके जा रहे थे। मैंने उठकर चाय का प्याला उनकी तरफ बढ़ाया फिर

भी बड़े धीरे-धीरे उंगलियों से उन्होंने प्याले को बेमन से थामा। सामने रखे बिस्कुट व दालमोट दोनों को हाथ तक नहीं लगाया, शायद यह सोचकर कि बिस्कुट खा लेने से उनके तेवर में कहीं कमी न समझी जाये। मैं आज तक नहीं समझ पाया कि क्रोध में चाय के साथ कुछ ठोस खा लेने में लोग अपनी पराजय की अनुभूति क्यों करते हैं।

काम, क्रोध, लोभ न मोह इन चारों से मनुष्य का व्यक्तित्व निर्मित है। इनका सतत दमन मनुष्य को देवता बना देता है और अनवरत उभार दानव की श्रेणी तक खींच ले जाता है। क्रोधी व्यक्ति अपने क्रोध की पोटली काँख में हर समय दबाये रहता है। वह स्वतः उसे नहीं छोड़ना चाहता, उसी में बने रहने से अपने व्यक्तित्व की पूर्णता का अनुभव करता है। इसलिये क्रोध की स्थिति में कुछ न खाने में इसका पूर्ण प्रदर्शन, चाय पी लेने में उसमें थोड़ी गिरावट एवं चाय के साथ कुछ स्वल्पाहार कर लेने में थोड़ी और गिरावट का तथा खाना खा लेने में पूर्ण रूपेण धरातल पर आ गिरने का अनुभव करता है।

भला दूसरे के सामने अपने व्यक्तित्व को कौन गिराना चाहेगा। इसलिये वर्मा व मिश्रा जी ने बड़ी अन्यमनस्कता के साथ आधा-आधा कप चाय पी और बिना एक दूसरे से नमस्ते किए चले गये।

वर्मा जी मेरे बड़े लंगोटिया यार थे, इसलिये मैंने कभी गुण दोष के आधार पर उनका सम्मान नहीं किया, बल्कि अनन्य मित्र व शुभचिन्तक के नाते उन्हें मित्र मानता था।

एक दिन खरीददारी के लिए हम दोनों साथ-साथ अमीनाबाद गये। खरीददारी कर हम लोग झण्डे वाले पार्क के दक्खिनी किनारे से हाथों में सामान के बैग टांगे अपनी ही मस्ती में अमीनाबाद की सौन्दर्य से भरी संध्या का आनन्द उठाते मन्थर गति से बढ़े जा रहे थे, कि अचानक एक ज्वैलर्स की दुकान से एक हट्टे-कट्टे व्यक्ति ने आकर वर्मा जी को पकड़ लिया और नवाबी शहर की मिठास भरी शैली में बड़ी शिद्दत से बोला -

"वाह ! जनाब बड़े भले आदमी हैं। देखने में तो पढ़े-लिखे लगते हैं, पर वादा खिलाफी ऐसी की छः माह हो गये 500/- उधार कर गये थे, सप्ताह भर

में देने का वादा कर, पर आज छः महीना बीत गया, शकल भी नहीं दिखाई। आज मेरे पैसे देकर जाइये ।"

मैं हक्का-बक्का खड़ा कभी उस दुकानदार को और कभी वर्मा जी के चेहरे पर आए खौफ के मंजर को देख रहा था ।

"अरे मैंने कब मना किया, पर अपनी डायरी देख लूँगा फिर दूँगा ।" वर्मा जी ने मेरी ओर देखकर कहा ।

"डायरी आप अपनी, अपने घर में रखो, पहले नोट निकालो खरे-खरे।"

वास्तव में वर्मा जी को अब तक याद तो आ गया था कि छः माह पहले वे पत्नी के लिए एक जोड़ी पायल ले गये थे । चूँकि जेब में 500/- कम थे, इसलिए उधार कर गये थे, पर समस्या यह थी कि उनकी जेब में केवल बीस रुपये बचे थे और शर्राफ का तगादा इतना तलख़ कि उससे बच निकलना बड़ी टेढ़ी खीर था ।

इसी समय वर्मा जी की कलाई पूरी शक्ति के साथ पकड़े वह व्यक्ति उन्हें दुकान के अन्दर खींच कर ले जाने लगा । उनके सामान का झोला नीचे नाली में जा गिरा । यद्यपि मैंने तुरन्त दौड़कर उठाया, किन्तु फिर भी उसमें रखे नमकीन, बिस्कुट आदि को नाली के गंदे पानी में बिखर जाने से बचा न सका । अपने प्रयास की असफलता के आक्रोश में मैंने दुकानदार से कहा-

"आप कैसा असभ्यता पूर्ण व्यवहार करते हैं । आप अपना पैसा लेंगे या किसी की जान । आपके दुर्व्यवहार से भाई साहब का कितना नुकसान हो गया।" फिर वर्मा जी को देखकर कहा-

"आप दे दीजिए इनका पैसा - डायरी फायरी की बात छोड़ो ।"

"मेरे पास पैसे बचे ही नहीं ।" मेरे तेवर में वर्मा जी को थोड़ी राहत महसूस हुई थी मैंने अविलम्ब पाँच सौ रुपये अपनी जेब से निकालकर सर्राफ को दे दिया और कहा - "देखिये बही से बकाये की कलम काट देना ।"

दुकानदार पैसा लेकर दुकान के अन्दर चला गया और मैं वर्मा जी को लेकर घर चला आया । रास्ते में वर्मा जी ने मुझे रुपयों के लिए धन्यवाद देकर विनम्रता से यह अनुरोध किया -

"भाई साहब ! पुष्पलता से भूलकर भी न बताइयेगा, नहीं तो मेरी खटिया खड़ी हो जायेगी और अपनी श्रीमती जी से भी इसकी चर्चा न करना। नहीं तो वह आकर श्रीमती जी को बता देंगी।"

"अरे भाई साहब ! आप कैसी बात करते हैं; मैं किसी से होंठ तक नहीं खोलूँगा। क्या अपने दोस्त की फज़ीहत कराऊँगा।" मैंने उन्हें आश्वस्त किया।

एक दिन वर्मा जी शाम को बाजार से लौटे, पत्नी ने गर्मा-गरम चाय पिलाई। आज बाजार से उन्होंने घर का महीने भर का खाने पीने का सामान खरीदा था, हिसाब किताब थोड़ा लम्बा था। इसलिए चाय पीकर खर्चों का विवरण डायरी पर लिखने लगे। दस बज गया लेकिन वर्मा जी किसी परिश्रमी विद्यार्थी की तरह अपनी कलम व डायरी से जूझते रहे। पुष्पा खाने के लिए दो तीन बार पुकार चुकी थी, पर हर बार 'अभी आता हूँ' कहकर टाल जाते थे। उनकी बैलेंस शीट नहीं बैठ रही थी। उसी धुन में कभी चश्मा उतार कर सामने मेज पर रख देते और सोचने लगते और सोचते-सोचते वह मानसिक रूप से उस हर दुकान के दो चक्कर काट लिये थे जहाँ-जहाँ से सामान खरीदा था पर गलती कहाँ हुई उनकी पकड़ में नहीं आ रही थी।

अबकी बार पुष्पा ने थोड़ा तलखी के साथ कहा-

"खाना खा लीजिये फिर रात भर बैठकर हिसाब जोड़ते रहना।"

इस बार वर्मा जी को उठना ही पड़ा। खाना खाकर उन्होंने फिर डायरी व कलम संभाली और बारह बजे तक दिमागी कसरत करते रहे। इस बार अलग शीट पर सारा सामान फिर से लिखकर जोड़ा घटाया, पर वह दस रुपये का अन्तर फिर भी उनकी पकड़ से बाहर ही रहा। पुष्पा अपने पति की आदत से परिचित थी, इसलिये खा पीकर बच्चों के साथ बेडरूम में पहले ही लेट चुकी थी। हार कर वर्मा जी भी बच्चों को थोड़ा खिसकाकर बगल में लेट गये। सुबह रविवार का दिन था। थोड़ी देर से उठे नहा धोकर पूजा पाठ किया और कपड़े पहनकर बाजार पहुँच गये, हर दुकानदार को पर्चा दिखाया हिसाब मिलवाया, पर कहीं पर कोई गड़बड़ी नहीं पाई गई।

चाय पानी से फुर्सत पाकर पुष्पा कपड़े धोने चली गई। बच्चों की ड्रेस

व पति के कपड़े वह सामान्यतया रविवार को ही धोया करती थी। मशीन में कपड़े डालते समय वह कपड़ों की जेब देख लेती थी। गुप्ता जी की पैंट भी चेक की तो उनकी बैक पॉकेट से एक दस रुपये का नोट मिला वह तुरन्त समझ गई कि पति देव शायद इसी नोट की तलाश में रात भर खोपड़ी भंजन करते रहे।

अब तक वर्मा जी झकमार कर बाजार से लौट आए थे और बैठक कक्ष में गमों का भार लिए उद्भ्रांत नेत्रों से पुष्पा की तरफ देख रहे थे। पुष्पा ने बिना उनकी ओर देखे ही पूछा-

"क्या मैं अपने शौहर की इतनी परेशानी का कारण जान सकती हूँ।"

"अरे क्या बताऊ पुष्पा ! हिसाब में दस रुपये कम पड़ रहे हैं। कल से परेशान हूँ, दुकानदारों से भी पूछ ताछ कर ली, पर पता नहीं चला।"

"पता तो तब चले, जब कहीं कोई गड़बड़ी हो, रुपया तो यह आपकी बैक पॉकेट में पड़ा था।"

इतना कहकर मुस्कुराते हुए पुष्पा ने दस रुपये का नोट उनके सामने मेज पर रख दिया। वर्मा जी बिचारे कभी पुष्पा को तो कभी उस बेवफा नोट को देखते रहे जिसे पत्नी ने अभी-अभी उनके सामने रख दिया था।

कुछ दिन के बाद एक दिन वर्मा जी ने पत्नी से पूछा-

"क्या आपने मेरी जेब से पैसे तो नहीं निकाले ?"

"क्यों ? क्या अब मेरे लिये यही एक काम बाकी बचा है। मैं किसी गैर की जेब में हाथ क्यों लगाऊँगी ?"

पुष्पा की रूखी आवाज से वर्मा जी चुप तो हो गये पर उनकी समस्या ज्यों की त्यों मुँह बांये खड़ी थी। आज रोकड़ में पचास रुपये कम थे। कई बार डायरी के इन्द्राज चेक किये और जेब में बचे 75.50 को चार-पाँच बार गिना पर गलती पकड़ में नहीं आई। पत्नी बार-बार रसोई से निकलकर उनके चेहरे पर छाई मायूसी को देख रही थी। एक घंटे तक ज्यों की त्यों यथास्थिति बनी रही तो पुष्पा ने टोका-

"आपकी आप्राण चेष्टा से क्या मैं किसी काम आ सकती हूँ। ऐसी कड़ी मेहनत यदि विद्यार्थी जीवन में की होती, तो निश्चित रूप से अधिकारी बन गये

होते। कम से कम दो दो पैसे के चक्कर में घंटों खोपड़ी तो न खपानी पड़ती और बच्चों के लिये मिला समय फिजूल में जाया न होता।"

"आप कैसी बातें करती हैं पढ़े लिखे आदमी को अपना लेखा-जोखा पक्का रखना चाहिए।"

"क्या पक्का रखना। बच्चे रोज खा पीकर सो जाते हैं, मगर आप का यह बही खाता बंद होने का नाम ही नहीं लेता। रोज-रोज का यही धंधा है।"

इस बार पुष्पा की आवाज में कुछ रूखापन था। वर्माजी तुनक कर बोले- "क्या गँवारों जैसी बात करती हैं, आखिर पढ़ने लिखने का फायदा क्या?"

"बिल्कुल ठीक कहा आपने, पढ़ाई की फीस की पाई-पाई की वसूली कर रहे हो। मैं तो समझती हूँ - समय की हत्या है यह। जब आपकी कमाई और आप ही खुद खर्च करते हैं तो फिर रोज बही खाता के लिखने का मतलब मैं तो आज तक न समझ सकी।"

"आप चुप रहिये, खाना खाकर सो जाइए, मुझे अपना काम करने दीजिये।" वर्माजी आक्रोश के साथ बोले थे। पुष्पा भी काफी दिन से गुबार भरे बैठी थी। उसे भी गुस्सा आ गया, वह बिना खाये ही जाकर लेट गई। वर्मा जी को लगा कि वह शायद कुछ अधिक ही बोल गये। वे भी जाकर लेट गये।

दूसरे दिन खा पीकर वर्मा जी कार्यालय चले गये, किन्तु पुष्पा को शाम की पति की तलखी, धुंए के मानिन्द स्नायु तंत्र में चक्कर काट रही थी। कुछ सोचकर वह उठी और वर्मा जी की डायरी उठा लाई। उसे उलट-पलट कर देखने लगी। अचानक उसकी निगाह एक इन्द्राज पर पड़ गई। अन्य कई सामान- आलू, मूली, धनिया व टमाटर के नीचे लिखा था - शिल्पा को दिये - 100 रुपये। वह चौंक गई। शिल्पा उसकी छोटी बहिन का नाम था और आठवीं में पढ़ती थी। उसे याद आ गया कि वह उस दिन आई थी। चलते समय कुछ दिया था, पर उसे डायरी में लिखने की क्या जरूरत। यह आदमी है कि निरा बावला, साली को पैसे दिये तो भी खर्चे में नोट कर लिया।

अब उसकी डायरी पढ़ने की दिलचस्पी और बढ़ गई। एक स्थान पर कई सामानों के साथ अंकित था।

1. कंडोम का पैकेट – 10 रुपये ।

2. लिपिस्टिक – 20 रुपये ।

3. बेसरीज़ दो – 70 रुपये ।

4. हेयर रिमूवर क्रीम - 37 रुपये ।

अब तो पुष्पा का दिमाग घूम गया, यह आदमी तो भेजे से खाली लगता है। शाम को वर्मा जी वापस लौटे तो वह यही सारी बातें दिमाग में भरी बैठी थी। आव देखा न ताव भूखे बंगाली की तरह भड़क कर बोली –

"मैं तो समझती थी, पढ़ा-लिखा आदमी है कुछ तो सहूरदार होगा, पर वह सब धोखा था ।"

इतना कहकर वह डायरी खोलकर वर्मा जी के सामने रखते हुए बोली –

"यह सब क्या लिख रखा है। कंडोम, बेसरीज़ यह सब क्या है। बच्चे सयाने हो रहे हैं आपको यह भी समझ नहीं आई कि यदि वे देख लेंगे, तो क्या सोचेंगे।"

"अरे बच्चे क्या जाने कि यह सब क्या लिखा है ।"

"आप का जमाना चला गया। दुनिया बहुत आगे निकल गई है। आज कल कंडोम सड़क पर कूड़े के साथ पड़े दिख जाते हैं। आठ दस वर्ष के बच्चे आप से ज्यादा अकलमंद हैं और यह क्या लिखा है ? शिल्पा को दिया 100 रुपये यह क्यों लिखा ? क्या मेरे पापा से वसूल करोगे ? मेरी बहिन को चंद रुपये दे दिए तो मानो खजाना सौंप दिया। डायरी में नोट कर लिया। बड़े मुनीम बन गये, मेरे माँ-बाप देख लेंगे तो आपकी अकलमंदी पर आँसू बहायेंगे ।" इतना कहकर वह जोर-जोर से रोने लगी और माथा ठोंक कर बोली–

"हाय भगवान! मेरा तो मुकद्दर ही फूट गया, न जाने कौन सा पाप किया था, कि ऐसा खडूस आदमी पाले पड़ गया ।"

"तुम क्या बकती हो ?"

"सही तो कह रही हूँ, दो रुपये का हिसाब लिखते शाम गुजर जाती है, बच्चे पापा के प्यार को तरसते हैं, कभी उनका होमवर्क नहीं देखा होगा। जब जोड़ घटाने से फुर्सत मिले तब ना ।"

पुष्पा वर्मा जी को थोड़ा अर्दब में लेना चाहती थी इसलिए और नखरा फैलाती बोल पड़ी –

"अब मैं तुम्हारे साथ रहूँगी ही नहीं कहीं कुवां ताल में डूब मरूँगी, या बाप के घर जाकर रहूँगी, तुम्हारा मुँह नहीं देखूँगी...।"

इतना कहकर वह उठी और फ्रिज के ऊपर मोबाइल को उठाकर बोली– "अभी पापा को फोन करती हूँ कि आकर मुझे ले जायें।"

यह सुनकर बिचारे वर्मा जी की तो सिट्टी-पिट्टी ही गुम हो गई। उन्होंने दौड़कर पुष्पा का हाथ पकड़ लिया और लगभग गिड़गिड़ाने की मुद्रा में बोले–

"अच्छा माफ कर दो पुष्पा अब डायरी ही नहीं लिखूँगा।"

"तुम्हारा खाना ही नहीं हजम होगा, बिना डायरी लिखे..... मैं तुम्हारी नस-नस से वाकिफ हूँ।"

यह महाभारत चल ही रही थी, पता नहीं मुकद्दर का मारा, मैं वर्मा जी से मिलने पहुँच गया। दरवाजे से ही तेज-तेज आवाज़े सुनकर समझ गया कि आज लगता है भाभी जी का पारा सातवें आसमान पर है और वर्मा जी सांसत में जान बचाने के लिए किसी गधे की तरह रेंक रहे हैं। पहले सोचा कि वापस चला जाता हूँ किन्तु पता नहीं बिना चाहे मेरी उंगली कॉलबेल पर पहुँच गई। दरवाजा दौड़कर वर्मा जी ने ही खोला। उनकी दयनीय स्थिति की दशा देखकर मुझे तरस आ रहा था, पर वे बिचारे जमीन में गड़े जा रहे थे। भाभी जी जो अब तक अपने तेवर में किसी शेरनी की भांति कुर्सी पर बैठी अपनी विजय पर गर्वित हो रही थीं, मुझे देखते ही सामान्य हो गईं, और बोली–

"आइये भाई साहब !" कहकर उठ खड़ी हुई। मैं भी उन्हीं के साथ पड़ी एक कुर्सी पर बैठ गया। कमरा जो अब तक कवाड़ी बाजार की तरह कोलाहल से गूंज रहा था, एकदम निस्तब्ध हो गया था। मानों लंका दहन कर हनुमान जी समुद्र में कूदकर पूंछ बुझाई और दत्तचित होकर अशोक वाटिका में बैठी सीता की शरण में चले गये हों, पर आग की भयंकर लपटों का गर्दो गुबार वातावरण में छाया हुआ हो। मैंने भाभी जी को इंगित कर कहा–

"भाभी जी बड़ी शांति है, बच्चे भी नहीं दिखाई पड़ते।"

"यहीं कहीं बाहर खेल रहे होंगे ।"

एक मधुर कंठ से निकला मंद स्वर कानों में गूँज उठा । ....बैठिये भाई साहब चाय बनाती हूँ ।"

पुष्पा के रसोई में चले जाने के बाद मैं अपने दोस्त की तरफ मुखातिब हुआ और पूछा -

"सब कुशल मंगल है न ?"

मेरे प्रश्न का उत्तर न देकर उन्होंने अपने व्यथित नेत्रों से मुझे देखा । मैं समझ गया कि वह इतनी उलझन में हैं कि मेरे प्रश्न का क्या उत्तर दें । उनके बिना बताये उत्तर तो मुझे मिल गया था, किन्तु उन्हें उनकी उस मनोदशा से अलग करने के लिए मैंने विषय को बदलते हुए पूछा -

"ऑफिस गये थे न आज ?"

"हाँ अभी तो लौटा हूँ ।" एक डूबती हुई सी उनकी आवाज सुनाई दी।

रसोई में बर्तनों की उठती आवाज के बीच भी भाभी जी ने मेरे दोनों प्रश्न सुन लिए थे ।

बैठक कक्ष की शून्यता मुझे असहनीय लग रही थी । मुझे जीवन में पहली बार एहसास हुआ कि किसी व्यक्ति के साथ बैठकर, एक लम्बी शून्यता को झेल पाना कितना मुश्किल होता है ।

अब तक भाभी जी चाय लेकर आ गईं थी । चाय सामने पड़ी सेन्ट्रल टेबल पर रखकर बोली-

"लीजिए भाई साहब चाय पीजिए ।"

तीनों लोग चाय पीने लगे । चाय का प्याला उठाते हुए वह बोल पड़ी-

"सब कुशल है न ? आप पूछ रहे थे ।

यह तो कहिए आप आ गये, नहीं तो मैं मैके चली गई होती और यह अपनी डायरी बैठकर लिखते होते । मैं आजिज आ गई इनकी इस आदत से ।

"और मैं कुछ लिखूँ पढ़ूँ, आपसे क्या मतलब ?"

वर्मा जी बीच में बोल पड़े - "घर के खर्च का हिसाब किताब रखना क्या गलत है ?"

वर्मा जी का इतना कहना था कि भाभी जी ने चाय का प्याला मेज पर रखते हुए कहा -

"बताऊँ क्या गलत है ?" इतना कहकर वह झटके से उठी और दीवान पर रखी वर्मा जी की डायरी का वही पन्ना खोलकर मेरे आगे रख दिया, जिस पर हिसाब लिखा था, देख लीजिए आप भी अपने लायक मित्र की अकलमंदी ।"

वर्मा जी के चेहरे पर हवाइयाँ उड़ने लगीं, सोचा कि डायरी मिश्रा जी के आगे से खींचकर बन्द कर दें, पर पुष्पा का तीखा तेवर देखकर वह ऐसा करने का साहस नहीं जुटा पाये । चुपचाप शान्ति से बैठे डायरी के उन खुले पन्नों को देखते रहे जिन पर वह लज्जा जनक हिसाब का उल्लेख था ।

मैंने उन प्रवृष्टियों को ध्यान से पढ़ा और वर्मा जी से मुखातिब होकर कहा-

"अरे भाई साहब ! आप तो कभी-कभी बच्चों जैसी नासमझी कर डालते हैं । कोई इसे देख ले तो क्या कहेगा, फिर घर में सयाने बच्चे हैं यह भी खयाल नहीं रखा आपने ।"

वर्मा जी स्तम्भित हो बड़ी खेद जनक भाव भंगिमा से कभी मुझे व कभी अपनी पत्नी को देख रहे थे । चेहरे पर एक गहरा लज्जा का भाव तैर गया था।

"मैं डायरी वहाँ रखूँगा ही नहीं, ऑफिस में उठा ले जाऊँगा ।" वर्मा जी ने कहा ।

"ऑफिस !" पुष्पा बोल पड़ी - "ऑफिस में भी नाक कटवाकर ही रहोगे। मैं कहती हूँ कि इसको लिखने की जरूरत ही क्या है ? क्या मैं चोर हूँ या मेरे बच्चे चोर हैं ? वेतन अपने पास रखते हो, तुम्हारा पैसा और तुम्हीं खर्च करने वाले, फिर यह पोथन्ने पर पोथन्ने क्यों लिखते जा रहे हो । सारे जीवन की बैलेंस शीट बनाकर भगवान को दिखाने के लिए । मेरे कहने का तो कोई असर नहीं । चिकने घड़े पर पानी कहाँ ठहरता है, आप ही समझा दीजिए । शायद ऊरार भूमि में धान उग ही आवें ।"

भाभी जी ने व्यथित मुद्रा में कहा -

"आखिर आप भाभी की सलाह क्यों नहीं मान लेते भाई साहब ।" मैंने

कहा ।

"अरे भाई साहब मेरी बात; पुष्पा ने कहा - मेरी बात तो जहर लगती है । रत्ना की बात मानकर महाकवि तुलसीदास जंगल चले गये थे, पर इनकी बात ही दुनिया से अलग है, कहीं मुझे ही जंगल न जाना पड़े, ताकि पूरा का पूरा समय इन्हें अपना अर्थशास्त्र लिखने के लिए आसानी से मिल सके ।"

"अरे बस भी करो पुष्पा ।" वर्मा जी ने आक्रोश पूर्ण स्वर में कहा ।

"क्या बस करूँ ? जीवन का इतना महत्वपूर्ण समय व्यर्थ में गवाँ रहे, यदि किसी सार्थक काम में इसे लगाते, तो समाज का कुछ भला हो जाता । कलम की स्याही व कागज दोनों ही अकारथ में बर्बाद हो रहे, आप की अपनी मानसिक विकृति को पूरा करने में । भाई साहब आप ही बताइए समय कितना मूल्यवान है, इसका सदुपयोग मनुष्य को ऊँची से ऊँची वांछित मंजिल तक पहुँचा देता है और इसी का दुरुपयोग पतन के द्वार पर ला खड़ा करता है । किसी माओवादी की हठीली प्रवृत्ति की तरह इसे यह छोड़ नहीं सकते और मैं इसे बर्दाश्त नहीं कर सकती, कि कोई मुझे एक सनकी की बीबी कह कर सम्बोधित करे । ऐसी जिन्दगी से मुझे मरना कुबूल है । यह हर खर्चा लिखने का दम भरते हैं, पर ऐसा कोई दुकानदार नहीं होगा, जिससे पैसे के लेन देन को लेकर झगड़ा न हुआ हो । एक भी इनका दोस्त घर नहीं आता, पता नहीं आप अब तक कैसे इनकी पैनी कलम से बचे रह गये । मुझे क्या ? मैं पिता के पास चली जाऊँगी, सोच लूँगी कि एक जिन्दगी इन्हीं के नाम पर हार गई ।

वर्मा जी बेचारे एक हतचेतन व्यक्ति की भांति एक ही मुद्रा में बैठे पत्नी के वार पर वार झेल रहे थे । उनकी दयनीय स्थिति को समझ कर मैंने ही पुष्पा से कहा-

"भाभी जी अब यह ऐसा काम नहीं करेंगे ?"

"आप क्या बात करते हैं ?" पुष्पा बीच में ही बोल पड़ी, "किसी व्यसनी की तरह सौ बार कसम खाकर भी यह इसे छोड़ नहीं सकते । बिना डायरी लिखे नींद ही नहीं आयेगी । यहाँ नहीं लिखेंगे तो दफ्तर में जाकर लिखेंगे । तब तो और भी ख्याति फैल जायेगी । राह चलते लोग हास्य-व्यंग्य पूर्ण टिप्पणियाँ करेंगे । भाई

साहब एक यह सौ बार कान पकड़े, सारे देवी देवताओं की कसमें खाये, पर राह वही चलेंगे। लतियड़ घोड़ा, चाबुक से ही चलता है और मैं एक भारतीय नारी यह काम कर नहीं सकती।"

"अरे भाई मैं कान पकड़ता हूँ!" वर्मा जी ने कहा- "यदि आज के बाद मैं खर्चे की एक कलम भी लिखूँ, तो जो सजा चोर की, वह मेरी, बस बाबा! लाओ स्टाम्प पर लिखकर दे दूँ।"

"बस भाभी जी अब कुछ न कहना;" मैंने पुष्पा से अनुरोध किया, "मैं स्वयं इसका ध्यान रखूँगा।"

अब तक बारह बज रहा था, बच्चे भी खेल कर घर में आ गये थे। दोनों माँ से लिपटकर बोले - "माँ बहुत भूख लगी है, जल्दी से मैगी बना दो, किन्तु बेटे ने अपनी छोटी बहिन को इंगित कर कहा - "नहीं गुड़िया! अभी मम्मी-पापा की क्लास ले रहीं हैं।"

इस पर सभी मुस्करा दिए। माहौल थोड़ा हल्का हो गया।

मैंने उठकर नमस्ते किया, किन्तु पुष्पा ने कहा - "भाई साहब, एक कप चाय और पीकर ही जायें, अभी बनाकर लाती हूँ।"

वह उठकर रसोई की तरफ चली गई। बच्चे भी उसी के पीछे-पीछे चले गये। मैं अकेला रह गया, तो वर्मा जी ने आहत मन से मुझे देखा और उठकर बाथरूम की तरफ चले गये।

बलात्कार

रात का लगभग नौ बज रहा था इंस्पेक्टर रणविजय सिंह इलाके का राउण्ड लेकर अभी-अभी वापस लौटे थे । वह अपने कार्यालय में बैठे, दोनों हथेलियों को माथे पर व कुहनियों को मेज पर रखे शीशे पर टिकाये, गहन मुद्रा में एकाग्रचित्त एक अपराधी को न पकड़ पाने की अपनी असफलता पर बार-बार खिन्न हो रहे थे । इसी समय सन्तरी ने सेल्यूट मारते हुए अनुरोध किया-

"सर ! एक फरियादी आप से मिलना चाहता है ।"

"उसे अन्दर भेज दो ।" उखड़े-उखड़े स्वर में उन्होंने कहा ।

थोड़ी ही देर में एक हृष्ट-पुष्ट युवक अवच्छिन्न मुद्रा में, अपने शरीर को शिथिल कदमों पर खींचता हुआ कमरे में दाखिल हुआ । उसके चेहरे पर उड़ती हवाइयों को देखकर सिंह साहब ने अनुमान लगाया कि यह किसी आपसी लड़ाई में पिटकर आ रहा है । अपने विचारों को पार्श्व में ढकेल कर उन्होंने प्रश्न किया।

"कहिये क्या तकलीफ है आपको ?"

इस पर युवक थोड़ा झिझक गया, पर दूसरे ही क्षण अपने को संयमित कर बोला ।

"सर ! तीन लड़कियों ने मेरा अपहरण कर मेरे साथ बलात्कार.....।"

"वह बेचारा अपनी बात पूरी भी न कर पाया था, कि इंस्पेक्टर एकदम कुर्सी पर उछल कर बोला ।"

"क्या बकते हो ?" इंस्पेक्टर की कड़कदार आवाज से युवक सकते में आ गया । वह किसी तरह अपने शरीर की सारी शक्ति समेट कर बोला-

"सर ! मैं बिल्कुल सच बोल रहा हूँ ।"

"लड़कियों द्वारा एक लड़के का अपहरण ? यह तो मैं अपने जीवन में पहली बार तुम्हारे मुँह से सुन रहा हूँ ।" सिंह साहब उसी तेजी से प्रश्नवाचक

मुद्रा में बोले ।

“सर ! आप मेरी बात का यकीन कीजिये ।”

“कैसे यकीन करूँ । यकीन का भी एक आधार होता है ? लड़कियाँ तुम्हारा अपहरण कर क्या करेंगी ?”

“क्या करेंगी ? सर न पूछिए, यह पूछिए कि क्या किया है सर !”

“मतलब ?”

“बलात्कार सर !”

“क्या बलात्कार ! लड़कियाँ और युवक के साथ बलात्कार, देख लड़के, बकवास बन्दकर, मुझे गुमराह करने का प्रयत्न मत कर। यह पुलिस स्टेशन है।

“मैं आपको कैसे बताऊँ कि मैं जो कुछ बता रहा हूँ, वह अक्षरशः सत्य है ।”

“कैसे जरा तफसील से पूरी बात बताइए ।”

“जी सर ! मेरा नाम निखिल जडेजा है । फरीदाबाद के कालिंदी अपार्टमेन्ट के फ्लैट नं.-3डी/75 में अपने माँ बाप के साथ रहता हूँ । यहीं की नालंदा कंस्ट्रक्शन नाम की कम्पनी में काम करता हूँ । मैं विवाहित हूँ और एक बच्चे का पिता भी । आज लगभग पाँच बजे कार्यालय बन्द होने के बाद मेट्रो ट्रेन पकड़ने के लिए मैं लम्बे कदमों के साथ स्टेशन की तरफ बढ़ा जा रहा था कि एक सुनसान स्थान पर पीछे से एक कार आई मुझे पार कर एकदम रुक गई । इसके पहले कि मैं कुछ समझ पाता गाड़ी का गेट खुला और उससे दो मुस्तंड लड़कियाँ उतरी और मुझे खींच कर गाड़ी के अन्दर पिछली सीट पर पटक दिया । अभी मैं ठीक से बैठ भी नहीं पाया था, कि गाड़ी जो स्टार्ट ही खड़ी थी फर्राटे के साथ आगे बढ़ गई, फिर दाहिनी तरफ मुड़कर गुड़गाँव जाने वाली सड़क पर चल पड़ी ।”

युवक थोड़ा ठहरा कि इंस्पेक्टर ने फिर पूछा -

“फिर क्या हुआ ?” इस बार इंस्पेक्टर की आवाज कुछ मंद पड़ गई थी। शायद उसे एहसास हो रहा था कि युवक की बात में कोई न कोई सच्चाई जरूर है। थोड़ा सोचने की मुद्रा में उसने आगे कहा - “पता नहीं तुम कैसे नौजवान हो देखने में तो हृष्ट-पुष्ट सजीले जवान लगते हो । उनके द्वारा पकड़े जाने पर विरोध

क्यों नहीं किया । भिड़ जाते एक आध को उठाकर फेंक देते, शेष दो तो वैसे ही किनारा कर लेती ।''

''सर मैं अकेला और वे तीन-तीन, वह भी ऐसी हट्टी-कट्टी कि यदि किसी पहलवान का हाथ पकड़ लें तो घिघियाकर बैठ जाये।''

''फिर भी मर्द, मर्द होता है। यदि अपनी वाली पर उतर जाये तो एक साथ जाने कितनी लड़कियों को पानी पिला दे ।''

''साहब ! वे लड़कियाँ नहीं साक्षात दुर्गा का अवतार थीं । एक तो सीमा परिहार की जुड़वा बहिन जैसी लग रही थी ।''

''अच्छा छोड़ो, यह बताओ कि आगे क्या हुआ ।''

''वे गाड़ी किसी अज्ञात स्थान पर किसी बगीचे के बीच बने एक छोटे से मकान पर ले गई । तीनों मुझे गाड़ी से उतार कर उसी मकान के एक सजे-धजे कमरे में ले गईं और बिस्तरे पर डाल दिया । जो लड़की गाड़ी चला रही थी, अपने बैग से एक बड़ा सा चाकू निकाला और उसे हवा में लहराते हुए बोली-

''देखो मिस्टर ! यदि शोर मचाया तो यह पूरा चाकू तुम्हारे जिस्म में उतार दूँगी । इसलिए मैं जैसा कहूँ वैसा ही करो ।''

युवक थोड़ा रुककर बोला-

'मैं सकारात्मक मुद्रा में उसे अपनी बेबस नजरों से देखता रहा । अभी तक मैं समझ रहा था कि यह लड़कियाँ कोई लुटेरी हैं और मेरा समान छीनने के लिए यहाँ एकान्त में पकड़ कर ले आई हैं । इसलिए मैंने अपनी जेब में पड़े डेढ़ हजार रुपये निकाले, हाथ की घड़ी व सोने की चेन उतार कर देने के लिए, बिना कुछ बोले उनकी तरफ बढ़ा दिया । सामान देखकर उस चाकू वाली लड़की के चेहरे पर किंचित मुस्कुराहट आई और चाकू वाला हाथ पुनः हवा में लहराते हुए बोली-
''मुझे इन सबकी कोई दरकार नहीं, बस केवल आपकी जरूरत है । इसलिए चुपचाप लेटे रहो ।''

युवक ने आगे अपनी बात जारी रखी-

''अब तक मैं अपने अपहरण किए जाने का थोड़ा बहुत राज समझ गया था । इस लक्षित कदाचार से भयाक्रांत मेरे मन को उसके उस लपलपाते चाकू में

मौत स्पष्ट दिखाई पड़ रही थी। ऐसा लगा कि मेरी धड़कने बस पल दो पल में बंद होने की कगार पर है। उसकी प्रखर मुद्रा में निकले शब्द मुझे अन्दर तक हिला गये थे। अपनी उच्छवासित साँसों को थोड़ा नियंत्रित कर उसने मुझे चुपचाप चित्त लेटे रहने का आदेश दिया। मैं निर्जीव सा बिस्तरे पर लेटा रहा। उसके आदेश का अक्षरशः पालन करने के अतिरिक्त मेरे पास और कोई चारा नहीं बचा था। इसलिए किसी मदारी के मर्कट की भांति मैं उसके आदेशों का पालन करता रहा।

"और फिर ?" इंस्पेक्टर ने पूछा।

"फिर साहब खड़ी हुई दोनों लड़कियों ने मेरे कपड़े उतारकर निर्वस्त्र कर दिया। उसके बाद उस ड्राइवर लड़की ने मुझ से अपने कपड़े उतारने के लिए कहा और मैं किसी मुगुल कालीन फर्मावरदार की भांति उसके आदेशों का पालन करने में लग गया। मेरे इस कर्त्तव्य परायणता के लिए उसने मेरी पीठ थपथपाकर शाबासी दी। इस बीच उन दोनों लड़कियों ने अपने-अपने कपड़े भी उतार दिये थे।"

इंस्पेक्टर ने फिर प्रश्नवाचक मुद्रा में युवक की तरफ देखा और युवक को उनकी यह मौन भाषा समझने में कोई समय नहीं लगा। वह बोला-

"इसके बाद उसी लड़की ने अपने बैग से रक्ताभ द्रव पदार्थ से भरी एक बोतल निकाली। बैग से प्लास्टिक के गिलास निकाले और उन्हीं में उसे डाल-डालकर तीनों पीती रहीं तथा एक भेदभरी दृष्टि से बीच-बीच मेरी तरफ भी देखकर मुस्करा देती थी। सर ! मैंने कभी पी नहीं किन्तु फिर भी अनुमान लगा लिया था कि यह शराब ही है। उन्हीं में से एक लड़की ने मुझे देखकर अपना जूठा गिलास ही मेरी तरफ बढ़ा दिया। मैं एकाएक उसकी इस हरकत से सकपका गया और ऐसा घबरा गया मानों वह गिलास न होकर किंग कोबरा का हिलता डुलता फन हो। उसी घबराहट में मैंने हाथ जोड़कर अनुरोध किया - "मैडम मैंने कभी नहीं पी। पीकर माधुरी (पत्नी) को कौन सा मुँह दिखाऊँगा। मुझे माफ कर दो, मैं पी नहीं सकता।"

मेरे इंकार करते ही उसके चेहरे पर क्रोध के लक्षण स्पष्ट उभर आए।

उसने मुड़कर मेज पर रखे हुए उसी चाकू को पुनः उठा लिया और तेज लहजे में बोल पड़ी–

"नहीं पी सकते ?"

"अरे बनावटी तेवर दिखा रही होगी तुम्हें अर्दब में लेने के लिए ।" इंस्पेक्टर ने बीच में ही टोका ।

"सर बनावटी हो असली किन्तु उसे इस मुद्रा में देखकर मेरे प्राण हलक में जाकर अटक गये । मैंने सोचा इतनी शातिर लड़कियाँ, ऊपर से शराब के नशे में चूर । यह चाकू कहीं मेरी कयामत का बायस न बन जाये ।"

"फिर क्या हुआ ?" दारोगा ने पूछा ।

"फिर क्या सर ! बिना ना नुकुर किये मेरा हाथ गिलास को थाम लेने के लिए उठ गया । भयवश वह गिलास शीघ्रता से हाथों में थाम लिया और किसी कडुवी दवाई की भांति एक ही सांस में गट-गट कर गले के नीचे उतार दिया । साहब वह इतनी कडुवी थी कि मुझे लगा कि अभी उल्टी हो जायेगी । मेरे चेहरे की पीड़ायुक्त उद्विग्नता को शायद वह समझ गई और मेज पर रखे कबाब की प्लेट को मेरी तरफ बढ़ा दिया । मैं भली प्रकार समझ गया था कि वह कबाब ही है, पर ना करने की अब कोई गुंजाइश न रह गई थी । मैं उनमें से एक उठाकर खाने लगा । सर ! क्या बताऊँ ? गला छीलती उस जहर की कडुवाहट में वह मुझे बेहद लजीज लगा। मुँह की कडुवाहट जाने कहाँ काफूर हो गई । इसके बाद कई पैग एक-एक कर पी गया और कबाब भी खा गया ।

इसके बाद वह युवक थोड़ी देर के लिये ठहर कर बोला–

"अब तक सर मुझे भी कुछ सुरूर होने लगा था । वे तीनों मेरी शबाब अच्छादित मुद्रा को देखकर मुस्कुरा रही थीं और उनकी हँसी से मेरा भय भी धीरे-धीरे समाप्त होता जा रहा था । साहब मैं शुद्ध शाकाहारी, इन सब चीजों से कोसों दूर, किन्तु परिस्थितियों ने लाकर मुझे कैसे मोड़ पर खड़ा कर दिया था, जिसका अनुमान शायद आपको भी अब तक हो गया होगा ।

अब तक युवक व इंस्पेक्टर दोनों काफी सामान्य हो गये थे और दारोगा को भी निखिल की इस कहानी में मजा आने लगा था । थोड़ी देर दोनों मौन बैठे

एक दूसरे के चेहरे को देखते रहे । इस मौनता को भंग करते हुए दारोगा ने ही पुनः प्रश्न किया ।

"आगे की पूरी घटना का सही-सही अक्षरशः बयान करिये ।"

"इसके बाद सर ! वही हुआ जो नहीं होना चाहिए था और जिसे न करने का वादा मैं अपनी पत्नी से कई बार कर चुका था। चाकू वाली लड़की ही पहले आकर मेरी बगल में दाहिनी तरफ लेट गई और अपना दाहिना पैर मेरे बदन पर रखकर अपने दाहिने हाथ से मेरे बदन व अन्तरंगों को सहलाते हुए मदहोशी में बड़बड़ाई - "लड़कियों के पीछे युवक जान छिड़कते हैं, धन-दौलत लुटाते हैं, महीनों उनकी गलियों के चक्कर लगाते हैं और तुम्हें फ्री में लड़कियाँ मिल गईं, वे भी तीन-तीन एक साथ, फिर भी नखरे कर रहे हो डार्लिंग ।"

इसके बाद युवक रुक गया और सिंह साहब हतप्रभ हुए उसके चेहरे को अपलक निहारते रहे । फिर उन्होंने युवक को इंगित कर पूछा-

"आगे की बात तो बताइए ।"

"कैसे बताऊँ सर कि क्या हुआ शर्म आती है ।"

अब कैसी शर्म । वहाँ पर तो शर्माये नहीं, डरे भी नहीं, फिर मेरे सामने क्या शर्माना ? अगर पूरी बात नहीं बताओगे तो केस बिगड़ जायेगा ।"

"सर ! अब शिकार पूरी तरह उनकी गिरफ्त में था । वह सब कुछ हो गया जिसे दुनिया दुराचार कहती है । अंगड़ाई लेती और बदन को समेटती मेरे ऊपर बैठ गई । एक-एक दाब से मेरे मुँह से 'आह' निकल गया, पर उसे मेरी परेशानी से इस समय वास्ता ही क्या हो सकता था । मैं चित लेटा उसके क्रिया कलाप को किसी मंद बुद्धि बालक की भांति देखता रहा । पता नहीं कैसे मेरे हाथ भी उसकी पीठ पर बिना चाहे पहुँच गये । उसके बेहद खूबसूरत चेहरे पर खेलती दो सुदीर्घ नीली आँखों में वासना की तृप्त होती आभा को बस मैं देखता रह गया। अपनी कामोत्तेजना के वेग में उसने अपने मूँगे जैसे लाल होंठो को मेरे गालों पर रखा और बेतरतीब चुम्बनों की झड़ी लगा दी ।

फिर क्या हुआ ? इंस्पेक्टर का एक और प्रश्न वातावरण में गूँज गया ।

"सर अब तक शराब का सुरूर अपने पूरे शबाब पर था । मैं और वह

लड़की दोनों ही अपने से कहीं दूर अनन्त में खो गये थे, किसी ऐसे माया जगत में जिसे शायद मैंने तो पहली बार ही देखा था। उन लड़कियों को तो मैं नहीं जानता कि इससे पहले वे कितनी बार इसे देख चुकी थी। कोई अनजानी उत्तेजना लगातार हिलोरें मार रही थी। भय व त्रास का भूत जाने कहाँ विलुप्त हो चुका था। दुनिया बड़ी रंगीन नजर आ रही थी। कमरे में जल रही बत्ती के स्वर्णिम प्रकाश में वे लड़कियाँ स्वर्ग से उतरी परियों के समान सौन्दर्य की साक्षात प्रतिमायें लगने लगी। रेलगाड़ी पर बैठे मुसाफिर की तरह सारा ब्रह्माण्ड मुझे घूमता नजर आया। खिड़की से दिख रही पेड़ों की झिलमिलाती पत्तियों पर जैसे किसी ने नई हरीतिमा पोत दी हो। उस कक्ष की हर वस्तु एक प्राणवान चैतन्यता से जगमगा रही थी। मैं स्वयं किसी कल्पना के संसार में तैरने लगा और वह लड़की भी कुछ इसी प्रकार की अनुभूति में डूब चुकी थी। हर वस्तु में एक नई सजीवता का प्रवाह दृष्टिगोचर होने लगा। किसी नये संसार के प्रकाशमान स्वर्णिम आह्लाद के वशीभूत मैं अपने से अलग किसी अन्य ग्रह का एलियन होने का आभास कर रहा था। किसी अनजाने मायाजगत के रंगमच का प्रबल प्रवाह नक्षत्रशाला में बैठे किसी दर्शक की भांति हम दोनों भर्त्यजगत की विद्रुपताओं का अतिक्रमरण कर, दिव्य लोक की अप्सराओं के बीच अनन्त यात्रा का आनंद ले रहे थे। इसके बाद हम दोनों जाने कहाँ खो गये।

एक लम्बी सांस लेकर युवक ने आगे बताया –

“समय बीतता जा रहा था और उसी के साथ उस लड़की की पकड़ भी ढीली पड़ती जा रही थी। थोड़े अन्तराल के बाद वह अपने को संभालती बिस्तरे के नीचे जा खड़ी हुई और अपने कपड़े पहन कर कंघे से अपने बाल सँवारने लगी।

“और आप ?” इंस्पेक्टर ने पूछा।

“मैं उसी बिस्तरे पर पड़ा गुजर चुके तूफान का गुबार देखता रहा।”

“और फिर ?” एक प्रश्न जो युवक के कानों से बार-बार आ टकराता।

“फिर बारी-बारी से उन दोनों लड़कियों ने एक छोटे अन्तराल के बाद वही किया जो उसकी सहेली कर चुकी थी। अब तक मैं लगभग बेदम सा हो गया

था। नींद से भी अधिक गहरी नींद रह-रहकर मुझ पर आक्रमण कर रही थी। पर ऐसी सुखद निद्रा शायद मेरे भाग्य में नहीं थी। दोनों ने झकझोर कर मुझे उठाया और कपड़े पहनाये तथा ले जाकर कार में डाल दिया। गाड़ी आकर मेरे मकान के पास रुकी, मुझे छोड़कर वे फर्राटे के साथ गाड़ी चलाती इस चहल-पहल भरी दुनिया में अदृश्य हो गई और मैं घर जाने के बजाये सीधे थाने चला आया।"

"किसलिये ?" इंस्पेक्टर ने पूछा -

"इसलिए सर ! कि यह लड़कियाँ कहीं उल्टे मेरे ही खिलाफ अपहरण व बलात्कार का मुकदमा न कायम करा दें।"

शारीरिक उन्माद की इतनी वीभत्स कहानी सुनकर सिंह साहब ने माथा ठोंक लिया। इस हैरतअंगेज घटना से वे उलझन में पड़ गये और सोचने लगे - 'ताजे-रात-हिन्द की किसी धारा में क्या इन लड़कियों के विरुद्ध कोई मुकदमा चलाया जा सकता है। लड़कों द्वारा रेप किये जाने के कई मामलों में वे स्वयं विवेचना कर चुके थे। किन्तु लड़कियों द्वारा अपहरण व बलात्कार का यह सनसनी खेज वाकया पहली बार उनके संज्ञान में आया था। थोड़ा सोचकर उन्होंने पूछा-

"गाड़ी कौन सी थी ?"

"आई-20 सर !"

"रंग ?"

"मैरून।"

"नम्बर ?"

"पता नहीं।"

"जरा सोच कर बताओ कुछ तो याद होगा। नम्बर का थोड़ा बहुत हिस्सा।"

"सर प्रारम्भ में HR लिखा था और आखिर का नम्बर शायद 37 था। ऐसा मुझे याद आ रहा है।

"किसी लड़की का नाम ? आपस में वे एक दूसरे का नाम लेकर पुकारती होंगी।"

युवक ने सोचने की मुद्रा में चेहरा ऊपर उठाया और माथे पर तर्जनी

रखकर बोला – "गाड़ी चलाने वाली लड़की को शेष दोनों 'रोमा' कहकर पुकार रही थी ।"

"और कोई जानकारी ?"

"नहीं सर ।"

इसके बाद थानाध्यक्ष ने युवक को निर्देश दिया – "यह सारी वारदात जो आपने मुझे बताई है, ज्यों की त्यों लिखकर अन्दर कार्यालय में दीवान जी को दे दो ।"

युवक कार्यालय की ओर बढ़ा उसी के साथ दारोगा जी ने दीवान को बुलाकर एफ.आई.आर. दर्ज करने का आदेश दे दिया ।

युवक के कार्यालय से चले जाने के बाद सिंह साहब किन्ही गहरे विचारों में खो गये । विचार वही युवतियों की वासना का था । उनकी लूट के फरेब में भोले-भाले युवकों को चंगुल में फंसते तो उन्होंने पहले भी कई बार देखा था, किन्तु उनके द्वारा लड़कों का अपहरण कर उनके साथ रेप करने की यह विचित्र घटना पहली बार उनके सामने आई थी ।

घटना की तफ्तीश कहाँ से शुरू की जाये इस उलझन में वे बड़ी देर तक विचार करते रहे । न तो गाड़ी का नम्बर और न ही अपराधियों के नाम व पते ज्ञात थे । अंधेरे में तीर चलाने से कुछ हाथ लगने वाला नहीं था ।

इसी समय उनके दिमाग में एक विचार कौंध गया – "गाड़ी हरियाना की थी, तो लड़कियाँ भी हरियाना की ही हो सकती हैं। एकदम उनकी दृष्टि गुड़गाँव पर जा टिकी, जहाँ इस प्रकार की घटनायें सामान्यतः होती रहती है । दिल्ली व गुड़गाँव के बीच का क्षेत्र रेप की घटनाओं के लिए इधर हाल के वर्षों में काफी चर्चा में रहा है ।" लोग तो इसे भारत का सिंगापुर कहते हैं ।

यह खयाल दिमाग में आते ही उन्होंने एस.एस.पी. गुड़गाँव को वायरलेस पर निम्न संदेश प्रसारित कर दिया–

"सर ! एक मैरून रंग की आई – 20 कार पर कुछ लड़कियाँ दिल्ली से अपराध कर भागी हैं । इस बात की पूरी सम्भावना लगती है कि वे गुड़गाँव (हरियाना) की तरफ गईं होंगी । कृपा कर सड़क पर चेकिंग करा लें । गाड़ी की

ड्राइविंग भी एक लड़की ही कर रही है । गाड़ी पर आर.टी.ओ. हरियाना का नम्बर देखा गया है ।''

सूचना मिलते ही एस.एस.पी. गुड़गाँव ने दिल्ली हरियाना 'हाईवे' पर दो तीन स्थानों पर पुलिस पिकेट तैनात कर दी ।

मुश्किल से आधा घंटा बीता होगा कि एस.एस.पी. गुड़गाँव का वायरलेस आ गया । ''एक आई–20 कार पकड़ी गई है जिसका नम्बर H.R.-N-5737 है। इस पर तीन लड़कियाँ गुड़गाँव आ रही थीं । गाड़ी चलाने वाली लड़की का नाम रोमा चोपड़ा है । तीनों लड़कियाँ गुड़गाँव की ही रहने वाली हैं । अविलम्ब आकर गाड़ी व मुल्जिमानः का परीक्षण कर गाड़ी व मुल्जिमान को अपनी कस्टडी में ले लें ।

युवक अभी कार्यालय में ही रिपोर्ट लिखा रहा था । सूचना मिलते ही दारोगा उसे साथ लेकर मय फोर्स के गुड़गाँव की तरफ भाग निकले लगभग 1 घंटा बाद गाड़ी एक पिकेट वैरियर पर खड़ी थी ।

युवक को देखकर तीनों युवतियों के चेहरे पर हवाइयाँ उड़ने लगी । आवश्यक कार्यवाही के बाद सिंह साहब गाड़ी सहित युवतियों को थाने पर ले आए।

पूछताछ में लड़कियों ने पहले तो पुलिस को गुमराह करने का प्रयास किया और बताया - ''यह शरीफ दिखने वाला युवक एक गुण्डा है और अपने दो साथियों के साथ तमंचे की नोंक पर हम तीनों को गाड़ी सहित हाईजैक कर एक सुनसान जगह में ले गया । उसने खुद हम लोगों के साथ रेप किया और हमें वहीं छोड़कर अंधेरे का लाभ उठाकर फरार हो गया । हम लोगों ने अपने को संभाला और किसी तरह वहाँ से गुड़गाँव जाने वाली सड़क पर पहुँची । बदनामी के डर से न किसी से इस बात की चर्चा की और न ही थाने पर रिपोर्ट की । सर ! असली कुसूरवार तो यह आवारा लड़का है, बस मेरा गुनाह इतना है कि समाज में आबरू बचाने के लिए थाने में रिपोर्ट नहीं की । सर ! इसके खिलाफ रिपोर्ट दर्ज कर इसे गिरिफ्तार कर लीजिए ।''

बाद में जब पुलिस सख्ती से पेश आई तो सारा मामला दिन के उजाले की भांति साफ हो गया । लड़कियों की जवानी जो कहानी उभरकर सामने आई वह

इस प्रकार है ।

यह तीनों लड़कियाँ - रोमा, हरविंदर व सिमरन गुड़गाँव की रहने वाली थी और तीनों ही सालोमन एण्ड संस की एक ब्रिटिश फर्म में काम करती थी । सहादरा में इसी कम्पनी के बगल में नालंदा कम्पनी में यह पीड़ित युवक नौकरी करता था । इस स्वस्थ आकर्षक युवक को इन लड़कियों ने कई बार देखा भी था।

इन लड़कियों की उम्र 30 से 35 वर्ष की हो गई थी, किन्तु पारिवारिक उलझनों के कारण इनके माँ-बाप इनकी शादी नहीं कर सके । गाड़ी रोमा की थी, जो उसके पिता महेन्द्र सिंह के नाम थी और वे खुद वाशिंगटन की इण्डियन एमबेसी में सेवारत थे । अपनी लगातार व्यस्तता के कारण वे रोमा की शादी नहीं कर सके थे । शेष दोनों में से एक के पिता की मृत्यु हो गई थी, और दूसरे के माँ बाप अपनी सोचनीय स्थिति के कारण बेटी के हाथ पीले करने की स्थिति में नहीं थे । चूँकि तीनों एक ही कम्पनी में काम करती थीं इसलिए आपस में गहरी दोस्ती हो गई । तीनों स्वस्थ, जवान व खूबसूरत थीं । आपस में घुल-मिलकर रहती एवं हमेशा कहा भी करती थीं - "लगता है हम लोगों की जिन्दगी कुंवारेपन में ही गुजर जायेगी । अब उन्हें किसी पुरुष की आवश्यकता की अनुभूति पूरे उफान पर थी। अपनी कम्पनी के किसी कर्मचारी से सम्बंध स्थापित करने में नौकरी का खतरा व बदनामी का बायस बनने का डर उनकी आँखों में तैर जाता था, विशेषकर दोनों निर्धन बालिकाओं के मन में जो नौकरी के खतरे पर प्रेम सम्बंधों का कोई खतरा नहीं उठा सकती थी ।

एक दिन तीनों ने आपस में बात कर यह एक खतरनाक योजना बना डाली कि किसी युवक का अपहरण कर रोमा के फार्म हाउस पर ले चला जाये और काम हो जाने के बाद उसे उसके घर के पास छोड़कर अपनी गाड़ी से गुड़गाँव चम्पत हो चलेंगे । इतनी भीड़-भाड़ भरी दुनिया में कौन किसको जान पायेगा ।

इनकी इसी योजना के क्रियान्वयन में बेचारा मुकद्दर का मारा निखिल जडेजा फँस गया और अन्ततोगत्वा यह लड़कियाँ पुलिस के हत्थे चढ़ गईं । निखिल स्वस्थ व सुन्दर शारीरिक गढ़न का व्यक्ति अवश्य था, किन्तु एक नम्बर का डरपोक । इस डर से कि कहीं सारा राज न खुल जाये और वह स्वयं बलात्कार

के आरोप में न फँस जाये। इसलिए घटना के बाद वह सीधे पुलिस स्टेशन पर आ खड़ा हुआ।

पुलिस ने भारतीय दंड संहिता की धारा 376, 362, 363, 365, 366 व 368 के अन्तर्गत अपराध संख्या 263 दिल्ली सरकार बनाम रोमा आदि वर्ष 2014, मारपीट, अपहरण व बलात्कार का केस दर्ज कर चारों को चिकित्सीय परीक्षण के लिये भेज दिया। दूसरे दिन इंस्पेक्टर ने चारों को मुख्य न्यायिक मजिस्ट्रेट के न्यायालय में पेश किया। दंडाधिकारी ने निखिल को व्यक्तिगत मुजलके पर उसी दिन छोड़ दिया और लड़कियों को न्यायिक हिरासत में जेल भेज दिया।

दूसरे दिन लड़कियों को पुलिस ने दो दिन की रिमाण्ड पर लेकर तफ्तीश शुरू की। तीसरे दिन लड़कियों को भी न्यायालय से जमानत मिल गई।

डेढ़ महीने के अन्दर पुलिस ने चार्जशीट न्यायालय में दाखिल कर दी।

मेडिकल रिपोर्ट में डॉक्टर ने शारीरिक सम्बन्ध बनाये जाने की पुष्टि की किन्तु इस बात पर संदेह व्यक्त किया कि युवतियों के साथ कोई बलात्कार नहीं किया गया। शरीर पर चोट या खरोंच के कोई चिन्ह नहीं पाये गये, किसी पक्ष द्वारा विरोध या संघर्ष होने की बात भी नहीं प्रतीत होती। एल्कोहल का सेवन चारों द्वारा किया गया, बताया गया।

कार्यवाही के मध्य युवतियों ने अपने बयान में निखिल का अपहरण कर उसके साथ बलात्कार करने की बात से इन्कार किया। तीनों ने अपने बयान में बताया कि निखिल उनका दोस्त है और वह उनके साथ घूमने फिरने के लिये रोमा के फार्म पर गया था। वहाँ जो कुछ हुआ सब कुछ सहमति से हुआ किसी प्रकार की कोई जोर जबरदस्ती नहीं की गई।

निखिल ने अपनी सफाई में उन सभी बातों को ही दोहराया जिनका उल्लेख उसने एफ.आई.आर. में किया था। जिरह में उसने यह भी स्वीकार किया कि थाने पर रिपोर्ट उसने इस डर से लिखाई थी कि लड़कियाँ कहीं उल्टे उसी पर बलात्कार का मामला ना दर्ज करा दें। सभी के द्वारा दारू पिये जाने की बात उसने स्वीकार की। अपने अतिरिक्त उसने कोई दूसरा गवाह या साक्ष्य नहीं प्रस्तुत किया।

शासकीय अधिवक्ता ने निखिल के पक्ष में अपनी लिखित बहस इस प्रकार प्रस्तुत की ।

''श्रीमान जी चारों लोग रोमा के फार्म पर पाँच बजे के बाद गये थे, यह तथ्य दोनों पक्षों को स्वीकार है व्हिस्की का सेवन करना भी सभी ने स्वीकार किया। कार जो घटना के वक्त प्रयोग हुई वह रोमा की थी । निखिल अकेला था और विपक्षी तीन तीन, वह भी काफी हृष्ट-पुष्ट व खुले मिजाज व आधुनिकता की जीवनशैली में पली बढ़ी, जिन्हें पुरुषों के साथ भी शराब का सेवन करने में कोई संकोच नहीं। बाकी निखिल एक सीधा-सादा युवक, जिसने शराब का सेवन पहली बार लड़कियों के दबाव व डर के कारण किया था । लड़कियों का आपस में दोस्त होना प्रमाणित है, तीनों एक ही कार में गुड़गाँव की तरफ भागती हुई धर दबोची गई । निखिल से इन सबकी पहले से दोस्ती थी इसका कोई प्रमाण पत्रावली पर नहीं है । पुलिस जाँच में भी निखिल व प्रतिवादियों के बीच में पहले मित्रता होना नहीं पाया गया।

पुनः सर बाकी (अभियोजक) निखिल शादीशुदा है और एक बच्चे का बाप भी है । वह पत्नी के प्रति अपनी निष्ठा व बफादारी के कलंकित हो जाने से व्यथित है । दूसरे लड़कियों द्वारा उन्हें फँसा दिये जाने के भय से ही उसने प्रथम सूचना रिपोर्ट दर्ज कराई है । इस आधार पर कहीं से उसका मन्तव्य दोषपूर्ण नहीं प्रतीत होता । पत्नी के साथ रह रहा व्यक्ति वासना के प्रबल उत्ताप में इतना अंधा नहीं हो सकता कि वह अकेले तीन तीन लड़कियों का अपहरण कर उनसे बलात्कार करे।

पुनः अपराध के बाद लड़कियों का इस प्रकार अपने घर की तरफ भागना भी उन्हीं के आचरण पर उंगली उठाता है ।

इसके पहले भी निखिल के विरुद्ध दुराचरण का कोई अपराध दर्ज नहीं पाया गया । इस बात की झलक जाँच अधिकारी की चार्जशीट से मिलती है ।

यह सत्य है कि भारती दंड संहिता की धारा 376 में ऐसा कोई प्रावधान नहीं है जिसके आधार पर लड़कियों द्वारा किसी पुरुष का अपहरण कर उसके साथ बलात्कार का दोषी ठहराया जा सके । मगर क्यों ? एक अपराध के लिये यदि कानून

पुरुषों को दण्डित कर सकता है, तो उसी अपराध के लिये लड़कियों को क्यों दण्डित नहीं किया जा सकता। हमारा संविधान लिंग के आधार पर महिला तथा पुरुष में अन्तर किए जाने की इजाजत नहीं देता। अभी कुछ दिन पहले ही माननीय उच्चतम न्यायालय ने माँ बाप की सम्पत्ति में लड़कियों को भी उत्तराधिकार दिए जाने का आदेश देते हुए यह धारणा व्यक्त की है कि लिंग भेद के आधार पर कानून में अन्तर नहीं किया जा सकता। इसलिये लड़कियाँ भी किसी अपराध के लिए उतना ही दोषी हैं जितना कि पुरुष। पुनः यदि चोरी डकैती और हत्या के मामले में पुरुष की भांति महिलाओं को भी दण्डित करने का प्राविधान है और कतिपय मामलों में उन्हें दण्डित किया भी गया है, तो फिर बलात्कार जैसे संगीन अपरध में उन्हें क्यों नहीं दण्डित किया जाना चाहिए ?

चिकित्सीय परीक्षण से स्पष्ट है कि प्रतिपक्षी लड़कियों के शरीर पर नोंच खसोट या किसी चोट खरोंच का होना नहीं पाया गया। इसलिये स्पष्ट है कि उनके साथ जोर जबरदस्ती या बल प्रयोग नहीं किया गया। उल्टे इन्होंने बादी अभियोजक को चाकू के बल पर शराब पिलाई और उसके साथ जबरियाँ कर अपनी हवस पूरी की। चिकित्सीय परीक्षण यह भी स्पष्ट करता है, कि लड़कियाँ मदिरा सेवन की आदी थी जबकि वादी इस व्यसन का आदी नहीं पाया गया। अतः यह लड़कियाँ वादी को बलपूर्वक शराब पिलाकर प्रताड़ित करने की भी दोषी हैं।

महोदय ! यह सच है कि लड़कियों अथवा महिलाओं द्वारा युवकों का अपहरण करने की सम्भावना समाज में न के बराबर हो सकती है, किन्तु आज के खुले व पश्चिमी आचरण की चमक-दमक के अनुकरण में पागल समाज में ऐसा हो नहीं सकता यह मान लेना न्याय का गला धोंटना व समाज के प्रति अन्याय होगा।

महोदय ! मैं न्यायालय को यह भी अवगत कराना चाहता हूँ कि आज महिलायें भी अपराध की दुनिया में बड़ी तेजी से कदम रख रहीं हैं। फूलन देवी, कुसमा नाइन व अन्य अनेक दस्यु सुंदरियों ने चम्बल घाटी में अपराध व रक्तपात का ऐसा रोंगटे खड़ा करने वाला अविस्मरणीय इतिहास लिखा है, कि आने वाली अनेक सदियों तक समाज को भयाक्रांत करता रहेगा। महाराष्ट्र की 'श्रीमती बेन

जडेजा गैंगवार स्थापित करने वाली देश की पहली महिला बनी। बीसवीं शताब्दी के अन्त तक विश्व में अपराध जगत में दस्तक देने वाली महिलाओं की संख्या लगभग डेढ़ लाख थी जो आज दो हजार पन्द्रह में बढ़कर यह लगभग छः लाख के पार पहुँच गई है।

सर ! भारतीय दंड संहिता की धारा 376 का प्राविधान बर्तानिया शासन में बनाया गया था, जब महिलायें घर की दीवारों में कैद रखी जाती थीं और उनकी जिन्दगी घर तथा रसोई की सीमाओं में ही सिमटी हुई थी। आज के बढ़ते अपराधों और उसमें महिलाओं की हिस्सेदारी के परिप्रेक्ष्य में धारा 376 के प्राविधान अप्रासंगिक हो गये हैं। आज जब महिलायें हर क्षेत्र में पुरुषों को चुनौती देने के लिये दीवार बनकर खड़ी है, तो फिर वे ऐसा अपराध कर ही नहीं सकती, यह एक विकृत सोच की विडम्बना ही कही जायेगी और यदि महिलाओं के लिए ऐसा कोई प्राविधान नहीं बनाया गया। गतिविधियाँ बढ़ सकती हैं, जो कालांतर में पुरुष व महिलाओं के बीच वर्ग संघर्ष का बायस बन कर हमारे सामाजिक ढांचे को चरमरा सकती हैं तथा दाम्पत्य जीवन, जो हमारे समाज के शौष्ठव गठन की आधार शिला है, तार-तार होकर ध्वस्त हो सकता है।

उपरोक्त तर्कों के आधार पर मैं न्यायालय से अनुरोध करता हूँ, कि प्रतिवादी लड़कियों को दंडित किया जाना, न्याय तथा समाज दोनों के हित में होगा।

प्रतिपक्षी युवतियों के विद्वान अधिवंता ने अपने तर्क में कहा कि उनके द्वारा अभियोजक का अपहरण किए जाने की बात निराधार व कपोल कल्पित है, जिसे न कानून मानता है और न ही समाज। लड़कियों द्वारा किसी युवक के साथ बलात्कार किए जाने की बात हास्यास्पद है। अब तक न्यायिक इतिहास में यह अकेली घटना है जिस पर दुनिया का एक अदना इंसान भी विश्वास नहीं कर सकता।

'श्रीमान जी ! निर्णय कानून के आधार पर किए जाते हैं न कि किसी भावनात्मक उड़ान के आधार पर जैसा कि वादी के विद्वान अधिवक्ता ने अपराध जगत की अनेकानेक महिलाओं का संदर्भ देकर न्याय की गुहार लगाई है। भारतीय दंड संहिता की धारा 376 में स्पष्ट रूप से महिलाओं के ऐसे अपराध में न लिप्त

होने की विचारधारा को ही प्रतिपादित किया गया है । इसलिये प्रतिपक्षी लड़कियों पर कोई अपराध नहीं बनता ।

जहाँ तक उनके द्वारा अभियोजक का अपहरण कर अपनी हिरासत में रखने व उसे प्रताड़ित करने का आरोप है पत्रावली पर निखिल को प्रताड़ित किए जाने का कोई साक्ष्य उपलब्ध नहीं है । लड़कियों के पास से न तो पुलिस को कोई चाकू मिला और न ही कोई ऐसा हथियार जिससे उसे प्रताड़ित किया जा सकता था। शराब किसी को बल प्रयोग कर नहीं पिलाई जा सकती। अभियोजक ने स्वतः शराब पी और मौके की रंगीनियों का लुफ्त उठाता रहा । वहाँ पर जो कुछ हुआ वह सभी की मौन सहमति से हुआ। पुनः श्रीमान जी ! अपहरण तो लम्बे समय का होता है, चन्द घंटों या चन्द मिनटों का नहीं होता। शारीरिक सम्बंध भी सहमति के आधार पर ही बनाए गये, किसी के शरीर व कपड़ों से चिकित्सक को कोई नोंच खसोट का प्रमाण नहीं मिलता। फिर लड़कियाँ वादी को घर तक पहुँचाने भी गईं। इससे भी आपस में सहमति होने की बात प्रमाणित होती है ।

उपरोक्त तर्कों से प्रतिपक्षी बालिकाओं पर कोई अपराध सिद्ध नहीं होता।

अतः न्यायालय से अनुरोध है कि इन्हें दोष मुक्त कर बाइज्जत बरी किया जाये ।

उभय पक्षों के विद्वान अधिवक्ताओं के तर्क व पत्रावली पर उपलब्ध साक्ष्य का भलीभांति अध्ययन कर न्यायालय ने आदेश पारित किया कि धारा 376 में अपहरण व बलात्कार किए जाने का दोषी केवल पुरुषों को माने जाने का प्राविधान है । विधि को निर्मित करने वालों ने महिलाओं द्वारा ऐसा अपराध किए जाने की कल्पना ही नहीं की होगी । पुनः निर्णय किन्हीं सम्वेदनाओं के आधार पर नहीं बल्कि विधान में दिए गये प्राविधानों के आधार पर किया जाता है । इसलिए लड़कियों पर अपहरण कर अभियोजक के साथ बलात्कार करने की बात सिद्ध नहीं होती । शासकीय अधिवक्ता के तर्क भावनात्मक अधिक हैं, तथ्यात्मक कम है, जिस पर इस समय कोई मत व्यक्त करना सम्भव नहीं, अलबत्ते उनके तर्कों को भारत सरकार कानून विभाग को संदर्भित किया जा सकता है ।

जहाँ तक भारतीय दंड संहिता की धारा 362 से 368 में दिये गये

प्राविधानों के आधार पर प्रस्तुत प्रकरण में अपहरण व उत्पीड़न व अनधिकृत बंधक बनाये जाने का आरोप है एक तो लड़कियों द्वारा अपहरण किए जाने का कोई प्रमाणिक साक्ष्य नहीं है और न ही थोड़े समय के लिये अपहृत करना, अपहरण के दायरे में लिया जा सकता है । लड़कियों का अपनी गाड़ी पर निखिल को ले जाना व फिर उसके घर के पास तक छोड़ने जाना किसी भी दशा में अपहरण की परिधि में नहीं ठहराया जा सकता । किसी पक्ष के शरीर पर कोई चोट के निशान या मारपीट - या खींचातानी से बने निशान भी नहीं पाये गये । अतः अपहरण कर प्रताड़ित करने का आरोप भी निराधार है ।

ऐसा प्रतीत होता है कि चारों लोग कार्यालय की व्यस्त जिन्दगी से छूटने के बाद आपसी सहमति से पिकनिक के मूड में रोमा के फार्म हाउस पर गये थे। घूमने फिरने के बाद सबने दारू का सेवन किया और शुरूर में आने के बाद जो कुछ हुआ उसमें यदि किसी की सहमति नहीं तो असहमति होने का भी कोई प्रमाण नहीं मिलता । निखिल ने पुलिस के समक्ष जो बयान दिये, शराब की मदहोशी का भरपूर आनंद उठाया और इस बात की पूरी सम्भावना बनती है कि उसी के प्रबल प्रवाह में आपसी सहमति से शारीरिक सम्बंध बनाये गये हों किन्तु बाद में होश आने पर उसे घट चुकी घटना का विचार कर भयातुर होकर उसने सीधे थाने की राह पकड़ ली ।

हाँ विद्वान सरकारी अधिवक्ता के इस तर्क में आंशिक बल अवश्य प्रतीत होता है कि लिंग भेद के आधार पर कानून में कोई अन्तर नहीं किया जाना चाहिए। इसलिए मेरे विचार में इस प्रकरण को इस आदेश की एक प्रति के साथ कानून मंत्रालय भारत सरकार को संदर्भित किए जाने में कोई हानि नहीं ।

उपरोक्त समीक्षा के आधार पर प्रतिपक्षी लड़कियाँ निर्दोष हैं, उन्हें बाइज्जत बरी किया जाता है । कार्यालय अधीक्षक भारत सरकार को, प्रकरण को संदर्भित किए जाने के लिये आवश्यक कार्यवाही सुनिश्चित करें ।

❋❋❋

जंडैल-जेठानी

विवाह के बाद निशा कल ही विदा होकर ससुराल आई थी। शाम को खा पीकर पति के कमरे में लेटने चली गई। पहली बार उसने इत्मीनान से पति के सपाट व कान्तिहीन चेहरे को देखा था। बातचीत के दौरान उसे पता चला कि वह उसकी बात को बड़ी सतर्कता के साथ सुनने का प्रयास कर रहा था और बड़े संक्षेप में उसकी प्रतिक्रिया देकर चुप हो जाता था। इस अनजानी उदासीनता को वह किंचित चिन्ताग्रस्त होकर समझने का प्रयास कर रही थी।

इसी समय उसकी दृष्टि रोहित के कानों पर पड़ी जिसमें एक चाँदी की जंजीर के सहारे बटन लगे थे। इन्हें देखकर उसने थोड़ा विस्मित होते हुए पूछा-

"रोहित आपके कानों में यह बटन.....?"

"हाँ निशा मुझे बचपन से ही बहुत कम सुनाई पड़ता है, इसलिए यह सुनने की मशीन लगा रखी है।"

"इसे उतारने पर क्या बिलकुल नहीं सुनाई पड़ता।"

"नहीं। बिलकुल नहीं।"

पति एकदम बहरा है। यह जानकर निशा का खून सूख गया। वह हतप्रभ सी हुई बड़ी देर तक पति को निस्संग दृष्टि से देखती रही। वैवाहिक जीवन की सारी अभिलाषायें व उमंगें तथा दाम्पत्य जीवन की बचपन से लेकर आज तक संजोई भावनायें विषाद के महासागर में तिरोहित हो गईं। उसके जीवन का बसंत सचमुच कहीं खो गया था। जीवन की राजीवता में उसे कहीं निर्जीवता नजर आई। सोचा शायद मौत उसे रोज मारती रहेगी। उत्साह कहीं घनघोर उपलवृष्टि के नीचे दबकर रह गया था। प्रणय-मिलन की माधवी निशा असहनीय निराशा में समा गई। बाह्य आचरण ही अभ्यांतर जगत की खुशियों का अजस्त्र स्रोत है। वह ही सूख गया, तो जिन्दगी कैसी ? मरुस्थलों में लहराती फसलों का सपना, तो केवल

सपना ही बन कर रह जाता है ।

वह बेजान सी हुई बिस्तरे पर किसी लू लगी लतिका की भांति लुढ़क गई। उसमें छा गई इस अप्रत्याशित उदासी का अर्थ रोहित भी समझ गया था, इसलिए उसने अनावश्यक उसे छेड़ने का प्रयास नहीं किया और वह भी बगल में किसी तपेदिक के मरीज की तरह लेट गया ।

दूसरे दिन सुबह अभी अंधेरा ही था कि दरवाजे पर दस्तक हुई । वह हड़बड़ा कर उठी और दरवाजा खोला । सामने जेठानी-ज्योति खड़ी थी । निशा को देखते ही वह बोल पड़ी-

"देवरानी जी ! उठेगी भी या दस बजे तक सोती ही रहोगी, चौका बर्तन व झाड़ू बुहारू कौन करेगा । यहाँ कोई नौकरानी नहीं लगी है । ध्यान से सुन लो रोज-रोज मुझे कहने की आदत नहीं ।"

पति की दशा पर सारी रात तिलछती रही निशा को जेठानी के शब्द गर्म शीशे की तरह कानों में प्रवेश कर रहे थे । वह कुछ नहीं बोली, उठकर सीधे झाड़ू उठाकर घर की सफाई में लग गई ।

बर्तन माँजते हुए उसकी डबडबाई हुई आँखों पर श्वसुर की निगाह पड़ी, जो अपने बुढ़ापे में लाचार हो चुके जर्जर शरीर को झुकी कमर के सहारे पैरों पर ढोते हुए आँगन तक किसी चीज की तलाश में आ गये थे । उनकी धुंधली पड़ गई आँखों से आँसू, स्वेत पड़ चुकी झुर्रियों से लुढ़कते हुए दाढ़ी के बढ़े हुए बालों में समा गये । वे ज्योति के कर्कश स्वभाव से भलीभांति परिचित थे । उन्हें समझने में जरा भी देर नहीं लगी कि सब उसी की करतूत है, किन्तु अपनी खुद की ही दशा पर उन्हें रोना आ रहा था, इसलिए बिना कुछ कहे दरवाजे की तरफ लौट गये।

सारा काम समाप्त कर निशा ज्यों ही अपने कमरे की तरफ मुड़ी पीछे से उसके कान में एक तेज आवाज फिर आ टकराई ।

"बच्चों के स्कूल जाने का समय हो रहा है । जरा नाश्ता तैयार कर टिफिन लगा दो, अन्यथा उन्हें विलम्ब हो जायेगा ।"

कमरे की तरफ बढ़ते निशा के कदम एकदम रसोई की तरफ घूम गये । बच्चों के स्कूल जाने के बाद निशा अपने कमरे में गई । पतिदेव अब भी लेटे खर्राटे

ले रहे थे। उसने एक बार धीरे से पुकारा, किन्तु उसकी आवाज शायद रोहित के कानों से टकराकर कमरे की शून्यता में विलीन हो गई। यह सोचकर कि अभी दोपहर का खाना बनाने का आदेश मिलने वाला है, वह धोती लेकर स्नानागार की तरफ नहाने चली गई। दरवाजा खोलते ही सामने कपड़ों का एक ढेर नजर आया और पीछे से ज्योति की आवाज कानों में आ टकराई।

"निशा बाथरूम में कुछ कपड़े छांटने के लिये रखे हैं नहाने से पहले उन्हें धोकर छत पर डाल देना।"

आवाज सुनकर वह पुनः अपने कमरे में लौट गई। कंगना चूड़ियां व मांगबेदी तथा हार आदि सभी जेवर उतार कर सन्दूक में रख दिया और गुसल खाने में जाकर कपड़े धोने में लग गई। सारे कपड़े धोकर, खुद नहा धोकर कमरे में वापस हुई। अभी बाल ही झाड़ रही थी कि ज्योति ने खाना बनाने का फरमान जारी कर दिया। इस बीच रोहित उठकर दरवाजे पर चला गया था। एक बार उसने मन ही मन विचार किया कि जेठानी के इस व्यवहार को वह पति से बता दे किन्तु पता नहीं क्या सोचकर उसने ऐसा करने का इरादा बदल दिया।

निशा तीन दिन पति के घर रुकी और इन दिनों में दोनों वक्त का खाना, सारे घर के कपड़े लत्ते धोने तथा झाड़ू बुहारू का सारा काम ज्योति ने निशा से ही करवाया।

चौथे दिन वह पिता के साथ अपने घर वापस आ गई। निशा के चेहरे पर विषाद की उभर आई उदासी को देखकर माँ ने अनुमान लगा लिया कि उसकी श्वसुराल में सब कुछ ठीक नहीं चल रहा है। उसने अनुमान लगाया था कि चूँकि निशा के सास नहीं है, इसलिए किसी प्रकार की प्रताड़ना का मौका कम ही था किन्तु बेटी के गिरे मन को भाँपकर उसने पूछ लिया।

"क्यों बेटी! सब ठीक है ना?"

निशा कुछ नहीं बोली। उसने एक बार भर आई आँखों से माँ को देखा तो बिना रोये ही आँखों में उमड़ रहे आँसू गालों पर लुढ़क गये। यह देखकर माँ का कलेजा मुँह को आ गया। उसने प्रश्न भरे भाव से बेटी को देखा पर निशा फिर भी नहीं बोली और गालों पर बालों की एक छिटक आई लट को सँवारती अपने

पैरों की तरफ ताकती रही। उद्विग्न हृदय माँ से रहा न गया। इस बार हाथ से कंधे को झकझोरते हुए, व्यग्रतापूर्ण आवेश में पूछा -

"आखिर तू बताती क्यों नहीं, मैं भी जानूँ कि तेरी आँखों से आँसुओं की यह अविरल धारा क्यों बह रही है ? क्या किया है उन लोगों ने मेरी फूल जैसी बेटी के साथ ?"

इस बार निशा और जोर से फफक पड़ी और इसी के साथ हिचकियों भरी एक टूटती आवाज निकली-

"माँ ! वह बहरे हैं। पूरी तरह, मशीन लगाकर भी थोड़ा बहुत ही सुन पाते हैं।"

"कौन बेटी ? तू किसकी बात कर रही है ?"

"वही, जिनके गले मुझे मढ़ दिया गया है।"

"क्या बकती है तू ? हम लोगों के साथ धोखा हुआ है। शादी से पहले उन लोगों ने कभी नहीं बताया। पूरी तरह छिपाकर रखा हम लोगों से।"

"माँ ! मैं बिल्कुल सही बोल रही हूँ।"

"हे भगवान ! मैं क्या सुन रही हूँ ?"

"यही नहीं माँ ! सास तो जरूर नहीं हैं, पर मेरी जेठानी इतनी बद्‌मिजाज है कि वह अकेली ही सौ सासों के बराबर है। इसके बाद वह ससुराल में अपने साथ हुए दुर्व्यवहार की पूरी गाथा रो रोकर बताती चली गई, और माँ सुन-सुनकर किसी जाल में फँसी मछली की भांति तड़पती रही। माँ बेटी दोनों बड़ी देर तक बैठी एक दूसरे को बड़ी निरीह नजरों से देखती रही। विषाद के गहरे बादलों ने मन की आशाओं व आकांक्षाओं को कुछ इस प्रकार अच्छादित कर लिया था कि उजाला कम घना अँधेरा ही अधिक दिखाई पड़ रहा था। जीवन प्रवाह की एक नैसर्गिक धारा गतिहीन होकर ठहर गई थी। रात में माँ ने सारी बात अपने पति को बताई और बेटी के साथ घटी सारी कहानी का एक-एक पहलू सुना दिया, जिसे जानकर निशा के पिता अर्द्ध विक्षिप्त से हुए मूर्तिवत् बैठे रहे।

निशा अपने चार भाई बहिनों में सबसे बड़ी थी। उसके पिता श्री नन्द लाल साहू जलकल विभाग में अवर अभियंता के पद पर नियुक्त थे। अपने सीमित

संसाधनों से उन्होंने बच्चों को पढ़ाने-लिखाने में कोई कोर कसर नहीं छोड़ी। निशा को एम०काम० कराया गया तथा उससे छोटे लड़के का बी०टेक० में दाखिला कराया, शेष दोनों बच्चे अभी दसवीं व बारहवीं के छात्र थे।

पिछले कई वर्षों से वह निशा के लिए लड़के की तलाश में थे। कई रिश्ते तो दहेज दानव की भेंट चढ़ गये बाकी शेष जगह लोगों ने अति गोरी लड़की की चाहत व्यक्त कर सम्बन्ध करने से मना कर दिया। धीरे-धीरे निशा तीस साल की हो गई। इसी बीच नन्द लाल जी सेवा निवृत्त हो गये।

अपने पद पर कार्यरत रहते हुए किसी अधिकारी को समाज दूसरे दृष्टिकोण से देखता है और सेवा निवृत्ति के बाद उसे वैसा सम्मान नहीं मिलता। साहू जी की भी कुछ ऐसी ही स्थिति उत्पन्न हो गई। केवल पेंशन पर सिमट कर रह गई आमदनी और घर में कुँवारी जवान लड़की - पहाड़ जैसी लगने लगी जिन्दगी।

श्री नन्दलाल के एक दूर के रिश्तेदार दीनानाथ जी थे। वह उन्हें भली-भांति जानते थे। शादी-विवाह में एक दूसरे के यहाँ आना-जाना भी था। उनका नाम तो 'दीनानाथ' था किन्तु थे वे बड़े दीन हीन। अभी दो वर्ष पूर्व पत्नी का देहान्त हो गया था और खुद भी बड़ा ऊँचा सुनते थे। बच्चों से समुचित सम्मान व सेवाश्रूषा न मिलने के कारण वे जिन्दा लाश बन गये थे। मिला तो खाया नहीं तो भूखे ही लेट जाते थे।

दीनानाथ के दो लड़के थे मोहित और रोहित। मोहित बिजली विभाग में एकांउटेंट थे और रोहित एम०काम० कर घर में बेकार बैठा था। मोहित की शादी परसपुर गाँव के हीरालाल साहू की बेटी ज्योति से हो गई थी। उसके दो बच्चे थे जो कस्बे के एक मान्टेसरी स्कूल में पढ़ रहे थे।

बेरोजगार होने के बारण रोहित अब तक कुँवारा था। नन्दलाल ने काफी प्रयास किए किन्तु निशा लायक कोई कमाऊ लड़का न मिल सका। लड़की की बढ़ती उम्र के साथ उनका पारा भी सातवें आसमान की तरफ बढ़ता जा रहा था। झक मारकर उन्होंने निशा की शादी रोहित से कर दी। रोहित एक चतुर चालाक किस्म का आदमी था। शादी के समय रोहित के बहरा होने की बात को नन्दलाल

से छिपा लिया ।

नन्दलाल ने अपना गणित बैठाया कि लड़का व लड़की दोनों एम०काम० हैं कहीं न कहीं कुछ कमाकर गुजर बसर कर लेंगे । लड़की को कुँवारी बैठा रखने से तो अच्छा है, कि कहीं न कहीं उसका घर बसा दिया जाये ।

दामाद के बहिरा होने व बेटी के साथ श्वसुराल में हुए दुर्व्यवहार की जानकारी उन्हें जब पत्नी से मिली तो वे विक्षिप्त हो उठे । मन में एक घृणा मिश्रित उत्तेजना का भाव उठा-

"मोहित कितना चतुर चालाक है । लड़के के न सुनाई पड़ने के तथ्य की उसने हवा तक नहीं लगने दी । समाज में किस प्रकार मेमना की शक्ल में भेड़िये छिपे हुए हैं । कब कहाँ और किस प्रकार इंसान को धोखा दे दें कुछ कहा नहीं जा सकता । वे अपने भोले चेहरे के पीछे कितनी विकृत मानसिकता छिपाये फिरते हैं । इसका अनुमान लगाना ही मुश्किल है । जिन्दगी के किस मोड़ पर धोखा देकर निकल जायें इसका तो कयास लगाना ही मुश्किल है ।"

घने जंगलों में किसी भ्रमित पथिक की भांति उन्हें कोई राह नजर न आई। बड़ी देर तक वे निर्विचार हुए कभी बेटी के मुर्झाये चेहरे को तो कभी भाव शून्य पत्नी के शोकाकुल मुखमण्डल को निहारते रहे । आखिर में नन्दलाल ने निर्णय ले लिया कि वह बेटी को फिलहाल बिदा ही नहीं करेंगे । दामाद के बहरे होने के यथार्थ व जेठानी के दुर्व्यवहार ने उन्हें बुरी तरह विक्षुब्ध कर दिया था ।

तीन चार दिन बाद निशा को बिदा कराने के लिए मोहित के फोन पर फोन आने लगे और नन्दलाल निशा के बीमार होने के बहाने उसे टालते रहे । कुछ दिन बाद मोहित को सन्देह होने लगा कि दाल में कुछ काला है । कुछ सोच विचार के बाद उसने नन्दलाल को फोन मिलाया और रोषपूर्ण लहजे में बोला -

"आप बहू की बीमारी का बहाना करके झांसा दे रहे हैं ? आप विदा कर दीजिए, निशा का इलाज मैं खुद करवा लूँगा ।"

"आप क्या इलाज करा लेंगे ? आपके घर मेरी बेटी के साथ इतना घिनौना बर्ताव किया गया है, जिसे सुनकर दरिन्दगी की रूह तक काँप जाये । आप लोगों ने अपने बाप को जिन्दा लाश बना दिया है और निशा ने तो चार-पाँच दिनों

में ही मरघट की राह पकड़ ली है ।"

"आप कैसी बातें करते हैं । यह सारी बातें निराधार और झूठी हैं ।"

"आपको ज्योति का दुर्व्यवहार नजर नहीं आता, उसी से पूछना कि आखिर निशा ने सारा जेवर दूसरे ही दिन क्यों उतार डाला और विवाह के सारे नये रेशमी कपड़े क्यों उतार दिये ? आप अपने पिता व पत्नी दोनों से पहले स्थिति को समझ लो, तब फिर विदाई की बात करना । निशा अब उस कब्रगाह में जाने को तैयार नहीं, जिसे आप अपना घर बताते हैं ।"

इतना कहकर नन्दलाल ने फोन काट दिया, कुछ देर बाद मोबाइल की घंटी फिर घनघना उठी, जिसे उन्होंने यह देखकर काट दिया कि काल मोहित की है ।

एक सप्ताह के बाद मोहित एक जीप पर चार पाँच आदमी लेकर नन्दलाल के घर आ धमका और बाहुबल के आधार पर वह नन्दलाल पर विदा कराने का दबाव बनाने लगा ।

घर में माँ के साथ बैठी निशा की धड़कने तेज हो गई । उसने सोचा - "शायद विधाता दुर्भाग्य के सारे खेल उसी के जीवन में खेलना चाहता है । बाहर के कमरे में चल रही गर्मागर्म बहस कुछ और तेज हो चली थी, जिसने माँ बेटी दोनों की चिन्ताओं को बढ़ा दिया । इसी बीच बाहर से किसी व्यक्ति की आवाज माँ बेटी के कानों से आ टकरायी ।

"यदि नहीं भेजोगे तो मैं जबरियां लड़की को उठा ले जाऊँगा ।"

इस वाक्य पर निशा एकदम काँप उठी ।

"हे भगवान ! क्या होने वाला है ? वह मन ही मन बुदबुदाई और माँ को इंगित कर कहा-

"माँ मुझे भेज दो, यदि मेरे मुकद्दर में घुट-घुट कर मरना लिखा है तो दूसरों से लड़ने का क्या अर्थ ! आप लोग अपनी जिन्दगी में विष क्यों घोल रहे हैं ।"

"चुप रह बेटी ! ऐसे कैसे भेज देंगे ? क्या लड़की कोई नौकरानी है जिसने उनके घर के चौका बर्तन करने का अनुबन्ध करा रखा है ।

नन्दलाल के घर की बगल में एक महिपाल सिंह यादव की किराने की

दुकान थी। महिपाल नन्दलाल के अनन्य मित्रों में थे और उस मोहल्ले के सभासद भी थे। वे काफी निडर व साहसी सामाजिक कार्यकर्ता थे। निशा की माँ ने जब देखा कि दरवाजे पर चल रही वार्ता उदण्डता में बदल गई है, तो उसने लड़के से यादव जी को बुलवा लिया।

महिपाल के मौके पर पहुँचते ही सब की आँखें अनायास ही उनकी तरफ उठ गई। एक लम्बा चौड़ा आदमी, वह भी लम्बे-कुर्ते व सदरी में, काली कर्जन कट मूँछें, बल खाती, किनारों पर हल्की सी मुड़ी हुई, बेबाक तेवर व निर्भीक मुद्रा के साथ सामने खड़ा था।

"का हो नन्दलाल भैया। सब ठीक ठाक है ना ? आपके बच्चे से पता चला कि दरवाजे पर लड़ाई चल रही है।"

"नहीं लड़ाई कोई नहीं, मैं निशा का जेठ हूँ, बिदा कराने आया था उसे।" नन्दलाल के बोलने से पहले ही मोहित बोल पड़ा।" उसके तेवर ढीले पड़ गये थे। साथ का हर आदमी भी भीगी बिल्ली की तरह दुबक कर बैठ गया था। बिदाई के लिये इतना फौज फटा लाने की क्या जरूरत थी भैया ?"

अब तक निशा की माँ भी दरवाजे पर आ गई थी और वह बेटी के साथ हुए पूरे अमानुषिक व्यवहार का वृत्तांत सुनाती चली गई। निशा भी अब तक दरवाजे के सहारे माँ के पीछे बुत बनी आ खड़ी हुई थी। अचानक महिपाल की निगाह उसके सूने चेहरे पर पड़ गई। उसे देखते ही उन्होंने उसे इंगित कर पूछा-

"बेटी तुमने यह कैसी शकल बना रखी है। क्या वह सब सही है, जो भाभी ने अभी बयान किया है।"

"बिल्कुल सही है। वहाँ के हालात तो इससे भी बद्तर है।"

इतना सुनते ही महिपाल मोहित की ओर मुखातिब होकर बोले -

"आप ने लड़की व माँ की बात सुनी, क्या इन परिस्थितियों में भी आप इसे विदा कराना चाहते हैं ? रही आदमियों की बात, तो पाँच क्या पाँच सौ आदमी मेरी एक आवाज पर अभी इकट्ठा हो जायेंगे। यदि चाहो तो यह भी देख लो।"

"नहीं अंकल ! अब वैसा कुछ नहीं होगा जो बताया गया है आप निशा को विदा करवा दीजिए। इसने कभी कुछ मुझसे बताया ही नहीं।"

"देखो मोहित ! यह बातें बहू जेठ से नहीं कह सकती, आप घर के मालिक हैं, घर में क्या हो रहा है, हर चीज पर आपकी पैनी दृष्टि होनी चाहिए। हमारे घर में भी बहू बेटियाँ हैं । साल छः माह तक नई बहू को चौका बर्तन व रसोई के पास फटकने नहीं देते । बहू तो बेटी के समान होती है । श्वसुराल में कदम रखते ही उसके अरमानों का निष्ठुरता से गला घोंट देना सभ्य समाज का कोई आचरण नहीं होता ।"

"आपका भाई बहरा है । इसे आपको शादी से पहले बताना चाहिए था, किन्तु उसे आप ने बड़ी चतुराई से छिपाये रखा, किसी लड़की की जिन्दगी को इस प्रकार तपती भट्ठी में झोंक देना कितना भयावह होता है, इसका अनुमान तो वह लड़की ही लगा सकती है और ऊपर से इतना घृणास्पद बर्ताव ।" नन्दलाल बीच में ही बोल पड़े ।

"मैं समझता था कि आप सब जानते होंगे ।"

मोहित को इतने कटु प्रश्नों का सामना करना पड़ेगा, इसकी उसे स्वप्न में भी उम्मीद नहीं थी । बिना कोई श्रम किये ही उसके चेहरे पर पसीना छलक आया। नन्दलाल भी सम्बंध को इतनी शीघ्रता में तोड़ना नहीं चाहते थे । काफी तर्क वितर्क के बाद वे बेटी को विदा करने को राजी हो गये ।

निशा को पति के घर आए अभी मुश्किल से एक सप्ताह बीता था कि वही नाटक फिर शुरू हो गया ।

ज्योति प्रखर व कुटिल स्वभाव की तो थी ही, किन्तु निशा के साथ दुर्व्यवहार का अन्तर्गूढ़ रहस्य यह भी था कि उसकी एक बहिन परिवार की कुख्याति के कारण अब तक कुँवारी बैठी थी उसने रोहित की शादी से पहले भी उसका विवाह रोहित से कराने का प्रयास किया, किन्तु लड़की, लड़के से चार साल बड़ी होने के कारण बात न बन सकी थी । वह चाहती थी कि यदि निशा स्वतः ऊब कर चली जाये, तो तह पति पर दबाव डालकर रोहित के साथ उसका सम्बन्ध करवा दे । दोहाजू वर हो जाने के बाद रोहित उसका प्रस्ताव स्वीकार कर लेगा ।

लगभग दस दिन बाद नन्दलाल को बेटी का संदेश मिला, "हालात में कोई परिवर्तन नहीं है बल्कि ज्योति पहले से अधिक तलख हो गई है । दिन भर काम

में तो लगाये ही रहती है, उसके किये कामों में मीन मेख भी निकालती रहती है। मोहित भैया ने उसे समझाने का प्रयास किया तो उन्हीं से सीना तानकर लड़ने को खड़ी हो गई । पापा जी ! मोहित भैया का उस पर धेले भर का नियंत्रण नहीं है। उनके साथ भी वह नौकरों जैसा सुलूक करती है और यह लोग जान बचाये फिरते रहते हैं ।''

बेटी का समाचार पाकर नन्दलाल व्याकुल हो उठे । उन्होंने महिपाल से सारा हाल बताया । बातचीत के बाद दोनों ने इस बार मोहित के घर जाने का निर्णय किया और यह भी मन बना लिया कि यदि बात नहीं बनेगी तो रिश्ता ही तोड़ देंगे। जिस घर में बेटी को एक सप्ताह गुजारना भारी पड़ रहा है, उस काल कोठरी में वह पूरा जीवन किस तरह काट पायेगी ।

अगले रविवार सुबह दस बजे वे दोनों निशा की श्वसुराल के लिए निकल पड़े । कस्बे के नजदीक कुछ चरवाहे जानवर चरा रहे थे । उन्हें देखकर महिपाल ने गाड़ी रोक दी । घर का रास्ता नन्दलाल को पता था, फिर भी कुछ मोहित के घर का राज जानने की जिज्ञासा से एक चरवाहो को बुलाकर उन्होंने पूछा ।

''जरा बेटा बताओ मोहित के घर को कौन रास्ता जाता है ?''

''कौन मोहित ?''

''मोहित साहू !''

''मगर आप हैं कौन ?''

''रोहित की श्वसुराल से आए हैं । कैसे हैं यह लोग ?''

''अब क्यों पूछते हो, जब शादी कर दी तब अच्छे हो या बुरे क्या फर्क पड़ता है ।'' वैसे उस घर में एक ही जंडैल औरत है, रोहित की भाभी, जो रोज झगड़ती है, पति तथा श्वसुर को उंगलियों पर नचाती है और गाँव वाले तमाशा देखते हैं ।

''मेरी बेटी की सास भी नहीं है, वह तो मर चुकी है ।''

''मर नहीं चुकी, उसे तो मोहित की बीबी ने आँगन में पटक दिया, सिर में चोट लगी, मौके पर ही दम तोड़ गई । बहुत सीधी थीं सहुवाइन काकी । पर उस चुड़ैल के हाथों जान गवाँ बैठी ।''

"क्या सच कहते हो बेटा ?"

"मैं झूठ क्यों बोलूँगा ? पूरा कस्बा जानता है ।"

"बांये हाथ वाली सड़क पर चले जाओ, आगे मकान है । पूरब को दरवाजा है । हाँ चाचा मगर मेरा नाम न बताना नहीं तो, ज्योति सुबह आकर मेरा दरवाजा खोद डालेगी और गिनकर सौ गालियाँ देगी ।"

"बेटा तुम्हारा नाम तो जानते ही नहीं तो बतायेंगे क्या ?"

"ठीक है जाओ, जै राम जी की ।"

चरवाहे बड़े चर्वाक होते हैं और आकाश पाताल सबकी खबर रखते हैं।

जिस समय यह लोग मोहित के घर पहुँचे, दीनानाथ दरवाज़े पर बैठे बीड़ी पी रहे थे, उन्होंने आगन्तुकों की तरफ देखा । वह अपने जर्जर हो चुके शरीर को तहमद व बनियान से ढके उनकी तरफ बढ़े और हाथ जोड़कर चौपाल में बैठने का अनुरोध किया । घर के अन्दर बखेड़ा चल रहा था ।

"देखो ! ज्योति तुम नाहक निशा को परेशान करती हो, अभी बच्ची है, धीरे-धीरे सब सीख लेगी ।" एक आवाज महिपाल के कानों में आ टकराई और उसके जवाब में किसी स्त्री का कर्कश स्वर सुनाई पड़ा ।

"तुम चुप रहो । अभी काम नहीं करेगी, तो कब करेगी ।" किसी रजवाड़े के घर से आई है क्या ? जो काम करने में गुरेज करती है।

डाँट खाकर मोहित ज्यो ही दरवाजे पर आया महिपाल नन्दलाल को दरवाजे पर बैठे देखकर भौंचक्का रह गया । अपने को सम्हालते हुए उसने नमस्कार किया और कुशल मंगल पूछने की औपचारिकता कर आँगन में लौट गया। आँगन में पत्नी की आवेशपूर्ण बातें उसके आते ही बन्द हो गई । अब तक रोहित भी दरवाजे पर आकर बाप के बगल में बैठ गया था ।

चाय पानी के बाद बातचीत का सिलसिला शुरू हुआ । महिपाल ने कहा-

"मोहित बेटे ! मैं लगभग बीस मिनट पहले यहाँ आ गया था और आप लोगों की घर के अन्दर चल रही गुफ्तगूँ सुन रहा था । मेरे विचार में न तो अब किसी साक्ष्य की आवश्यकता रह गई और न किसी सफाई की । बस मेरा एक ही अनुरोध है कि मेरी बेटी को आप विदा कर दीजिये, ऐसे दाम्पत्य जीवन से बेहतर

है कि वह अकेली बाप के घर रहकर जिन्दगी काट डालेगी ।

"चाचा जी आप कैसी बात करते हैं, धीरे-धीरे सब ठीक हो जयेगा ।" मोहित ने हकलाते हुए कहा ।

"कुछ ठीक नहीं होगा, आपको जिस प्रकार अभी डाँटकर आँगन से भगाया गया है, मैंने वह भी सुन लिया है । यदि आगे कुछ और जानना चाहो, तो वह भी आपको बता दूँ ।"

"जरूर बता दीजिए ।"

"तो सुन लो, तुम्हारी माता जी की मौत कैसे हुई, मुझे वह भी पता है। वे अपनी मौत नहीं मरी उन्हें मारा गया है । आप के पिता जी भी अपनी बड़ी बहू के हाथों पिट चुके हैं । अब शायद समझ गये होंगे कि मैं कितनी गहराई से आपके घर की स्थिति को जानता हूँ ।"

दरवाजे पर तीखे स्वर में चल रही बातें ज्योति के कानों में जैसे ही टकराई वह फौरन तमतमायी हुई दरवाजे पर आकर किसी हिंसक पशु की तरह कुपित होकर पूरे आक्रोश में प्रतिशोधात्मक शब्दों में इस तरह बोली, जैसे उसके कलेजे में अनेकों खंजर एक साथ घुसेड़ दिये गये हों ।

"यह सब झूठ है और आप लोग मुझे बदनाम करने के लिए ऐसा घिनौना आरोप लगा रहे हैं ।"

उसे इस समय अपने क्रोध का मूल्य व्यक्ति की सामान्य सहिष्णुता से अधिक प्यारा लग रहा था । इसलिये किसी घायल शेरनी की भांति वह गुर्रा उठी थी ।

निशा दरवाजे के दूसरे बाजू को पकड़े सजल नेत्रों से कभी ज्योति को तो कभी पिता के साथ एकत्रित लोगों को देख रही थी । उसकी अस्त-व्यस्त केशराशि की लटें जो चेहरे पर छितरा गईं थीं उन्हें सम्हालते हुए यह विचार उसके मस्तिष्क में कौंध गया - "क्या घर की एक बहू दूसरे बहू के साथ ऐसा क्रूर कहर बरपा सकती है ? ज्योति के कर्कश शब्द अभी तक उसके कानों में झनझना रहे थे। अपनी निस्तेज आँखों से वह अपनी ही जिन्दगी की दास्तान, रूपहले पर्दे पर किसी उत्तेजक दुखांत दृश्य की भांति देख रही थी । अब तक उसने जिन्दगी को जितना

किताबों में पढ़ा था अथवा सहेलियों से समझा था या माँ बाप के आँगन में देखा था, वह सब कुछ उसे काल्पनिक लग रहा था। पति के घर ज्योति के व्यवहार की कड़ुवाहट में उसे जिंदगी की एक नई तस्वीर दिख गई थी जिसमें न कोई हर्ष था, न उल्लास और न ही जिन्दगी का कोई सरगम। अगर कुछ था तो केवल घना अंधेरा और दुर्भेद्य निराशा। व्यथित होकर वह दरवाजे के सहारे धम्म से जमीन पर बैठ गई और अपनी बेबसी पर आँसू बहाती रही।

जानवर भी प्रेम की भाषा समझते हैं, शायद इंसान से बेहतर। खूँखार से खूँखार पशु भी अपने कुनबे के सदस्यों पर वार नहीं करते।

अपनी मृतक सास को याद कर वह फफक पड़ी सोचा - "शायद सासू माँ होती तो अपनी छोटी बहू को कितने प्यार व दुलार से रखती। जेठानी ने अपनी झूठी शान के पीछे इंसानियत को तिलांजलि दे दी। लगता है किसी पुराने बैर शोधन को आखिरी अंजाम तक पहुँचाने में लगी हैं। उसकी जुबान से निकला हर शब्द मानों किसी विषधर नागिन की फुँफकार से निकलता है।" यह सोचकर भावी जीवन की एक बदरंग तस्वीर उसकी स्मृतियों में उभर आई। सहेलियों के साथ एक हँसती स्वप्निल जिन्दगी की उड़ान, माँ की ममता और पिता का स्नेह, सब एक-एक कर स्मृतियों में चकराते चले गये। एक दर्द भरी टीस कहीं हृदय के पास से उठी और अंग-अंग को अच्छादित करती चली गई।

महिपाल निशा के चेहरे के पल-पल बदलते भावों को पढ़ रहे थे, थोड़ा उद्विग्न होकर बोले -

"मोहित ! हम लोगों के सामने ज्योति का अशोभनीय आचरण व वाक्-कटुता देखने के बाद शायद किसी साक्ष्य की आवश्यकता नहीं है। अपनी देवरानी के साथ वह किस तरह पेश आती होगी, कोई मंदबुद्धि इंसान भी इसका अनुमान लगा सकता है।"

रोहित कान में बटन लगाये सारी बातों को सुन रहा था। अवसर मिलते ही वह महिपाल से मुखातिब होकर बोला-

"चाचा जी मैं इनके (ज्योति) साथ रहना नहीं चाहता और निशा को यह रहने नहीं देना चाहती। आज ही मैं निशा के साथ लखनऊ चलता हूँ, कहीं छोटी

नौकरी कर गुजर-बसर कर लूँगा। आप लोगों पर भी बोझ नहीं बनूँगा।"

"नहीं बेटा ! बेटी व दामाद कभी आदमी पर बोझ नहीं बनते नन्दलाल ने स्नेहपूर्वक अपना भाव व्यक्त किया।"

"बाप की सारी सम्पत्ति व घर मैं बड़े भैया को देता हूँ।" फिर अपनी बात को रोहित ने आगे बढ़ाकर कहा-

"निशा एक अच्छी लड़की है मैं उसे अपने से अलग नहीं कर सकता।"

"निर्णय तो रोहित ने कर दिया। आप लोग इन दोनों को मेरे साथ भेज दीजिए। सारी व्यवस्था मैं कर दूँगा।"

निशा व रोहित दोनों लखनऊ आ गये। नन्दलाल ने किराये के एक कमरे की व्यवस्था कर दी।

लखनऊ आकर निशा व रोहित दोनों ने एक प्राइवेट कम्पनी में काम शुरू कर दिया। मकान की व्यवस्था नन्दलाल ने खुद कर दी। निशा की जिन्दगी की गाड़ी धीरे-धीरे चल पड़ी। बाद में नन्दलाल ने रोहित को एक कान के डाक्टर को दिखाया। एक छोटे से आपरेशन के बाद रोहित को सुनाई पड़ने लगा। कुछ दिन बाद दूसरे कान का आपरेशन भी करा दिया। अब रोहित स्पष्ट सुनने लगा था। निशा की जिन्दगी में खुशियाँ फिर से लौट आईं।

एक दिन मोहित नन्दलाल के घर आए और बड़े तेवर के साथ पूछा-

"आपने रोहित के कान का आपरेशन करा दिया और मुझे बताया तक नहीं।"

"आपको क्या बताना ? सौ बार आप से कहा कि किसी डॉक्टर को दिखा दो, पर आप ने मेरी सुनी ही नहीं। भाभी को छींक आती है, तो तुरन्त उन्हें डॉक्टर के पास ले जाते हो।" नन्दलाल के पहले रोहित खुद बोल पड़ा था।

❋❋❋

गाड़ी छूट गई

मुझे बस पकड़ने की शीघ्रता थी। क्योंकि हापुड़ से मुझे 8:52 पर गढ़वाल एक्सप्रेस पकड़नी थी। खुशी से सेवारत लड़के के घर से निकलते-निकलते साढ़े छः बज गया था। मैं तथा मेरा पौत्र सोनू बस अड्डे की तरफ तेजी से कदम बढ़ाते बस पकड़ने के लिए जा रहे थे। सामने सड़क पर एक बस खड़ी थी। इसलिए बस अड्डे के बजाय हम लोग उसी तरफ मुड़ गये। बस अलीगढ़ से आ रही थी और उसे हापुड़ होकर ही मेरठ जाना था। हम दोनों सीधे बस में घुस गये। इधर-उधर निगाहें दौड़ाई और खाली सीटों पर बैठ गये। परिचालक पास में खड़ा था। उसने टिकट काट दिया। बस चल पड़ी और परिचालक शेष व्यक्तियों के टिकट काटने के लिये बढ़ गया।

बस अभी 2 कि०मी० आगे बढ़ी थी कि एक बाइस वर्ष का नवयुवक, जो सड़क पर खड़ा बस का इंतजार कर रहा था, ने हाथ उठाया और बस रुक गई वह पवन के वेग की तरह अन्दर आया और हाँफता हुआ कंडक्टर की सीट पर बैठ गया। एक आदमी उस पर पहले से ही बैठा था।

परिचालक शेष यात्रियों के टिकट बनाकर अपनी सीट पर लौटा और उस युवक से बोला "ओ भाई मेरी सीट खाली कर।"

वह युवक सीट खाली करने के बजाय थोड़ा खिसक गया और हाथ के इशारे से दोनों यात्रियों के बीच में खाली हुई थोड़ी जगह पर बैठने का संकेत कर दिया और मुँह मोड़कर दूसरी तरफ देखने लगा।

बस में परिचालक की सीट आरक्षित होती है और उसके ऊपर परीचालक सीट लिखा भी रहता है। बस में कितनी भीड़ भाड़ क्यों न हो पर सामान्यतः लोग उसकी सीट पर नहीं बैठते और यदि खुदा न ख्वास्ता कोई बैठ भी गया तो उसके आने पर वह उसे खाली कर देता है।

अपनी सीट न खाली करने पर परिचालक ने अपनी बात फिर दोहराई।

"चल बे मेरी सीट छोड़ ।"

"क्यों ? मैं तो नहीं छोड़ता ।"

"क्यों नहीं छोड़ता, यह तो मेरी सीट है ।"

"खाली तो है उस पर जाकर बैठ ना ।"

"उधर आगे दो सीट खाली है, उन पर जाकर बैठ जा ।"

"तू ही क्यों नहीं बैठ जाता ?"

"मुझे पढ़ा रहा है तू खुद क्यों नहीं बैठ जाता ?"

"अरे यह सीट कंडक्टर की है और मैं इसी पर बैठता हूँ तुझे खाली करनी ही पड़ेगी ।"

"मैं तो नहीं करता खाली ।"

बातों से लगा कि दोनों चौधरी थे और उसी क्षेत्र के रहने वाले थे । कंडक्टर बोला -

"सीटें खाली हैं चला जा झंझट ना कर ।"

"क्यों क्या बस तेरे बब्बा की है ।"

"क्या तेरे बब्बा की है ।"

दोनों का झगड़ा देखकर एक दूसरा पगड़ी बांधे बैठा अधेड़ व्यक्ति उस युवक से बोला-

"अरे भाई तू ही चला जा, सीट तो खाली है ।"

"तू कौन है, कलेक्टर है, या मुख्यमंत्री ।"

"कलेक्टर तो तू है ।" इतना कहकर वह शरीफ वयस्क चुप हो गया । बाकी बस के लोग उन दोनों की बहस देखकर मुस्कराते रहे ।

उस भले पुरुष से फुर्सत मिली तो वह युवक परिचालक को इंगित कर बोल पड़ा ।

"देख तू मुझे न जाने, मैं भी वहीं का हूँ जहाँ का तू है । चल नहीं पायेगा इस रूट पर ।"

"क्यों तेरे बब्बा का राज्य है क्या ?" जो सबको उजाड़ देगा ।

वास्तव में वह युवक हट्टा-कट्टा था और परिचालक शारीरिक रूप से थोड़ा कमजोर था और इस बात को सारे बस के मुसाफिर और वे दोनों भी समझते थे। परिचालक भी नहीं समझ पा रहा था कि वह क्या करे । बस का सरकारी अभिरक्षक, उसकी प्रतिष्ठा भी दाँव पर लगी थी और यात्रियों से खचाखच भरी बस में उसके अपमान का प्रश्न भी सामने खड़ा था । ड्राइवर अपनी धुन में इस अत्यंत व्यस्त राजमार्ग पर सामने से आती तेज गति से वाहनों से बचता हुआ आगे बढ़ता चला जा रहा था ।

युवक अपनी हेकड़ी पर इतरा रहा था । वह साथी यात्रियों की तरफ देखकर और चौड़ा होकर, सीना तान कर बैठ गया । वह कभी-कभी अपनी विहंगम दृष्टि परिचालक के अस्त-व्यस्त मुख-मण्डल पर भी डाल लेता था और उसके अगले कदम का मानो इन्तजार रहा था । अपनी विजय पर शारीरिक अभिव्यक्ति अपने बदन को हिला डुला कर करता जाता था ।

"ड्राइवर साहब ! बस सीधे थाने ले चलो !" कंडक्टर बोला ।

थाने का नाम सुनकर युवक थोड़ा सकपकाया फिर भी अपनी सीट छोड़कर वह अपनी गब्बर वाली शान को धूल धूसरित नहीं करना चाहता था । उसने उसी तेवर के साथ उत्तर दिया ।

"हाँ ले चल थाणें, चढ़वा दे मुझे फांसी पर ।"

उधर बस के यात्रियों में कुछ तो मजा ले रहे थे, पर अधिकतर लोग अपने गन्तव्य पर पहुँचने में विलम्ब हो जाने की आशंका से परेशान थे । मुझे तो लगभग निश्चय हो चला था कि मेरी गाड़ी छूट ही जानी है । यात्रियों के बीच से कुछ आवाजें उठीं-

"अरे छोड़ दे यार, कंडक्टर की सीट ।"

"क्यों छोड़ दूँ ?" बगल वाले यात्री की ओर इशारा कर वह बोला ।

"यह क्या तेरा रिश्तेदार लगे, इसे कैसे बिठाया इसने ?" दूसरे साथ बैठे यात्री की ओर, इशारा कर युवक बोला ।

"वह पहले से बैठा था, तू तो अभी चला आवे और कानून मुझे सिखावै।" कंडक्टर ने ड्राइवर को देखते हुए कहा ।

अब तक बस थाने में आकर खड़ी हो गई थी। कंडक्टर बस से उतर कर बरामदे में बैठे दीवान से अपनी व्यथा बताई।

तब तक युवक भी पीछे आकर बोल पड़ा – "सर ! यह बड़ी तीरनदाजी बतावे। जगह बगल में खाली पड़ी थी, उस पर न बैठकर मेरे को वहाँ से उठाने में लगा था।"

दोनों को आपस में लड़ते देख दीवान ने कहा – "तुम लोग यों ही लड़े, तो दोनों को धारा 151 के तहत बंद कर दूँगा, जमानत भी ना मिले।" वह भी शायद चौधरी ही था।

अब तक गाड़ी से मुसाफिर भी उतरकर आ खड़े हुये थे। उनमें से किसी ने कहा – "साहब ! तुम इन्हें चालान करो तो करो, पर हम लोगों का क्या होवै? बस एक घंटा लेट पहले ही हो गई है।"

इस बात पर दीवान जी को होश आया कि बस सरकारी है, उसे रोका नहीं जा सकता और कंडक्टर पर 151 में चालान करने का कोई आधार भी नहीं बनता।

"तू इसकी सीट छोड़ दे नहीं तो अन्दर कर दूँगा। समझा कि नहीं।" दीवान इस बार पुलिसिया रौब से बोला था।

बिना कुछ कहे युवक बस की तरफ चला गया। कंडक्टर आकर अपनी सीट पर बैठ गया उसे बड़ा संतोष लग रहा था कि वह अपनी आबरू बचा सका था।

बस चल पड़ी तो यात्रियों ने देखा कि वह युवक गाड़ी में नहीं था। थाने से ही किसी तरफ निकल गया था।

हापुड़ पहुँच कर मैंने बैट्री वाला रिक्शा पकड़ा और हापुड़ स्टेशन पर पहुँचा, पता लगा गाड़ी आधे घंटे पहले ही चली गई थी।

❋❋❋

मास्टर जी

विद्यार्थी जीवन में, बड़े ऊँचे-ऊँचे ख्वाब सजाये थे, किन्तु एक लम्बे संघर्ष के बाद अरुन की नियुक्ति प्राइमरी पाठशाला के अध्यापक पद पर ही हो सकी। गोण्डा जनपद के पचपेड़वा विकास खण्ड में धनौली में तैनाती मिली। धनौली गाँव का प्राइमरी पाठशाला तब गैसड़ी बन प्रखण्ड के उत्तरी छोर पर स्थित नेपाल की सीमा से लगभग 10 कि०मी० अन्दर घने जंगलों के दक्षिणी छोर पर स्थित था। चारों ओर का लुभावना दृश्य। फैजाबाद शहर का एक लड़का पहली बार ग्रामीण अंचल के इतने दूरस्थ इलाके में पहुँचा था, वह भी घूमने फिरने नहीं बल्कि वहीं रहकर नौकरी करने के लिए। माँ-बाप के स्नेहिल संरक्षण से वह पहली बार अलग हुआ था, इसलिए थोड़ी घबराहट लगी। बेरोजगारी के इस भयावह दौर में यदि नौकरी का प्रश्न मुँह बांये सामने न खड़ा होता, तो सम्भवतः वह वापस चला आता। दिल की भावनाओं को दबाकर उसने मन कड़ा कर रुकने का ही फैसला किया।

पूरा थारू आदिवासी इलाका, जहाँ पूरे गाँव के गाँव इन्हीं थारुओं के बसेरे हैं। इन आदिवासियों में शिक्षा के प्रचार-प्रसार व देश की सामान्य जीवन की धारा में इन्हें जोड़ने के लिए पूरे तराई इलाके में कतिपय नये विद्यालय शासन द्वारा खोले गये हैं। शासन द्वारा इन्हें काफ़ी अनुदान भी दिया जाता है।

धनौली का प्राइमरी पाठशाला गाँव के पूर्वी किनारे पर वन विभाग की एक सड़क से सटा हुआ था, जो आगे बढ़कर उसे पचपेड़वा जाने वाली सड़क से जोड़ती थी।

गाँव में पहुँच कर अरुन सीधे स्कूल पर गया। दिन का दो बजा था। शुक्रवार का दिन किन्तु स्कूल बन्द था। बरामदे में पड़ी चारपाई पर एक लेटा हुआ बूढ़ा व्यक्ति बार-बार खाँस रहा था। सामने खुले मैदान में दो तीन भैंसे रस्सी से

बंधी थी । इनसे थोड़ा हटकर उत्तर की तरफ इन्हीं के दो बच्चे बंधे अपनी मस्ती में पागुर कर रहे थे और एक युवती कुछ अलग तरह के कपड़े गोटेदार घाघरा व किरन लगी चुन्नी सिर पर लापरवाही से डाले भैंसों को चारा डाल रही थी और अपने ही सुरताल में मचलती काम की धुन व मुँह से निकलती गुनगुनाहट किसी स्थानीय गाने की सम्बन्धित लय में खोई थी । पीछे आए अटैची पकड़े आगन्तुक को न देख सकी । अरुन ने एक बार फिर बरामदे में बैठे, जिन्दगी के अन्तिम जंग से जूझते उस बुड्ढे को देखा और फिर लड़की की तरफ मुड़कर प्रश्न किया।

"प्राइमरी स्कूल किधर है ?"

औचक सुनाई पड़े प्रश्न से लड़की ने तुरन्त पीछे मुड़कर देखा और अरुन को इस तरह खड़ा देखकर झेंप गई ।

अरुन भली प्रकार जानता था, कि उसके सामने बनी पक्की इमारत स्कूल की है, फिर भी उस लड़की से कुछ बात करने का कोई अन्य विषय न पाकर वह स्कूल का पता पूछने के बहाने उसी इमारत का पता पूछ बैठा था, जिसके सामने वह खड़ा था और जिस पर बड़े अक्षरों में 'प्राथमिक विद्यालय धनौली।' लिखा भी था । लड़की शर्माकर भी एक सलोने युवक को अब भी देखे जा रही थी और अरुन भी उसके अस्त-व्यस्त पुराने लहरियादार परिधान के बीच से कुछ इस तरह देख रहा था, मानों आसमान में तैरते विखण्डित मेघों से पूनम के चाँद को निहार रहा हो ।

अपने प्रश्न का उत्तर न पाकर अरुन ने फिर से वही प्रश्न दोहराया ।

इस बार लड़की ने प्रश्न का उत्तर देने के बजाय अपने ही अन्दाज में एक नया प्रश्न उठा दिया ।

"लगता है आप नये मास्टर जी हैं ?"

यह कहकर उसने विद्यालय की तरफ उंगली उठा दी । फिर बोली -

"आप वहीं तो खड़े हैं जहाँ का पता पूछ रहे हैं ।"

किसी आगन्तुक को आया जानकर बुड्ढे ने बरामदे से ही आवाज लगाई- "कौन है धुन्नी ?"

"कोई शहरी बाबू हैं लगता है नये मास्टर जी आ गये ।"

इमारत पर बड़े मोटे अक्षरों में लिखा तो है। शायद आप की निगाह उस पर नहीं पड़ी।

युवती के इस वाक्य पर अरुन थोड़ा झेंप सा गया, पर अपने को संभालता हुआ बोला-

"उसके पहले कि मैं इस इबारत को पढ़ता, मेरी नजरों के सामने आप पड़ गईं तो सोचा आप ही से क्यों न पूछ लूँ।"

"वैसे आप शायद इसी गाँव की रहने वाली हैं ?"

"बिल्कुल ठीक कहा आपने ! पर यह तो बतायें कि आप मास्टर जी ही हैं ना ?"

"हाँ ! पर आपको कैसे पता चला ?"

"वैसे यहाँ इतनी दूर गरीबों के गाँव में कोई पढ़ा-लिखा नौजवान आता ही कब है इसलिए मैंने सोचा कि आप नये स्कूल के 'सर' ही हो सकते हैं।"

"क्या आप भी इसी स्कूल में पढ़ती हैं ?"

"क्या मैं इतनी छोटी लगती हूँ, इस स्कूल में पढ़ने लायक ?"

धुन्नी के इस प्रश्न पर अरुन फिर अपनी नासमझी पर झेंप गया। फिर भी घुमा-फिरा कर कुछ इस तरह स्पष्ट करता हुआ बोला -

"आपके शालीन व्यवहार से मैंने अनुमान लगाया था कि आप कहीं पढ़ती जरूर हैं।"

"पढ़ती हूँ नहीं सर ! पढ़ती थी पर दुर्भाग्य के ऐसे विकराल थपेड़े लगे कि पढ़ाई लिखाई बस ख्वाब बनकर रह गई। इतना कहकर उसने उस युवक की तरफ देखकर कहा-

"आइये पहले आप बैठिये। कभी बाद में बताऊँगी कि पढ़ाई क्यों छूट गई।"

यह कहकर वह स्कूल की तरफ बढ़ी, इसी समय किसी आगन्तुक की आहट पाकर बरामदे में लेटे बुड्ढे की फिर आवाज आई।

"कौन है बेटी ! धुन्नी ?"

"नये मास्टर जी आ गये हैं बाबा।"

उत्तर देते हुए उसने विद्यालय का ताला खोला और एक कुर्सी लाकर बरामदे में रखती हुई बोली–

"लीजिये आप इधर बैठिये, तब तक बाबा से बात करिए मैं आप के लिए चाय बनाकर लाती हूँ ।"

नहीं ! नहीं ! आप क्यों तकलीफ करती हैं मैंने अभी चाय पी है । अरुन ने यों ही कह दिया जो सामान्यतः लोग तकल्लुफी में कह देते हैं । इस पर धुन्नी खिलखिलाकर हँस पड़ी और कहा–

"अभी कहाँ से पी सर ! चाय यहाँ तो कहीं मिलती नहीं, पचपेड़वा के अलावा ।"

"हाँ हाँ वहीं पचपेड़वा से पीकर आया था ।"

यह कहते हुए वह पुनः झेंप सा गया । वास्तव में धुन्नी को देखकर उसका सारा विवेक उसी पर केन्द्रित हो गया था और इस विवेक–पलायनता में वह विवेकहीन प्रश्न ही कर बैठता था ।

चाय पीते हुए धुन्नी ने ही बताया कि पहले वाले सर बहुत अच्छे थे ।

"और मैं ?"

"आप उनसे भी अच्छे हैं ।" इस माकूल उत्तर से अरुन फिर झेंप गया।

"आप कुछ कहने जा रहीं थीं ।"

"हाँ यही कि बीस दिन से स्कूल बन्द है बीस बच्चे थे, सब चले गये । नये सिरे से उन्हें जुटाना पड़ेगा ।"

"ठीक है आप मुझे बताती रहिये, सब कुछ कर लूँगा ।"

मास्टर जी की इस विनम्रता पर धुन्नी झेंप गई ।

अध्यापक का निवास विद्यालय में ही बांयी तरफ एक कमरे में था जिसमें अरुन के पूर्वाधिकारी यहाँ से अपने स्थानान्तरण पर इस कदर खुश हुए, कि अपना रसोई का सारा सामान ही छोड़कर चले गये, जो आज भी धुन्नी की देख–रेख में रखा था । अरुन ने भी उसी में अपना आशियाना बना लिया ।

दूसरे दिन से अरुन विद्यालय को जमाने में जुट गये । पहले दिन केवल धनौली के सात बच्चे ही आये । अरुन पढ़ाने के बजाय उन बच्चों को रोचक

कहानियाँ सुनाता रहा और बच्चे हँस कर उनका पूरा लुत्फ उठाते रहे। चार बजे छुट्टी से पहले उन्होंने बच्चों को बुलाकर उन्हें अपने-अपने साथियों को बुलाकर साथ लाने का निर्देश दिया और छुट्टी के बाद खुद भी किसी न किसी निकटवर्ती गाँव में निकल जाते और वहाँ के पंच प्रधान से मिलकर गाँव के बच्चों को स्कूल भेजने के लिये प्रोत्साहित करते और ऐसा करने में कभी-कभी देर से लौटते तो भूखे ही लेट जाते। एक महीने के अन्दर स्कूल में बच्चों की संख्या साठ से भी अधिक हो गई।

धुन्नी की माँ इसी स्कूल में शिक्षा सेविका के पद पर काम करती थी, जो दिन में बच्चों की देखभाल व सुबह शाम विद्यालय परिसर की सफाई भी करती थी। वह बिना कहे शाम को आधा लीटर दूध मास्टर साहब को दे जाती थी। जब कभी माँ काम में व्यस्त होती तो धुन्नी ही दूध लेकर आ जाती थी।

एक दिन जब धुन्नी शाम को मास्टर जी का दूध लेकर आई तो उन्होंने उससे पूछ लिया -

"धुन्नी ! आप ने अपने पढ़ाई क्यों छोड़ दी ?"

"सर ! छोड़ नहीं दी, छूट गई।"

"क्यों ?"

अभी दो वर्ष पूर्व सर। बापू के आकस्मिक निधन ने पूरे परिवार की कमर तोड़ दी। घर में छोटे-बड़े चार जानवर, जीविका का यही एक साधन। यह सब कुछ अकेले संभालना माँ के बस की बात न थी वैसे भी पिता की मृत्यु के बाद वह काफी टूट गई थी। उनका साथ देने के लिये मुझे मजबूरन पढ़ाई छोड़नी पड़ी। माँ को तो पिता जी की जगह इसी स्कूल में काम मिल गया। मेरे पिता यहीं शिक्षा सेवक के स्थान पर दैनिक वेतन पर काम करते थे।"

इतना कहते-कहते धुन्नी की आँखें नम हो गईं। अरुन लगातार उसके चेहरे पर दर्द के चक्रवात के बढ़ते दबाव को ध्यान से देख रहा था। बड़े द्रवित स्वर में सम्वेदना प्रकट करता हुआ बोला-

दुर्भाग्य के निष्ठुर आघात कभी-कभी इतने गहरे लगते हैं कि जीवन भर उनका दर्द कसकता रहता है।

"सर ! इतना ही नहीं मेरा विवाह भी तय था बरीक्षा, तिलक सब कुछ हो गया था, किन्तु बापू की मृत्यु के बाद उन्होंने मुझे अभागी कहकर शादी करने से मना कर दिया।"

"ओह ! यह जिन्दगी भी कभी-कभी कितने वीभत्स खेल खेलती है।"

इतना कहकर अरुन किन्ही गहरे खयालों में खो गया। खुली हुई आँखों से सब कुछ देखकर भी वह कुछ नहीं देख रहा था। किसी पाषाण प्रतिमा की भांति वह स्पंदन विहीन हुआ बड़ी देर तक बैठा रहा।

धुन्नी उठकर जाने लगी तो अरुन ने कहा –

"क्या थोड़ी देर और नहीं बैठ सकती ?"

"क्यों नहीं सर ! पर माँ घर में अकेली मेरा इंतजार कर रही होगी।"

आधे घंटे और बैठकर वह चली गई। उस दिन शाम को अरुन ने खाना नहीं बनाया।

घर जाते समय धुन्नी भी यही सोच रही थी कि मास्टर जी कितने अच्छे इंसान हैं। शायद मेरा हर शब्द उनके दिल में कितनी बेचैनी भर जाता था। अन्यथा इतनी बड़ी दुनिया में किसी को दुख-दर्द में किसी को आँसू बहाने की फुर्सत ही कहाँ।

दूसरे दिन सुबह माँ जब काम करने आई तो कमरे में कोई बर्तन ही साफ करने को नहीं थे। वह समझ गई कि शाम को मास्टर जी ने खाना ही नहीं बनाया। उसने पूछा भी पर तबीयत ठीक न होने का हवाला देकर वह चुप हो गया।

धुन्नी को माँ से पता चल गया कि मास्टर जी ने शाम को खाना नहीं खाया, तो वह उनके भूखे ही रह जाने का सबब तलाश करती रही।

माँ ने भैंसों का दूध निकाला और खाना बनाकर, दूध लिये वह स्कूल की तरफ चली गई। रोज ही वह विद्यालय आते समय दूध लाकर सड़क पर दूध वाले को देकर वहीं स्कूल में अपनी ड्यूटी बजाने चली जाती थी।

धुन्नी खाना खाकर अपने गाँव के लोगों के साथ जंगल की तरफ चली गई।

शाम को पता नहीं उसने क्या सोचाकर मास्टर जी का खाना भी बना लिया

और माँ से बोली –

"माँ ! मास्टर जी लगभग रोज ही भूखे रह जाते हैं । आज मैं उनके लिए खाना बना कर लेती जाती हूँ ।" माँ के कानों में एक बेहद महीन आवाज आ टकराई –

"क्या पागल हो गई है । यह ऊँचे घराने के लोग क्या तेरे घर का खाना खायेंगे?"

"नहीं खायेंगे तो न सही पर हमारा फर्ज तो खत्म हो जायेगा ।"

बेटी की बात का माँ ने विरोध नहीं किया, क्योंकि अरुन की खाने पीने की असुविधा का उसे भी पूरा एहसास था ।

शाम को दूध तथा खाना लेकर जब वह अरुन के स्कूल पहुँची तो वह नजदीक के किसी गाँव गया था । कमरे पर ताला लटक रहा था । वह वहीं बरामदे की सीढ़ियों पर बैठकर उसका इन्तजार करने लगी ।

शाम का घना अंधेरा और भी गहरा हो चला ।

पक्षियों का कलरव भी शान्त होने लगा । इसी समय किसी के आने की आहट कानों में आ टकरायी । वह अरुन ही था । आते ही उसने धुन्नी को बैठा देखा तो बोल पड़ा –

"अरे ! मुझे तो ध्यान ही नहीं रहा कि आप दूध लाई होंगी । आप चली गईं होती क्यों बैठी रहीं देर तक ?"

"चली कैसे जाती माँ बता रही थी कि कल भी आपने खाना नहीं खाया। मेरे गाँव में कोई भूखा रहेगा तो मुझे पाप नहीं लगेगा । हम गरीब जरूर हैं सर जी । पर निष्ठुर नहीं ।"

"सॉरी धुन्नी ।"

"पता नहीं किसी को भूखा जानकर, मेरा भी मन खाने को नहीं करता।"

"अच्छे दिल वालों की यही पहचान है ।"

"सर दिल को तो मैंने कभी देखा नहीं, पर अन्दर कोई अनजानी चीज तो जरूर होगी, कोई बिना आकार वाली चीज ही है जो आदमी की मौन वाणी में कुछ न कुछ गुनगुना जाती है ।"

"हाँ जरूर है कोई कस्तूरी जो दिखाई नहीं पड़ती पर उसकी महक सामने वाले की आँखों तक अवश्य पहुँचती है । मुझे भी.....!"

"माँ कह रही थी कि आप मेरे हाथ का खाना खायेंगे ही नहीं ।"

"क्यों ?"

"क्योंकि बड़े कुलीन लोग गरीबों का खाना नापाक समझते हैं ।"

नहीं ! वे बड़े हो ही नहीं सकते, जो छोटे को छोटा समझते हैं । यह लोग केवल बड़े धन वाले को बड़ा समझते हैं । सच तो यह है कि दौलत वाला आदमी अधिकांश बड़ा नहीं होता । संसार में जितने महान पुरुष हुये हैं वे सभी कहीं दौलत के आस-पास भी नहीं फटकते थे और जो दौलतमंद थे वह उसका परित्याग कर ही महान बने । गरीब लोग तो कुदरत का एक ऐसा स्वरूप हैं जो तथाकथित बड़ों को अपनी करुणा व दानवृत्ति की अभिव्यक्ति करने का अवसर प्रदान करते हैं ।

"मैं तुम्हारा खाना जरूर खाऊँगा धुन्नी ।"

इतना कहकर उसने बगल में रखी भोजन की थाल को उठा लिया और खाने लगा । अरुन की नजरें थाल की पूड़ियों पर नाच रही थीं और धुन्नी के आँखें अरुन के सलोने चेहरे पर, जहाँ से उठ रही किसी अनजान मधुमास की आभा प्रसारित होकर धुन्नी के श्वेत श्याम खंजन नेत्रों में प्रतिबिंबित हो रही थी ।

शाम को धुन्नी जब बर्तन लेकर जाने लगी तो यह कहकर फुदकती चली गई – "रात का खाना न बनाइएगा, घर से आ जायेगा।"

अरुन संकोचवश कुछ कहना चाहा, पर धुन्नी द्रुवगति से उसकी बात न सुनने का प्रहसन करती गाँव की अँधेरी गलियों में कहीं खो गई ।

इसके बाद दोनों वक्त का खाना धुन्नी के घर से आने लगा। सुबह का खाना सामान्यतः माँ ले जाती थी किन्तु शाम का खाना व दूध धुन्नी खुद लेकर आती थी ।

आँखों की मौन भाषा बड़ी सशक्त होती है और बिना वाणी व आवाज के बहुत कुछ कह जाती है । सम्भवतः दोनों के अन्दर का प्यार दोनों को एक दूसरे का राज बता गया था ।

एक दिन धुन्नी भैंस का चारा लेने जंगल में लड़कियों के साथ गई थी ।

सभी लड़कियाँ वापस आ गईं पर धुन्नी न जाने कहाँ खो गई। दिन का बारह बज गया फिर भी वह नहीं आई, तो माँ गाँव के कई लोगों के साथ उसे खोजने के लिए जंगल की तरफ भागी। यह खबर धीरे-धीरे स्कूल तक पहुँच गई। अरुन एकाएक विचलित हो उठा। वह स्कूल छोड़कर धुन्नी के घर की तरफ भागा, और फिर वहाँ से अकेला ही जंगल की तरफ चला गया। उसकी साँसे बड़ी तेज चल रही थी, पर उससे भी तेज उसका दिल धड़क रहा था। उसने जंगल के हिंसक पशुओं के विषय में काफी कुछ सुन रखा था। जंगल में वह काफी अन्दर तक आ गया पर पहले से आए लोग उसे कहीं नहीं दिखाई पड़े। वे शायद और दूर गहराई तक चले गये थे। वह चौकन्ना घबराया हुआ इधर-उधर ताकता आगे बढ़ा जा रहा था, कि अचानक एक पेड़ से बकरी के मिमियाने की आवाज सुनाई पड़ी। वह सावधान होकर ठहर गया। अचानक उसके दिमाग में एक आवाज उठी -

"बकरी और पेड़ पर।" उसने कभी ऐसा सुना नहीं था। उसने सतर्क होकर एक बार फिर इधर-उधर देखा तो एक पलाश के झुरमुट की आड़ में एक घास का बोझ दिखाई पड़ा। बगल में ही एक दरेती पड़ी थी। एक क्षण के लिए मन में एक विचार कौंधा, कि धुन्नी शायद किसी जंगली जानवर की शिकार हो गई। दिल इतने जोर से धड़क उठा कि लगा शायद निकल कर बाहर जा गिरेगा। वह जमीन पर किसी संभावित हिंसक पशु के पद चिन्ह तलाशने लगा, पर एक इंसानी पाँवों के निशानों के अतिरिक्त उसे और कुछ नजर नहीं आया।

अब उससे बिल्कुल चला नहीं जा रहा था, अचानक उसी पेड़ की तरफ से वैसी ही आवाज फिर सुनाई पड़ी। वह जान छोड़कर उसी तरफ भागा अभी अरुन तने के पास तक पहुँचा ही था कि अचानक एक 'धम्म' की तेज आवाज उसके कानों में गूँजी। आँखें मुंद गईं, अचानक उसको किसी मानवीय शरीर के स्पर्श का आभास हुआ। आँखें खोली तो देखा धुन्नी उसके बदन से सटी खड़ी मुस्करा रही थी।

"क्या हो गया धुन्नी तुम्हें ?" आत्मीयता पूर्ण क्रोध में, अरुन चिल्लाया- "सबको तंग कर दिया तुमने।"

भगवान ने महिलाओं को एक अलग मापक यंत्र दे रखा है जिसमें क्रोध

व प्यार की गहराई को वे बखूबी नाप लेती हैं । प्यार मिश्रित क्रोध को अच्छी तरह समझ लेती हैं । शायद ऐसा ही कुछ एहसास कर धुन्नी लगभग रोने की मुद्रा में बोल पड़ी –

"डाँटोगे तो मैं रो पड़ूँगी ।" और इसी के साथ वह सचमुच मुस्कुराने लगी ।

"क्यों किया यह सब आपने ?"

"जानना चाहती थी कि आप मुझे खोजने आयेंगे कि नहीं ।"

"मैं क्यों आऊँगा ?" अरुन अचेतन मन से बोल गया ।

"आ भी गये और कहते हो मैं क्यों आऊँ । आशिकी व बेरुखाई साथ साथ कितनी मोहक हरकत है आपकी ।"

"अच्छा बाबा गलती हो गई, मैं चला जाता हूँ ।"

"मैं तो चाहती हूँ, मैं रोज खो जाऊँ और कोई रोज मुझे तलाशने आये।"

"अच्छा" कह कर अरुन भी मुस्करा पड़ा । धुन्नी से नजर मिली और आँखें खुद ब खुद बंद हो गईं ।

इसी समय जंगल से लौटते गाँव वालों की आवाजें सुनाई पड़ी । लोग धुन्नी को सही सलामत पाकर खुश हो गये ।

"क्या हो गया था बेटी ?" उसको बाहों में भरते हुए माँ ने पूछा ।

"घास का बोझ सिर पर धरे गाँव की तरफ जा रही थी । एकाएक किसी जंगली जानवर के गुर्राने की आवाज़ सुनाई पड़ी, साथ की सहेलियाँ आगे निकल गई थी । घास का बंडल फेंक कर मैं जान बचाने के लिए इस पेड़ पर चढ़ गई। आप लोग पता नहीं किधर से निकल गये ।" धुन्नी सच्चाई दबा गई थी ।

रविवार का दिन था । इसलिये माँ बेटी दूध व खाना लेकर दोनों सड़क पर चली गईं और लौटते वक्त स्कूल पर आ गईं । जिस समय वे अरुन के पास पहुँची वह किसी पत्रिका पर आँखें लगाये था । आगन्तुकों के पदचापों से अरुन को इनके आगमन की जानकारी हो गई थी, पर जानबूझकर वह चुप रहा ।

"सर ! माँ आईं हैं ।" धुन्नी ने थोड़ी तेज आवाज में कहा ।

"जानता हूँ ।"

"तो फिर नमस्ते क्यों नहीं स्वीकार किया ?"

"झूठ बोलती हो ?"

"देख माँ। किया था कि नहीं ?"

"मैंने नहीं सुना बेटा। उम्रदराज जो हो गई हूँ।"

तीनों स्कूल के बरामदे में बैठे रहे। पता नहीं क्या सोचकर अरुन ने कहा-

"माँ स्कूल में बच्चे साठ से ऊपर हो गये हैं। अकेला मैं कैसे सम्हालूँ सोचता हूँ घंटे दो घंटे धुन्नी भी पढ़ा दिया करे।"

"यह पढ़ा भी पायेगी।" माँ ने मन का संदेह व्यक्त किया।

"अरे ! यह तो बड़ो-बड़ो को पढ़ा देगी, बड़ी फरचट है।"

"पर भैंस की घास कौन लायेगा ?" बीच में धुन्नी बोल पड़ी।

"उसकी चिंता तू मत कर यदि पढ़ा सकती है तो पढ़ा, घास मैं किसी से मोल ले लूँगी।"

"और घास का पैसा मैं दे दूँगा।" अरुन बोल पड़ा।

दूसरे दिन से धुन्नी स्कूल में पढ़ाने लगी। दोनों के प्रयास से स्कूल जम गया। मास्टर जी अपने ही वेतन से उसे सौ रुपया दिया करते थे।

मौन की भाषा बड़ी सशक्त होती है। बिना शब्दों के ही दिल के सारे राज खोल जाती है। वह टूटकर अरुन को चाहने लगी, किन्तु देश में जातीय विद्वेष व ऊँच-नीच के विचारों से उपजी नफरतों की आंधियों से वह कभी-कभी विचलित हो उठती। लगभग एक साल का समय इसी अभिश्चितता के माहौल में गुजर गया।

इसी समय अरुन का स्थानान्तरण निधासन-लखीमपुर जनपद के लिए हो गया। धुन्नी को लगा जैसे वह अचानक किसी पहाड़ की चोटी से सैकड़ों फीट गहरे खडड् में जा गिरी है, किन्तु फिर भी वह आशा की डोरी पकड़े थी और उम्मीद भरी नजरों से अरुन को निहारती रही।

बिना किसी प्रतिष्ठानी का इंतजार किए उसे नई नियुक्ति पर तीन दिन के अन्दर पहुँचना था।

दूसरे दिन अरुन अपने कपड़े व किताबे समेट कर जाने को तैयार हुआ।

माँ बेटी दोनों उसे सड़क तक छोड़ने आईं। धुन्नी बार-बार अरुन को देखे जा रही थी, पर वह तो मानों कहीं और था। तांगा पचपेड़वा के लिए चल पड़ा। धुन्नी ने हाथ उठाकर विदा किया। अरुन का हाथ उठा, किन्तु चेहरा फिर भी नीचे ही झुका रह गया। आँखें मिलाकर वह शायद अपने ताजे घावों को हरा नहीं करना चाह रहा था। धुन्नी मानों अपना सब कुछ लुटाकर बोझिल कदमों से माँ के साथ चिपकी घर की तरफ बढ़ गई। घर पहुँचकर किसी अवसादग्रस्त मरीज की भांति बिस्तर पर गिर पड़ी।

अरुन चला गया पर वह कभी धुन्नी की यादों से नहीं हटा। पता नहीं अपने दिल की आवाज को उसने दुनिया के अजीबों गरीब खयालों से अपने को क्यों जोड़ लिया और जिन्दगी की ऊबड़-खाबड़ राहों पर चलने का प्रयास करती रही।

वह जब कभी एकान्त क्षणों के साथ होती तो अपने ही अन्दर के विचारों में उलझ जाती।

"कितने खुदगर्ज हैं लोग दुनिया में ?" पुराने रिश्ते वाला लड़का आ टपका उसके खयालों में ! "पता नहीं लोग शादी लड़की से करते हैं या उसके खानदान से, कितनी आत्मीयता की बातें की थी उसने, लगता था कलेजा हथेली पर रखकर दिखा रहा हो। बाप मर गया सब कुछ उल्टा-पुल्टा हो गया। क्या लगता है अरुन मेरा ? जब तक यहाँ था, कितनी प्यार भरी हरकतें करता था। गया तो मानों दुनिया से ही चला गया। एक खत भी नहीं डाला। कम से कम जानने की कोशिश तो करता कि धुन्नी मर गई या जिन्दा है ?"

अपने खयालों से वह जितना भी उसे निकालने की कोशिश करती अरुन अपने पूरे वजूद के साथ आकर सामने खड़ा हो जाता। अन्दर के शब्द बिना कोई आकार लिए अन्दर ही घुटकर रह जाते और एक दर्द भरी सिहरन छोड़ जाते। आसन्न भाव से वह शहतीरों पर टंगे घर के छप्परों को देखती रह जाती और अपने खुद के अस्तित्व को इन छप्परों की भांति आसमान की ऊँचाइयों पर झूलता हुआ एहसास करती।

थोड़ी देर तक यों ही वह अपने खुद के ताप में दहकती रही। एक भैंस

की डींक सुनाई पड़ी तो वह अपनी स्मृतियों में वापस हुई । प्यासी भैंस अपनी मालकिन से पानी की गुहार कर रही थी । वह उठी और पानी भरी बाल्टी उसके सामने रख दी । पूरा का पूरा पानी वह एक सांस में पी गई और फिर मुँह उठाकर धुन्नी के गोरे हाथों को चाटने लगी । जानवर की कृतज्ञता का यह भाव धुन्नी को अन्दर तक द्रवीभूत कर गया । वह उसकी गर्दन में हाथ डालकर उससे लिपट गई और इसके कारण वह अपने अंगों पर पड़े दबाव से किसी अनजानी सन्तुष्टि से अन्दर तक सराबोर हो गई ।

जानवरों के स्निग्ध प्यार में भी वही भाव, वही उष्मा, वही गहराई और वही तृप्ति है, जो इंसानों के प्यार की अभिव्यक्ति में । बड़ी देर तक वह भैंस के शरीर पर हाथ फेरती रही और भैंस उसे जीभ से चाटकर अपने प्यार का इजहार करती रही ।

अरुन भी निधासन (लखीमपुर) चला आया पर उसके साथ कहीं धुन्नी भी खिंची चली आई । वह धनौली से चलते समय इस कदर अवसादग्रस्त हो गया कि समझ ही न पाया कि धुन्नी से क्या कहे, किन्तु धुन्नी ने उसके खयालों में ऐसा डेरा बना लिया कि सोते जागते उसकी भोली सूरत आँखों में नाचती रही । वह दूर रहकर भी दिल से इतना करीब थी कि उसके हर खून के कतरे में उसके अस्तित्व का अहसास होने लगा । बार-बार उसके दिल में उससे मिलने की सुगबुगाहट हलचल मचा जाती थी । जिसे दबाने से यह और विप्लवकारी बनकर गहरी हो जाती थी। सुहाने सपनों का मुरझाना कितनी दारुण व्यथा छोड़ जाता है । एक जमाना हो गया शायद वह हँसा नहीं । हँसी की शायद अपनी खुद की कोई गति नहीं, कोई स्वतः स्फूर्ति नहीं, वह तो किसी और की जीवंत स्फूर्ति से खिलती है और उसके बुझते ही बुझ जाती है और किसी कछुवे की भांति अपने अस्तित्व को खोल के अन्दर समेट लेती है । वह इतना खोया-खोया कि बच्चों का शोरगुल, उनका लड़ना-झगड़ना तक उसे सुनाई न पड़ता । बच्चे आकर शिकायत करते तो मानो जाग जाता । उसके अन्दर का जम गया सन्नाटा, प्रकृति के अनूठे शृंगार, पक्षियों के मधुर कलरव, मालयानिली पवन की संगीतमयी गुनगुनाती ध्वनि, हिमालय की तरफ से उतरते सौन्दर्य के सैलाब पर भारी पड़ रहा था ।

समय मानों उसे चिढ़ाता हुआ भाग रहा था । दिल की गहरी होती सम्वेदनायें और गहरी हों चली । इन्हीं विपरीति परिस्थितियों से वह किसी अवकाश में धनौली जाने की सोच रहा था ।

रविवार का दिन । शाम का चार बज रहा था धुन्नी घर में बिस्तर पर पड़े-पड़े करवटें बदल रही थी, चैन न पड़ा तो वह उठकर विद्यालय की तरफ आ गई । स्कूल के नये टीचर रविवार के दिन अक्सर घर चले जाते थे । आज भी वह वहाँ नहीं थे ।

स्कूल का ताला खोला और एक कुर्सी निकालकर बरामदे में बैठ गई । ढलते सूर्य की पीतवर्ण किरणें थोड़ा और पीली होकर उत्तर दिशा के नयनाभिराम गिरि शृंगों पर अठखेलियाँ करती पर्वतराज हिमालय का मानों राज्याभिषेक कर रही हों । उसे अनायास ही उस जगमगाते मौर की याद आ गई जो भंवरों के समय दूल्हे के सिर पर सजाया जाता है और बगल में जिन्दगी की दहलीज पर कदम रखती कोई नाजनी उसमें अपने भविष्य के सपने सँजोती रहती है ।

एक आह निकल गई उसकी हलक से – शायद उसके लिलार में यह सब कुछ लिखा ही नहीं । पिता की याद आ गई तो आँखें स्वेत जल से भर गईं । दुपट्टे के कोने से उन्हें पोंछा । उसकी निगाहे एक बार फिर पहाड़ों के नीचे अनन्त तक फैली हरियाली पर जा टिकीं । हवा के झोंको में हिलती वृक्षों की डालियां कोई नया तराना गुनगुना रही थीं । वह प्रकृति के इस बिखरे सरगम को अन्तःचक्षुओं से निहारती रही । उसने सोचा इतनी सुहानी धरती पर यह जिन्दगी इतनी रुसवाइयों से भरी हुई क्यों है । उरग उसांसों की गर्म साँसों का उसने एहसास किया ।

इसी समय धुन्नी को शाम के सिमटते प्रकाश की गहवरों में एक युवक आता दिखाई दिया । कौन है ? मन में प्रश्न उठा । ध्यान से देखा अरुन जैसी कोई छाया नजर आई । उसने सर को एक झटका दिया और फिर एक गहरी नजर डाली। अब तक युवक और नजदीक आ गया था । उसे विश्वास हो चला उसकी आँखों ने सही पहचाना है । कुर्सी से उठ खड़ी हुई, एक धीमी आवाज मुँह से स्वतः निकल गई ।

"ओह ! मास्टर जी ।"

“मास्टर नहीं, अरुन ! कहकर वह बढ़ा और धुन्नी को बाहों में समेट लिया। धुन्नी की पलकें आँखों में प्रतिबिम्बित किसी चिर-वांछित भूख को छिपाने के लिए पुतलियों पर फैल गई और हाथ स्वतः अरुन की पीठ पर पहुँच गये।

❋❋❋

एक ऐसी भी बेटी

जयपुर में आयोजित साहू समाज का राष्ट्रीय सम्मेलन समाप्त हुआ तो राजस्थान की वीरभूमि में राजपूत राजाओं के शौर्य, वीरता व पराक्रम की अनगिनत अविस्मरणीय गाथाओं को अपने में समेटे, विशाल दुर्ग, भवन व महलों की अमूल्य धरोहरों को देखने की लालसा एकाएक बलवती होने लगी। जयपुर की गुलाबी नगरी के आंचल में ही चंद मीलों की दूरी पर स्थित अमेर का किला तथा एक विशद झील में निर्मित जलमहल तथा शहर के मध्य स्थित हवामहल को हम लोगों ने पहले ही देख लिया था।

मेरे एक अंतरंग मित्र व सफर के साथी श्री शीतला प्रसाद साहू की प्रबल इच्छा राणा कुम्भा के अजेय दुर्ग को देखने की थी। वे हर घंटे इस अद्‌भुत किले की कुछ अनकही कहानियों को कहकर मुझे भी साथ देने की अप्रत्यक्ष प्रेरणा देते रहे थे। इसमें कोई सन्देह नहीं, कि मेरे दूसरे दिन लखनऊ वापस लौटने के लिये रेलवे आरक्षण के बावजूद भी उनकी उन कथाओं के प्रभाव से मेरे मन में दुर्ग देख लेने की जिज्ञासा बढ़ती जा रही थी।

दूसरे दिन प्रातःकाल हम लोगों ने निर्णय कर लिया कि एक बार राजस्थान की पुण्य धरा पर आने के बाद हमें किले को देख ही लेना चाहिए। मैंने सोचा यह जिन्दगी अवसरों की एक क्रमबद्ध शृंखला के सिवा और कुछ भी नहीं, इसलिए सामने दिख रहे सुअवसर को छोड़कर पश्चाताप की स्थिति पैदा कर लेने का कोई मतलब नहीं।

शाम को हम लोग ट्रेन से उदयपुर के लिये चल पड़े। सुबह पहुँचकर हम दोनों एक पुत्रवत् लड़के शशिकांत के घर पर ठहरे। उस दिन उसी की गाड़ी से उदयपुर के कई दर्शनीय स्थल देखे। यह झीलों का एक खूबसूरत शहर जिसका विशद वर्णन मैंने अलग से दूसरे संस्मरण में लिखा है।

हम दोनों दूसरे दिन टेम्पों से राजस्थान राजकीय परिवहन के अड्डे पर पहुँचे तो पता चला कि रोडवेज की कोई सेवा कुम्भनगढ़ के लिये नहीं जाती है। अतः यथोचित जानकारी प्राप्त कर हम दोनों प्राइवेट बस अड्डे पर पहुँचे। सौभाग्य से एक चमचमाती बस हमारी यात्रा के लिए तैयार खड़ी थी। हमने उसी में प्रवेश कर अपनी जगह पक्की कर ली। लगभग 25 मिनट के बाद बस हमें मंजिल की ओर लिए भागी जा रही थी। अरावली पर्वत शृंखलाओं के बीच से नागिन सी बलखाती सड़क पर दौड़ती बस खूबसूरत पहाड़ियों के नैसर्गिक सौन्दर्य को दिल के चित्रपट पर लगातार प्रक्षेपित करती मन की कोमल वृत्तियों को मानों छेड़कर पवन के शीतल झकोरों से जा मिलती थी। एक डेढ़ घंटे की यात्रा के बाद बस के एक यात्री ने दाहिनी ओर हाथ के इशारे से अपने किसी मित्र को बताया कि बस यहीं से थोड़ी दूर पर ही हल्दीघाटी का वह मैदान है, जहाँ महाराणा प्रताप के रण की कौशल की रोमांचक कथायें आज भी यहाँ की फिजाओं में तैर रही है। यह सुनते ही शत्रुओं के सीने को अपनी टापों की मार से रौंदता, सेना के बीच से चौकड़ी भरता चेतक स्वतः स्मृतियों में उभर आया। मैंने सोचा कि किस प्रकार एक जानवर अपनी स्वाभिभक्ति व कर्तव्य परायणता के लिए अपने मालिक महाराणा प्रताप के साथ इतिहास के पन्नों में अमर हो गया। विश्व विख्यात अश्व-हरनागर, बेंदुला की कतार में चेतक सदैव अपनी विशिष्टताओं के लिए सम्मान के साथ याद किया जायेगा।

बस शायद मेरे विचारों की गति से भी अधिक तेज झरझराती बस, पहाड़ियों पर बिखरी प्रकृति की रंगोली के बीच बसे छोटे-छोटे गाँव पहाड़ियों पर स्थित जंगलों को मात देते, उनमें सांस लेती जिन्दगी का एहसास कराती उन्हें पीछे छोड़ती बढ़ी जा रही थी।

अब तक हम लोग अपने गंतव्य की आधी दूरी पार कर चुके थे। बस एक ढलान पर नीचे उतरी जा रही थी। लगभग दो सौ कदम उतरने के बाद मेरी गाड़ी एक नाले पर बने रपटे (नीचा सपाट पुल) से गुजरी। राजस्थान की प्यासी भूमि में दुर्गम पहाड़ियों से गुजरता यह गहरी घाटी वाला जल श्रोत बड़ा ही मनोहारी लग रहा था। घाटी के बीच में बहती एक पतली नीली जलधारा उस हरीतिमा के

संसार के बीच विरोधाभासी दृश्य बनाती मानों किसी अनजाने गंतव्य की ओर बढ़ी जा रही थी । जिसके तट पर कुछ बालक हाथ में लकुठी पकड़े अपनी बकरियों के पीछे चलते पुल से गुजरती हमारी बस को निहारते अपने कठिन मितव्ययी जीवन की झलक प्रस्तुत कर रहे थे । गनतव्य

ग्यारह बजे हमारी बस कुम्भनगढ़ की एक छोटी सी बस्ती के बस अड्डे पर आकर रुकी, मालूम करने पर पता चला कि वहाँ से किले की दूरी लगभग पाँच किलोमीटर है जो बस अड्डे से डामर रोड से जुड़ा हुआ है । जिसे पदयात्रा अथवा जीप द्वारा पूरा करना होगा ।

एक जीप द्वारा हम लोग किले के लिए चल पड़े । मार्ग में हमारी जीप कई छोटी-छोटी पहाड़ियों व नालों को पार कर व कई पहाड़ियों की परिक्रमा कर दुर्ग के प्रवेश द्वार तक पहुँची ।

कुम्भनगढ़ का यह किला राणा कुम्भा की सुरक्षा व्यवस्था का एक अलौकिक उदाहरण है, जिसे एक ऊँची पहाड़ी पर, अन्य अनेक पर्वत शृंखलाओं की प्राकृतिक सुरक्षा कवच के बीच निर्मित किया गया है जहाँ किसी भी दशा में दुश्मन का पहुँचना कठिन ही नहीं लगभग असम्भव सा प्रतीत होता है । फतेहपुर सीकरी के बुलन्द दरवाजे से होड़ लगाता किले का दरवाजा एक गहरे नाले पर ही खुलता है, इसके पास ही एक अदृश्य बावड़ी है, जो एक सामान्य पर्यटक की नजरों से अदृश्य ही रहती है । बताने पर ही पता चलता है कि यहाँ पर एक जल कुंड भी है । यहाँ से आगे बढ़ने पर किले का प्रवेशद्वार है, जहाँ पर पुरातत्व विभाग की व्यवस्था में सुरक्षाकर्मी मुस्तैद खड़े रहते हैं । राजस्थान के सारे किले, एक ही काल खण्ड में निर्मित राजपूत राजाओं की एक ही स्थापत्य कला के बेजोड़ नमूने हैं, जिनमें प्रवेश करते ही एक प्रशस्थ प्रांगण है जिसके चारों तरफ सेना व उनके अधिकारियों के आवास निर्मित है । दूसरी मंजिल पर अन्य अनेक राजघराने के सदस्यों की रहने की व्यवस्था व सबसे ऊपर राजा रानी का आवास जिन्हें सामान्यतः रानी महल की संज्ञा से नवाज़ा गया है । सूखे क्षेत्र में इतने ऊँचे पर पानी पहुँचाने की व्यवस्था सचमुच सराहनीय है । दीवारों के पास गुजरते पाइप यह बताने के लिये काफी थे, कि तीसरी मंजिल तक पानी पहुँचाने की व्यवस्था उस समय भी थी ।

महल के ऊपरी दो मंजिलों से चारों ओर खुलती खिड़कियों से झाँकने पर चारों तरफ का बड़ा चित्ताकर्षक दृश्य, दूर-दूर तक फैली पहाड़ियों के बीच स्पष्ट नजर आता है।

किले को देखकर हम लोग पुनः फाटक के पास लौटे तो एक बड़ा शिला लेख दिखाई पड़ा, जिसमें राणा व उनके किले का संक्षिप्त विवरण हिंदी व अंग्रेजी लिपि में कलात्मक शैली में उत्कीर्ण है। इसी से लगा दाहिनी तरफ एक जलपान गृह है। भ्रमण से ही श्रांत शरीर को किंचित विश्राम देने के लिये हम लोग एक प्याली चाय पीने के दृष्टिकोण से उसकी तरफ मुड़े थे कि हम लोगों की दृष्टि एक छोटे से मन्दिर पर पड़ी। हमें बताया गया कि यह मन्दिर राणा कुम्भा की स्मृति में बाद के वर्षों में निर्मित किया गया है। राज-सिंहासन की लालसा में उनके पुत्र ने इसी स्थान पर उनका वध कर दिया था। पितृ-हन्ता पुत्र के इस घृणित आचरण को सुनकर मन इतना व्यथित हो गया कि हम लोगों ने चाय पीने का विचार ही छोड़ दिया। फाटक से बाहर निकलकर बांयी ओर पर्वतीय हरीतिमा के बीच एक सफेद इमारत नजर आई जिसे उसी पितृ-हन्ता पुत्र का महल बताया गया। इसी से सटा हुआ माँ दुर्गा का एक भव्य मंदिर भी दिखाई पड़ता है जो राणा के धार्मिक आस्था का एक उत्कृष्ट नमूना है।

किले से निकल कर जीप द्वारा चारों ओर के नयनाभिराम दृश्य का अवलोकन करते हम लोग पुनः बस अड्डे पर वापस हुए। उदयपुर को लौटने के लिए एक बस लगी थी। हम लोगों ने उस बस के पास खड़े कंडक्टर से पूछा-

"हम लोग चाय पीकर अभी बस पर वापस आते हैं।"

हम लोगों की तरफ देखकर उसने अनुमान लगाया कि शायद बाहर रो पधारे कोई पर्यटक हैं अतः हमारी सुविधा के दृष्टि कोण से वह बोला-

"बाबू जी सामान रखकर आप सीट रोक लें अन्यथा लौटने पर मैं आपको बैठने की जगह न दे पाऊँगा।"

"सामान यदि कोई उठा ले गया तो ?" मैंने संदेह सूचक दृष्टि के साथ पूछा।

मेरे प्रश्न को सुनकर वह छूटते ही बोल पड़ा-

"बाबू जी आप शायद यू.पी. या बिहार से आए हैं। यहाँ आप का सामान कोई छुयेगा भी नहीं, उठाना तो दूर की बात है । यह सब उधर ही होता है ।"

अपने प्रांत के सम्बंध में यह दुःखद टिप्पणी सुनकर हम लोगों को अत्यंत कष्ट हुआ, किन्तु अपने प्रदेश का यह यथार्थ चित्रण था । जिसके विपरीत कोई प्रत्युत्तर देना न्याय संगत न था । इसलिए हम लोग खामोशी से उसे देखते ही रहे। उसने आगे फिर कहा कि आप के यहाँ एक शहर में चेन स्नैचिंग की 20–25 घटनायें प्रतिदिन होती हैं । यहाँ पूरे राजस्थान में शायद वर्ष भर में एक भी घटना नहीं होती ।

कण्डक्टर की बात हम लोगों के अन्दर तक कचोट गई थी ।

हम लोग सामान सीट पर रखकर चाय पीने चले गये । छोटी सी जगह और वहाँ का छोटा सा बाजार । हमारे यहाँ जैसी भीड़-भाड़ नहीं । अधिसंख्य बुजुर्ग पारम्परिक राजस्थानी पगड़ी पहने इधर-उधर आते-जाते दिखाई दिये, उनकी लम्बी उम्र के साथ उनके चेहरे पर उभर आईं झुर्रियाँ अवश्य थी, किन्तु उनमें तनाव नहीं था । थोड़े में गुजारा करने वाले यह लोग अपने में पूर्ण संतुष्ट व चिंतामुक्त दिखाई पड़ते थे । न बनावटीपन और न ही कोई गुरूर । इनमें से दो एक होटल पर बैठे चाय की चुस्की लेते हुए हम लोगों की शिनाख्त सी करते हुए उत्सुकता से देख रहे थे । हम लोग भी उसी होटल के बाहर पड़ी कुर्सियों पर बैठ गये । हमारा कुछ खाने का इरादा नहीं था, फिर भी स्थानीय खान-पान आस्वादन की जिज्ञासा से चाय व समोसे लाने का आदेश दिया । एक लड़के ने मेरे आदेशों का यथाशीघ्र अनुपालन कर दिया । मैंने देखा कि कागज पर रखे हर समोसे के साथ एक हरा मिर्चा भी दिया गया था । मैं समझ गया कि शायद यहाँ के लोग अपेक्षाकृत अधिक कड़ुवा खाते हैं ।

चाय पीते हुए हम लोगों ने देखा कि स्थानीय जीवनशैली के बीच आधुनिकता का थोड़ा बहुत प्रभाव यहाँ भी आ गया है । अधिकांश युवक पैंट शर्ट में थे, किन्तु उनके सिर पर पगड़ी नहीं थी । दो एक युवा शिक्षित महिलायें स्कूटी पर भी सलवार कुर्ते में नजर आईं, जिनकी बातचीत, चपलता व शारीरिक भाषा में, स्थानीय परम्पराओं से राजस्थान की झलक भी स्पष्ट नजर आ रही थी । 'प्रगति

की सामान्य गति के साथ चलने के लिए भी, पुरातन चश्मा तो उतारना ही होगा। एक विचार मेरे दिमाग में उठा, किन्तु उसके साथ आबद्ध एक और विचार साथ में चला आया, कि काश ! यह प्रगति की यात्रा यू.पी. व बिहार जैसी न हो, जहाँ दौलत संग्रह व धन कुबेर बनने की लोकषणा ने नैतिक मूल्यों का क्षरण इतनी तेजी से कर दिया है, कि इंसान, इंसान के हाथों की कठपुतली बनकर रह गया है, भ्रष्टाचार लूट खसोट, कत्ल व अपहरण का धन्धा प्रगति की रफ्तार पर भारी पड़ रहा है। ऐसी संक्रमित प्रगति से शायद राजस्थान की सीधी सरल, व छल-छद्‌म विहीन जिंदगी हजारगुना बेहतर है ।

चाय पीकर हम लोग अपनी बस की तरफ बढ़े, जो बड़ी देर से लम्बी व्हिसिल लगाती, अपने यात्रियों का बार-बार आवाह्न कर रही थी । कंडक्टर का कथन बिल्कुल सत्य साबित हुआ । बस की सारी सीटें भर चुकी थी और यात्रियों का लगातार आना जारी था, जो सीटों के बीच में खाली पड़ी जगह में खड़े होकर अपनी जगह सुरक्षित करने का प्रयास कर रहे थे । हम लोग इन्हीं लोगों के बीच से रास्ता बनाते किसी तरह अपनी आरक्षित सीटों तक पहुँचे । गाड़ी का ड्राइवर सीट पर बैठा अब भी लम्बा हार्न बजा रहा था और इसी के साथ मुसाफिरों का दबाव लगातार बढ़ता जा रहा था । अब तक बीच वाली खाली जगह भी भर चुकी थी, पर यात्री अब भी लगातार आ आकर उन्हीं के बीच घुस पैठकर अपने लिये थोड़ी सी जगह बनाने के प्रयास में लगे थे । बस में अब कहीं तिल रखने की जगह न बची थी ।

इसी समय एक अत्यंत बूढ़ी महिला एक 15 साल की बेटी के साथ बस के प्रवेशद्वार पर आ खड़ी हुई, पर बस में पहले से कसी भीड़ के आगे वह चढ़ने का साहस नहीं जुटा पा रही थी । इसी भीड़ में खड़ा कंडक्टर, जो किसी भी यात्री के छोड़ देने के किंचित पक्ष में नहीं था, उस महिला की बेबसी को देख रहा था। उसने उसका हाथ पकड़कर अन्दर खींचा और लोगों को धक्का देते हुए अन्दर मेरी सीट के बगल तक ले आया । उसी के पीछे-पीछे वह स्फूर्त बालिका भी सटी चली आई । यात्री अब भी आ रहे थे और कंडक्टर उन्हें ठेलठाल कर अन्दर पहुँचा ही देता था ।

थोड़ी देर बाद बस स्टार्ट हुई और वह हार्न बजाती किनारे से बीच सड़क पर आ गई । लगभग सौ कदम चलकर अपनी मंजिल के लिए फर्राटे भरने लगी। बस के रफ्तार पकड़ने के साथ ही हिलते-डुलते खड़े मुसाफिर भी अपने-अपने स्थान पर समायोजित हो गये थे । बस की भीड़ देखकर मुझे बुन्देलखण्ड में सफर करती भीड़ की याद आ गई जहाँ की प्राइवेट संचालित बसें इसी प्रकार ऊपर नीचे यात्रियों को ढूँस कर ले जाती, अपनी मंजिल तय करती हैं ।

बस लगातार अपनी मंजिल की तरफ बढ़ी जा रही थी और मैं अपनी किनारे की सीट पर बैठा बांयी तरफ श्रृंखलाबद्ध पहाड़ियों पर फैली हरियाली को निहार रहा था । मन में एक भाव बार-बार उठ रहा था, कि किस प्रकार प्रकृति का मोहक साम्राज्य शनैः शनैः छोड़कर पीछे की ओर भागा जा रहा था, किन्तु उसके पीछे उससे भी अधिक मनोरम दृश्य आ आकर अपनी तारतम्यता को अक्षुण्ण बनाये हुए, विश्व संरचना की गतिशीलता को उद्भाषित कर रहे थे । सृष्टि के भंगुरजीवन का यही शाश्वत सत्य है, एक जाता है तो दूसरा बड़ी आतुरता से आकर उसका स्थान ले लेता है । संसार की नाट्य शाला युगों युगों से इसी प्रकार कभी रिक्तता का एहसास नहीं करती । संन्यासी व योगी सदियों से इन संसारिक उपादानों में आशक्ति न रखने का संदेश देते रहे हैं पर दुर्भाग्य यह है कि माया का सशक्त संसार भी साथ ही साथ गतिशील है जो मन को सदैव इस निस्सार जगत की ओर अपनी चुम्बकीय शक्ति के साथ खींचने में लगा रहता है, जरा भी मन डगमगाया तो वृत्ति, हिंसक पशु की भांति विवेक का अतिक्रमण कर उसी असार जगत में पूरे वेग के साथ आकंठ डूब जाती है ।

बस अपनी गति में नदी, नाले, घाटी, पर्वत तथा किनारे लगे ऊँचे-ऊँचे वृक्षों को पीछे छोड़ती चली जा रही थी । इन दृश्यों से मेरी दृष्टि हटी तो उस वृद्ध के साथ सटी खड़ी उस बालिका पर जा टिकी । योवन की दहलीज की प्रतीक्षा करता उसका छहरहरा बदन, सुवर्ण गोरा मुखमण्डल, उस पर फैली बालपन की मासूमियत और पुण्य सलिला गंगा सी अनछुई पवित्रता बरबस मेरी आँखों से गुजरती दिल की गहराइयों तक उतरती चली जा रही थी । उसकी ओजपूर्ण स्वतः स्फूर्त भाव भंगिमा मेरे अन्तर्मन में एक पितृत्व का भाव लगातार उद्वेलित कर रही थी । अन्दर से एक

मौन स्वर उठा - किसी भाग्यवान को ही ऐसा पुत्री रत्न मिलता है ।

वह बार-बार सपाट नेत्रों से मेरी ओर ताके जा रही थी । उसके बगल में खड़ी बूढ़ी औरत खड़े-खड़े अपनी उम्र की थकान से अन्यमनस्क सी लग रही थी । खाल छील देने वाली भीड़ और उम्र का यह तकाजा तथा यात्रा करने की विवशता तीनों उस पर भारी पड़ रहे थे और वह बालिका बार-बार मुझे देखकर नजरें इधर-उधर घुमा लेती थी । जिससे ऐसा लग रहा था कि शायद वह कुछ मुझसे कहना चाहती है, किन्तु संकोच के आवरण के नीचे उसकी आवाज दब कर रह जाती थी ।

उसे देखकर बिना पूछे ही अचानक मेरे मुँह से यह प्रश्न निकल गया- "तुम्हारा नाम क्या है बेटी ?"

"प्रियंका !" निःसंकोच उसने तत्परता से उत्तर दिया ।

"यह आपकी कौन हैं ?"

"दादी माँ !" उसकी यह छोटी सी स्वर लहरी मेरे कानों में बार-बार गूँजती चली गई ।

"काफी बूढ़ी लगती है ?" यह मेरा एक प्रश्न ही था ।

"हाँ अंकल 105 वर्ष की ।" उसने फिर उसी लहजे में उत्तर दिया ।

"इतने वर्षों का उसके होने का मेरा अनुमान नहीं था, अतः सुनते ही मैंने शीतला प्रसाद जी से कहा भाई साहब इधर खिसक आइए । माँ जी के लिए थोड़ी जगह बना दीजिए । यह कहकर मैं आगे इतना खिसक गया कि शीतला जी खिसक कर लगभग मेरी सीट पर ही आ गये । लड़की ने दादी माँ को उसी पर पकड़ कर बिठा दिया ।

वह बालिका मेरे इस कार्य से इतना अनुग्रहीत महसूस कर रही थी कि उसकी आँखों में उसका भाव स्पष्ट झलक रहा था । सम्भवतः उसी उपकार के लिए उसने मुझे धन्यवाद देते हुए कहा-

"थैंक यू अंकल, दुनिया में बहुत कम लोग ऐसे होते हैं जो खुद कष्ट सहकर दूसरों का दुःख दर्द दूर करते हैं ।"

"बेटी आपने तो मेरे जरा से काम के लिए पहाड़ों जैसा धन्यवाद दे डाला।"

"अंकल काम छोटा बड़ा कैसा भी हो व्यक्ति के आन्तरिक भावों की अभिव्यक्ति होता है। कभी-कभी छोटे-छोटे सरोकार बड़े-बड़े कामों पर भारी पड़ते हैं।"

"सच कहती हो बेटी, पर मैं तो आप के धन्यवाद के भार से दबा जा रहूँ।" बेटी सहानुभूति समाज की समरसता का मूलमंत्र है। पर दंभ में डूबे व्यक्ति को यह सब कहाँ नजर आता है।

अगले स्टेशन पर भीड़ थोड़ी और बढ़ गई तो वह बेचारी अपनी जगह से दो तीन फिट पीछे चली गई, किन्तु जितनी बार मैंने मुड़कर उसे देखा उसकी आँखों को अपनी ओर ही निहारते पाया। थोड़े अन्तराल के बाद वह फिर धक्का मुक्की कर मेरी सीट के सामने उसी स्थान पर आकर खड़ी हो गई।

उसने आश्वस्त होकर एक बार मेरी तरफ देखा तो शीतला भाई साहब ने पूछ लिया –

"बेटी ! किस क्लास में पढ़ती हो।"

"पढ़ती हूँ नहीं, पढ़ती थी, पर मेरी पढ़ाई पापा जी ने छुड़ा दिया।"

"क्यों ?" भाई साहब ने पूछा।

"इसलिए कि भाई को पढ़ना था।"

"भाई के पढ़ने व तुम्हारा पढ़ाई छूटने का क्या सम्बंध ?"

"सम्बंध है अंकल। पिता जी चार पाँच बीघे के छोटे किसान हैं। थोड़ी आमदनी, पिता जी ने कहा वह लड़का है उसका पढ़ना जरूरी है। तुम अधिक पढ़कर क्या करोगी ?"

"क्या पढ़ने में कमजोर थी ?"

"नहीं अंकल। आठवें में मेरे नम्बर 65 प्रतिशत थे, केवल धन का अभाव आड़े आ गया।"

"भाई किस दर्जे में है ?"

"पाँचवीं में; वह इस बार फेल हो गया तो दुबारा उसी क्लास में पढ़ रहा है।"

बच्ची की विवशता, उसके शब्दों में साफ झलक रही थी। मेरा दयार्द्र मन

भी कसमसा उठा। मैंने सोचा - 'हमारे देश में लड़कियों को हर जगह शायद इसी नजरिये से देखा जाता है। अपने माँ बाप के घर में ही दोयम दर्जे की सदस्य बन जाती है, लोग कुशाग्र लड़की की अपेक्षा बुद्धिहीन बालक को पढ़ाना आवश्यक समझते हैं।

लड़की अब भी मुझे देख रही थी और शायद मेरी व्यथा को समझ रही थी, पर अपने भावी जीवन से अप्रभावित अपनी उसी उत्साह भरी आवाज में बोली–

"अंकल ! आप क्यों दुःखी होते हैं, यहाँ लड़कियों की पढ़ाई–लिखाई ऐसे ही चलती है। थोड़ी उम्र बढ़ी शादी हो जाती है। अपनी श्वसुराल चली जाती हैं। लड़के माँ बाप का सहारा बनते हैं।"

"तुम पढ़ना चाहती हो ?" मैंने जिज्ञासा भरे स्वर में पूछा।

"मेरे चाहने न चाहने से क्या फर्क पड़ता है, वैसे पढ़ लिखकर मैं अध्यापिका बनना चाहती थी।" उसके इन शब्दों में निराशा का भाव था।

"तुम्हारे पिता का नाम क्या है ?"

"भँवर सिंह।"

"उनका मोबाइल नम्बर बताओ तो मैं उनसे तुम्हें पढ़ाने का अनुरोध करूँ। यदि जरूरी हुआ तो शासन से तुम्हें आर्थिक मदद देने का प्रयास करूँगा।"

"पापा के पास मोबाइल नहीं है।"

मेरे मन के भाव बिना शब्दों के उसके मन में उतर रहे थे। वह कहीं मुझ में अपने पिता की छवि देख रही थी, और मैं, मैं तो निश्चित रूप में उसमें कहीं अपनी बेटी को मूर्तवत होते देख रहा था। कुछ सोच कर वह बोली -

"अंकल ! जो सम्भव नहीं, उसके लिए क्या सोचना।" उसने भाव विह्वल होकर कहा–

"बेटी यदि लखनऊ होता, तो मैं जरूर तेरे पढ़ने की व्यवस्था कर देता। पर इतनी लम्बी दूरी शायद मेरे विश्वास को डिगा देती है।

बातें करते–करते बस आकर एक स्थान पर रुक गई। यही उसका स्टेशन था; जहाँ उसे उतरना था। दादी माँ को अपने कोमल हाथों से संभालती

वह बस के नीचे उतर गई और एक घर के सामने पड़ी टीन के पोल के सहारे अब भी वह मुझे देख रही थी । उसकी दादी माँ उसी टीन के नीचे बैठ गई थी और वह उसी पोल के सहारे खड़ी-खड़ी मेरी तरफ ताकती रही । बस हॉर्न बजाकर ज्यों ही चली उसने हाथ हिलाकर 'बाय' कहकर मुझे बिदा किया । थोड़ी दूर जाकर मैंने खिड़की से पीछे मुड़कर देखा, उसकी निगाहें अब भी अपने से दूर जाती बस को देख रही थी और मैं भी मुड़कर उसे बार-बार देखता रहा जब तक वह निगाह से ओझल न हो गई । कहीं अन्दर से एक मौन आवाज उठी-

"जिसे मन ने बेटी मान लिया शायद उसे छोड़कर तुम जा रहे हो ।"

"मन की सम्वेदनायें जिन्दगी के हर मोड़ पर इसी तरह अपना दम तोड़ जाती हैं ।

प्रेम की भी अजब-गजब राहें हैं । यह अपनी अत्यांतिक चेतना में मन व शरीर की सीमाओं में बंधा नहीं रह पाता । उन्मुक्त गगन में स्वछंद उड़ान भरने लगता है । कितनी कंकरीली-पथरीली राहों से गुजरता अजीबों-गरीब रिश्तों को जन्म दे जाता है । कहीं कोई फरहाद सीरी में रब देखता है तो कहीं कोई कृष्ण मित्र सुदामा के लिए सिंहासन छोड़कर दौड़ा चला जाता है । कहीं कोई दशरथ पुत्र के विछोह में प्राण त्याग देता है, तो कहीं कोई मीरा अपने गिरधर के लिये अपना सब कुछ छोड़कर उनके दामन की चेरी बन जाती है । एक बदशाह हुमायूँ राखी नाम के दो रेशम के धागों में बँधा बहन पद्‌मिनी की रक्षा के लिए सेना सहित मेवाड़ पहुँच जाता है ।

चंद मिनटों के सफर में मेरे किंचित मानवीय आचरण ने सम्वेदना भरे दो दिलों को मानों बाप बेटी जैसे पवित्र रिश्तों की डोरी में ऐसे बांध दिया कि एक अपरिचित बालिका यह भली प्रकार समझते हुये कि शायद अंकल जीवन में फिर कभी न मिलेंगे फिर भी किसी अनजाने प्रौढ़ में अपने पिता की छाया देखने लगी और वह प्रौढ़ भी उसमें अपनी बेटी को मूर्तवत् होते देख रहा था ।

काश ! दुनिया के हर इंसान में हर बालिका के लिए ऐसी सम्वेदनायें जाग जाती, तो यह संसार कितना खूबसूरत बन जाता । यहीं सोचता-सोचता मैं उदयपुर बस अड्डे पर खड़ा था ।

❋❋❋

दहेज-दानव

"मुझे मत मारो, मैं तुम्हारे हाथ जोड़ती हूँ, पाँव पड़ती हूँ ।" आँगन के फर्श पर पड़ी एक बाइस वर्षीय महिला, उसे ऊपर से दबाये एक पुरुष से कातर स्वर में गिड़गिड़ा रही थी ।

"क्यों तू जीकर क्या यहाँ बाग लगायेगी ? वह पुरुष क्रोध भरी धृष्टता के साथ जोर से चिल्लाया ।"

"मैं यहाँ से चली जाऊँगी अपने बाप के घर, अपने बच्चों को पाल लूँगी।"

"तेरा जिन्दा रहना ही मुझे पचास-साठ हजार की चपत लगा देगा । पति के हित के लिये तो तेरा मरना भी शास्त्र सम्मत है और धर्म सम्मत भी ।"

इतना कहकर पुरुष की बलिष्ठ हथेलियाँ शिकार की गर्दन पर जकड़ते शेर के जबड़ों की तरह कसती चली गयीं । मौत के मुँह में जाती युवती हाथ पैर पटकने लगी ।

आँगन में उठती तेज आवाजों से उसका मासूम बालक जग गया और आँख मलते वह फड़फड़ाती व दम तोड़ने के कगार पर पहुँच गई माँ को देखकर चिल्ला पड़ा-

"छोड़ दो मेरी माँ को, पापा ।" कहते हुए उसने पिता के पैर पकड़ लिये। पर जिसके सिर पर खून सवार हो उसे बिलखते शिशु की आवाज ही कब सुनाई पड़ती है । वह आँखें टेढ़ी कर बच्चे पर बरस पड़ा -

"भाग जा हरामज़ादे नहीं तो मैं तुझे भी इसी के साथ ऊपर पहुँचा दूँगा।"

शिशु डरकर माँ को देखता हुआ दूर हट गया पर रसोई की खिड़की से वह तड़पती माँ को देखता रहा और भयातुर खड़ा-खड़ा कांपता रहा ।

पाँच मिनट में वह महिला ठण्डी हो गई । उसे छोड़कर वह आदमी

दरवाजे की बैठक में लेटे अपने पिता चक्रधर तिवारी के पास जाकर बोला-

"काम हो गया पिताजी।"

"वाह बेटा तूने डेढ़ लाख कमा लिए क्षणभर में।" अभी थोड़ा अंधेरा ही था कि चक्रधर ने पूरे मोहल्ले में खबर फैला दी कि बहू रात के अंधेरे में छत से गिरकर मर गई। जैसे-जैसे ख़बर फैलती गयी पास पड़ोस के लोग तिवारी जी के दुःख दर्द में शामिल होने के लिये उनके मकान पर जुटने लगे।

लोगों से घिरे तिवारी जी ने बड़ी विषादपूर्ण भंगिमा बनाते हुये कपटपूर्ण स्वर में कहा - "क्या करूँ, लड़के का मुकद्दर ही खराब है, जो डाल पकड़ता हूँ वही टूट जाती है। सैकड़ों में एक, कितनी सुशील लड़की ढूँढकर ब्याह किया था, पर भगवान ने उसे भी अपने पास बुला लिया।"

एकत्रित भीड़ में अधिकांश लोग, विशेषकर महिलायें, अश्रुपूरित नेत्रों के साथ खड़े थे। पीछे से किसी स्कूली युवक की मंद किन्तु आक्रोश पूर्ण आवाज सुनाई पड़ी-

"मरी नहीं मारी गई है बेचारी, दो ढाई-लाख के दहेज का धन्धा पक्का हो गया।" तभी बगल में खड़े एक अन्य व्यक्ति ने बात आगे बढ़ाते हुये कहा यह तो तीसरी है। इससे पहले भी दो को मार दिया गया था। एक को मिट्टी का तेल छिड़ककर जलाया गया था तो दूसरी को जहर देकर मारा गया था और इस बार छत से गिरने का नाटक।

"तिवारी जी इस फन में माहिर हैं। हत्या को सामान्य मौत के कफन में लपेट देना तिवारी जी के बांये हाथ का खेल है।" किसी दूसरे ने कहा।

औरतें बिलखते शिशु को देखकर आँसू बहाती रहीं। उनके अन्दर माँ की ममता फूट पड़ी थी।

दोपहर बारह बजे तक लाश का दाह-संस्कार कर दिया गया और अन्दर ही अन्दर उठती विरोध की आवाजें भी समय के साथ-साथ ठण्डी हो गईं।

तिवारी जी कान्यकुब्जी ब्राह्मण थे। पूरी बीस बिस्वा मरजाद। यहाँ वैवाहिक रिश्ते इन्हीं बिस्वों की आधारशिला पर खड़े किये जाते हैं। यदि किसी का कुल ऊँचा है तो उसके दरवाजे पर लड़की वालों की भीड़ लगी रहती है। घर में

भले ही चार दानें न हों। फटे हाल कुलीनो के लड़कों की तो कई-कई शादियाँ भी हो जाती हैं। यदि कोई कुलीन होने के साथ-साथ सम्पन्न भी है तो उसकी बात कुछ और ही है। इसी कुलश्रेष्ठता की आड़ में दहेज लोभी बहुओं को मार देते हैं और अच्छी खासी मुद्रा दहेज में लेकर लड़कों की शादियाँ दुबारा कर देते हैं।

पंडित चक्रधर तिवारी सीतापुर जनपद के एक छोटे से मजरे तिवारिन पुरवा के निवासी थे। अच्छी खेती-पाती, गाँव के सबसे धनाड्य समझे जाते थे, ऊपर से गोवर्धन के तिवारी, ऊँची मरजाद सोने में सुहागा, रिश्तों की भरमार लगी रहती थी। कुलश्रेष्ठता की इसी व्याधि ने उन्हें दहेज-लोभी बना दिया। घर से काफी मजबूत, सम्पन्न फिर भी दौलत की भूख अपने चरम पर थी।

वासुदेव उनकी अकेली औलाद थे। उसकी तीन शादियाँ हुई थीं और एक-एक कर तीनों को मार दिया गया था। पहली और दूसरी पत्नी के कोई औलाद नहीं थी किन्तु तीसरी पत्नी से एक लड़का था, विवेक जो कक्षा चार में गाँव के स्कूल में ही पढ़ता था। घटना चूँकि भोरकाल में की गई थी इस कारण बालक जग गया था और पिता से माँ को न मारने की गुहार भी लगाई थी। उसने पल-पल तड़पती माँ को अपनी खुली आँखों से मरते हुये देखा था, जिसकी अमिट छाप उसके बालमन पर पड़ गई थी।

पंडित चक्रधर तिवारी बड़े ही चकड़ इंसान थे। वे अब तक शकुनी के जैसे पासों से समाज को गुमराह करते आये थे किन्तु इस बार गच्चा खा गये। बहू की मृत्यु के समय स्कूली बच्चों द्वारा की गई टिप्पणियाँ किसी गुप्त जलधारा की भांति दूर-दूर तक फैल गईं थी। उनके अपने समाज में भी सारी बातें कानों कान किसी संक्रामक रोग की तरह फैलती रहीं।

पाँच छः वर्ष का लम्बा समय बीत गया पर कोई व्यक्ति अपनी बेटी का रिश्ता लेकर उनकी चौखट पर नहीं आया। उनके पापों का घड़ा फूट चुका था। वे दरवाजे पर एड़ी उचका-उचका कर ताकते रहे किन्तु कोई भटककर भी उनकी चौखट पर नहीं पहुँचा। नात-रिश्तेदारों से भी जोर लगवाया किन्तु कोई भी लड़की वाला अपने कलेजे के टुकड़े को नर्क की विभीषिका में जानबूझकर झोंकने को उद्यत न हुआ।

वासुदेव धीरे-धीरे चालीस के घर घाट पहुँच गया। एड़ी चोटी का जोर लगाकर भी तिवारी जी वासुदेव की चौथी शादी न करवा सके। बिन औरत भूतों का डेरा बना उनका घर, ठूँठ सा बैठा अधेड़ बेटा, चारों तरफ फैली उनकी कुख्याति की अग्नि ने उन्हें तोड़कर रख दिया और मानसिक अवसाद ने उन्हें जिन्दा लाश बना डाला। इसी के साथ अनेक असाध्य रोगों ने उन्हें धर दबोचा। दो साल के अन्तराल में ही तिवारी जी नरकवासी हो लिये।

विवेक अब तक बाइस वर्ष का हो चुका था, एक अच्छा व सुघढ़ नवयुवक। इसी वर्ष उसने बी.ए. की परीक्षा पास की थी। वासुदेव भी अब तक अपने जीवन की 55–56 बरसातें देख चुके थे। आयु तो अधिक नहीं थी लेकिन प्रतिकूल परिस्थितियों ने उन्हें समय से पहले ही बूढ़ा बना दिया था। माँ की मृत्यु तो उनके दूसरे विवाह के बाद ही हो गई थी। घर में सब कुछ होते हुये भी वे अत्यन्त निर्धन बन गये थे। लड़के से कभी उन्हें बेटे जैसा व्यवहार नहीं मिल सका। दरवाजे पर बैठे उद्भ्रान्त नेत्रों से आसमान की ओर ताकते रहते थे। कभी-कभी आग की लपटों के बीच जलती हुई पहली पत्नी व अपने ही पंजों के बीच तड़फड़ाती, जीवन की भीख माँगती विवेक की माँ का चित्र ख्यालों में उतर आता जिसकी असह्य वेदना से वे तिलमिला उठते थे।

पत्नी विहीन व्यक्ति ही अपने विधुर होने के दर्द का एहसास कर पाता है, अन्यथा पत्नी उसे बाजार से खरीदी गई गाजर मूली ही नज़र आती है। मानसिक रोगी को छोटी सी छोटी घटना भी प्रलयंकारी नज़र आती है। फिर कत्ल व जलाने जैसी घटनाओं में तो उन्हें अब खुद की मौत का मंजर नज़र आने लगता था।

एक दिन आँगन में बैठे-बैठे मन ही मन विचार कर रहे थे कि यदि विवेक की शादी हो जाये तो शायद शमशान बन गये इस घर में खुशियों का एक नया सिलसिला शुरू हो जाये। इसी समय बाहर से आते विवेक पर उनकी निगाह पड़ी। बड़े ही दीन भाव से वे बोले–

"बेटा अब तुम अपनी शादी कर डालो।"

"क्यों ?"

"इसलिये कि यदि एक बहू आ जायेगी तो बर्बादी की कगार पर खड़ा यह घर फिर से गुलजार हो जायेगा।"

"या कि उसे मारकर ढाई तीन लाख के दहेज की व्यवस्था हो जायेगी।

"नहीं बेटा, ऐसा न कहो, मेरे घृणित आचरण को कुरेदकर क्यों मेरे घावों को हरा कर रहे हो। भगवान ही काफी हैं उन कर्मों की सजा देने के लिये।"

"तो सुन लीजिये। एक तो मैं शादी करूँगा ही नहीं, और यदि करूँगा भी तो किसी दलित विधवा से।"

"ऐसा क्यों सोचता है बेटा?"

"ऐसा इसलिये कि किसी निर्दोष विधवा लड़की का उद्धार कर उन तीन देवियों की हत्या से अभिशिप्त इस मरघट जैसे घर को शुद्ध करना चाहता हूँ ताकि यह पुनः सांस लेने लायक बन जाये।"

"हे भगवान! पूर्वजों के सारे पुण्य कर्म नष्ट हो जायेंगे।"

"पुण्य कर्म? कौन से पुण्य कर्म। तीन-तीन निरपराध महिलाओं की हत्या के बाद भी क्या कोई पुण्य कर्म बचा है अभी, इस घर में?"

"कुछ न कुछ जरूर बच गया होगा, तभी तो अभी तक घर धन-दौलत से भरा है।"

"नहीं पिताजी, लक्ष्मी जी ने भी सफेदपोशों के प्रभाव में अपना स्वभाव बदल लिया है। वे अब बेईमानों, डकैतों, माफियाओं व चोर-उचक्कों के घर में रहने लगी हैं। भोले-भाले चरित्रवान व्यक्तियों के घर अब उन्हें रास नहीं आते।

बस इतना कहकर वह रसोई की तरफ बढ़ गया जहाँ एक पंडितानी खाना बना रही थी, जिसे विवेक ने अभी कुछ दिन पूर्व ही नौकरी पर रखा था।

एक दिन वासुदेव आँगन में लेटा आसमान को ताक रहा था। लगातार घेरती बीमारियों ने उसे एक असामान्य रोगी बना दिया था। विवेक भी अपने कमरे में बैठा अपनी माँ की यादों में खोया था। पल-पल उसके प्यार को तरसता बालक भावनात्मक उग्रता का शिकार हो गया। वह उठा और आँगन में पड़े एक सब्बल को उठाकर वासुदेव की गर्दन पर रखता हुआ बोला-

"अब तुम्हारे जिन्दा रहने से मेरा बड़ा नुकसान हो रहा है।" सामने

साक्षात् मौत को देखकर वह गिड़गिड़ाया –

"बेटा मुझे छोड़ दो ।"

"अब तुम्हारे जीने का अर्थ ही क्या रह गया है । इस पृथ्वी का निरर्थक भार बने हो ।"

"नहीं बेटा मैं तुझसे जान की भीख माँगता हूँ ।"

"कौन बेटा और किसका बेटा ? यदि उस दिन माँ को छोड़ने की थोड़ी और जिद किये होता उसी समय मैं भी माँ के साथ ऊपर चला गया होता । माँ तो फिर भी जवान थी, तुमको इस बुढ़ापे में जीवन से इतना मोह है, सोचो उस बेचारी के दिल को कितनी गहरी पीड़ा हुई होगी ।"

"सच कहते हो बेटा ।"

"मत कहो मुझे बेटा । तुम्हारे मुँह से यह शब्द सुनकर मुझे बहुत ग्लानि होती है ।"

इसके बाद विवेक ने सब्बल उठाकर फेंक दिया और बोला-

"मैं तुम्हें मारना नहीं चाहता था, केवल यह बताना चाहता था कि आदमी को प्राणों से कितना मोह होता है । मेरी माँ तो शायद मुझे लेकर नाना के पास चली जाने को कह रही थी, पर शायद तुम्हें वह भी गवांरा नहीं था । दहेज कैसे मिलता ?

थोड़ा रुककर वह फिर बोला –

"तुम्हारे इस गन्दे खून से मैं अपने हाथ रंगना नहीं चाहता । दिल चाहता है कि अपनी शिराओं में बहते तुम्हारे विषाक्त खून की एक-एक बूँद निचोड़कर किसी गन्दी नाली में फेंक दूँ, पर पता नहीं वह दिव्य आत्मा स्वर्ग से मुझे ऐसा न करने के लिए प्रेरित करती है ।" इतना कहकर वह फफक कर रो पड़ा, वह संवेदनाओं के गहरे सागर से बाहर निकल आया था ।

इसके बाद विवेक ने एक मध्यमवर्गीय कन्या शैलजा से शादी कर ली, जो उसके साथ ही विद्यालय में पढ़ती थी ।

अपने गाँव में ही उसने अपनी माँ के नाम से एक संस्था "सरिता नारी शिक्षा निकेतन" की स्थापना की । शैलजा भी इसी में सेवारत थी । अपनी कुल

भूमि का एक चौथाई हिस्सा, जो लगभग दस बीघा था, इसी संस्था के नाम कर दिया। धीरे-धीरे यह संस्था क्षेत्र की एक ख्यातिपूर्ण संस्था बन गई, जिसमें महिलाओं को रोजगारपरक प्राविधिक शिक्षा-कताई, बुनाई, सिलाई, कढ़ाई व अन्य कई रोजगार परक शिल्प कलाओं का प्रशिक्षण दिया जाता था। क्षेत्र के लोग विवेक का नाम बड़े ही आदर व श्रद्धा के साथ लेते थे।

✸✸✸

प्रवचन का पण्डाल

विदा होने के लिए आँख मिचौनी करती निशा नायिका अपनी काली चादर समेटती शर्मा रही थी । पूर्वी क्षितिज पर भगवान भास्कर के आगमन के स्वागत में आरुणिमा का एक मनोहारी दृश्य अपना विस्तार लगातार लेता जा रहा था । घरों के अंधेरों में सोई जिन्दगी शनैः शनैः सुदीर्घ सड़कों पर निकल कर आती जा रही थी । मुर्गे की बांग बन्द हो चुकी थी, किन्तु पक्षियों का सुमधुर कलरव धीरे-धीरे बढ़ रहा था । सुबह की सैर करने के दीवाने पुरुष व महिलायें एक दूसरे को मात देते हुए आगे निकल जाते थे । युवक हो या वयस्क अथवा बूढ़े अपनी बगल में जाती महिलाओं व उनके साथ सुरक्षित कवच में चलती युवतियों पर एक विहंगम दृष्टि डालकर ऐसे बढ़ जाते थे, कि मानों नारी जगत से उन्होंने वैराग्य ले रखा है, किन्तु यथार्थ तो कुछ और ही था । वे किसी सुन्दरी के अनुपम सौन्दर्य का चित्र आँखों के कैमरे में उतार कर फिर मस्तिष्क में उसका रेखा चित्र बनाते आगे बढ़ जाते थे ।

मुझे भी सुबह टहलने की बीमारी ने सेवानिवृत्ति के साथ से ही पकड़ रखा था । दाहिने हाथ में एक डंडा घुमाते मैं भी इस प्रातःकाल के नशीले वातावरण में नये सिरे से चैतन्य होती इसी रंगीन जीवन प्रवाह के बीच से निकलता अपनी ही मस्ती में भक्ति भावना से ओत-प्रोत कोई रामायण की चौपाई पढ़ता, अपने धार्मिक सौम्य पुरुष होने का संदेश प्रसारित करते सड़क को कदमों से नापता बढ़ा जा रहा था ।

अभी मैं मुख्य सड़क को छोड़ घने पेड़-पौधों के बीच से गुजरती एक दूसरी सड़क पर मुड़ा ही था कि आगे चली जाती तीन महिलाओं के बीच से निकला एक बेहद कटु वाक्य मेरे कर्ण कुहरों से आ टकराया-

"अरे बहू क्या है, नागिन है, डस ले तो सांस न लौट कर आये।" आवाज उन्हीं तीनों में से किसी एक की ही थी, जिसकी कर्कश लय-ताल यह बताने के लिये पर्याप्त थी कि कोई पचास पचपन की उम्रदराज सास अपनी बहू का दुखड़ा, रो रही थी। मेरी जिज्ञासा भी कुलबुलाने लगी और कदमों ने बिना चाहे ही गति बढ़ा दी। थोड़ा और नजदीक पहुँच कर विषय वस्तु को जानने का एक सुनहरा अवसर खो देने का कोई औचित्य न था। अब उनके व मेरे बीच की दूरी मुश्किल से छः सात कदम ही बची थी। डर भी लगता था कि कहीं तीनों मिलकर यह आरोप न मढ़ दें कि यह बूढ़ा आदमी हमारा पीछा कर रहा है और यदि कहीं यही बात जोर से चिल्लाकर कह दी तो फिर बिना फीस के पैरोकार व तथाकथित परोपकारी, आचरण का झंडा हाथों में थामें आकर घेर लेंगे और तब तक किसी कुँवारी कन्या की भांति किसी प्रकार बची हुई आबरू पर बेभाव के पड़ जायेंगे और यदि इसकी खबर खुदा न ख्वाश्ता मेरे घर तक पहुँच गई, तब तो खटिया खड़ी हो जायेगी। इसकी पूरी सम्भावना से इंकार भी नहीं किया जा सकता, क्योंकि ऐसे बिना वेतन भोगी सन्देश वाहक हर समय समाज में हमारे दांये बांये चक्कर लगाते रहते हैं। खबर को थोड़ा और चटपटा कर वे मेरे घर तक पहुँचा देंगे और फिर उसका तमाशा देखने के लिये खुदाई ख़िदमदगार बनकर समझौता कराने आ जायेंगे। पहले भी एक आध बार इन सेवा बरदारों के चक्कर में बुरी तरह मात खा चुका था और किसी तरह झूठा गुनाह सच्चा कुबूल कर जान बचाई थी। माफ़ीनामा अलग से देना पड़ा था। उन्हीं को याद कर विचारों का एक लम्बा सिलसिला दिमाग में चक्कर काट रहा था, जिसकी जानकारी शायद पैरों को भी हो गई थी। अतः वे शिथिल हो गये थे, किन्तु मेरे व महिलाओं के बीच की दूरी कमोवेश उतनी ही थी। मेरे विचारों की इस लम्बी बेवफा शृंखला के कारण वह प्रकरण तो पता नहीं कहीं पीछे छूट गया, जिसमें औरत ने बहू को डायन बताकर शुरू किया था, किन्तु उन्हीं की दूसरी साथी महिला की एक और आवाज सुनाई दी।

"अरे का बताई बहिनी ! जमाना बहुत खराब आ गया। कोई लाज शर्म रह ही नहीं गई। पावैं तो दिन में ही रात के सारे खेल खेल डालें, न माँ की शर्म न बाप की लाज, अरे कोई मना तो किए नहीं। अपनी खेती, जब चाहो बोओ,

जब चाहो काटो ।"

"अरे बहिनी बहुओं की आँख का पानी मर गया है । लाज शर्म सब धोय कै गड्ढे में फेंक दी । साथ की तीसरी औरत बोल पड़ी ।"

इसी समय मेरे कानों में एक बेमौसम आवाज आ टकराई-

"अंकल नमस्ते ! बाकी सब ठीक है ।"

अब तक काफी उजाला फैल गया था । मैंने आवाज की तरफ मुड़कर देखा बगल में रहने वाले मौर्या जी थे, जिनका मेरे घर आना-जाना भी था और आंटी भी उन्हें जानती थी ।

"नमस्ते बेटा, हाँ सब ठीक है, आप कैसे हैं ।"

"अच्छा अंकल चलता हूँ आप भी टहल आइए फिर कभी घर पर आकर चाय पीते हैं ।"

इतना कहकर वे आगे बढ़ गये ।

मौर्या जी को देखकर बदन में एक झुरझरी फैल गई क्योंकि वे सामान्यतः आंटी (मेरी पत्नी) से भी मिलते-जुलते थे और उनके लिए सूचना के एक अच्छे सम्वाहक भी थे ।

मैं भी दिल कड़ाकर यह सोचते हुए आगे बढ़ गया, 'चलो जो होगा देखा जायेगा' और उस दूरी को कम करने के लिए तेज़ क़दमों से बढ़ा जो मौर्या जी से बात करते समय लम्बी हो गई थी ।

अब मैं दूसरी दिशा में ताकता उन सबसे समुचित दूरी बनाये चल रहा था । अपने ही कदमों की आहट उनकी मंद ध्वनि में बाधा न बन जाये इसलिए, मैं सावधानी से पैर धरता उठाता साथ-साथ चलने का प्रयास कर रहा था । मेरे चेहरे के रुख से उन्हें शायद लेशमात्र भी सन्देह नहीं हुआ कि मैं उनकी जासूसी कर रहा हूँ ।

"अरे वह निगोड़ा बुड्ढा अपना पति है, फिर भी बहू की तरफदारी करता है ।" एक महिला की आवाज़ फिर सुनाई पड़ी ।

"क्यों ?" साथी महिला ने पूछा ।

"अब राम जाने । मुझसे लड़ता है, कहता है, तुम बहू को बहुत तंग

करती हो ।"

"हाय राम !" ऐसे बोलता है ।

"और का, साफ-साफ आराचीर बोलता है ।"

"तौ मर्द का है दुश्मन है ।"

"पक्का दुश्मन ! जवानी में पीछे-पीछे दुम हिलाता रहता था, अब का ? अब तो बूढ़ी हो गई हूँ ।"

"अरे बहिन ! ताक-झाँक रखना, आदमी बिल्कुल लुच्चा होता है । कोई ठिकाना नहीं ।"

"ई सही कहत है मुन्नी । बरा न जाने कौन जमाना आ गया, किसी का ऐतबार नहीं रहा ।"

"सही कहा आपने बहिन, दुनिया बहुत आगे निकल गई ।"

इस बीच तीसरी वाली महिला थोड़ा पिछड़ने लगी थी तो दूसरी ने उसे पकड़कर खींचा और बोली –

"जल्दी जल्दी चलो । लागत है हफ्तों से खाना ही नहीं खाया ।"

"सही कहा तुमने, कल दिन भर मैंने खाया ही नहीं ।"

"न उसने (बहू) पूछा, न मैंने खाया । बड़ी पानीदार बनती है । बना के रख दिया खुद खा पी लिया और सोने चली गई । मुझे भी गुस्सा आ गया । मैं भी बिना खाये ही जाकर सो गई ।"

"बेटे ने भी नहीं कहा ?" साथी औरत ने पूछा ।

"वह क्या कहेगा ? मेहरी का गुलाम हो गया है । बस उसी के पीछे-पीछे पूँछ हिलाता रहता है । आजकल के लड़कों की कुछ न कहो, बीबी का मुँह देखा नहीं कि, चकोर जैसे ताकते ही रहते हैं, माँ बाप गये चूल्हे में ।"

"ठीक कहती हो माया बहिन । अब तो जिन्दगी काटना है । मेरी बहू तो हर समय मैके का ही गुणगान करती रहती है । मानों किसी तालेवर के घर से आई है, एक दिन मैंने नहाने के बाद कह दिया 'बेटा जरा पेटीकोट धोती धोकर डाल दो तो जानती हो क्या कहा ?"

"क्या कहा ?" शेष दोनों बोल पड़ी ।

“कहा मैं कोई धोबन नहीं। खुद नहीं कर सकती तो नौकरानी लगा लो।”

“फिर तुमने कोई जवाब नहीं दिया ?” वही दोनों पूछ बैठी।

“भला मैं कब चुप रहने वाली थी। कह दिया, तेरे बाप के घर तो दर्जनों दासियाँ लगी हैं ना ?”

“देखो कान खोलकर सुन लो, मेरे बाप का नाम लिया तो मुझसे बुरा कोई नहीं होगा।” वह बिगड़ गई।

“क्या कर लेगी तू ? तेरी जिमीदारी में तो बसती नहीं जो उजाड़ देगी।”

“मैं क्या उजाड़ूँगी, उजाड़ेगा ऊपर वाला, उजाड़ेंगे तेरे करम। हर समय मुझे देखकर जलती रहती है यह बुढ़िया।” इतना कहकर वह बड़े जोर से रोने लगी।

“फिर क्या हुआ ?” सहेलियों ने पूछा।

“होता क्या ? तब तक दुलहा निकल आया और हमीं को इंगित कर कहा, “माँ क्या सवेरे-सवेरे महाभारत मचा रखी है।”

“अरे जरा धीरे बोलो, वह बगल वाला बुड्ढा बार-बार हम लोगों की तरफ देखता जाता है।” एक ने मेरी ओर इशारा कर कहा।

“देख रहा होगा। मैं क्या किसी से डरती हूँ, वह भी अपनी बीबी को ही डाँटता होगा, बहू को कुछ नहीं कहता होगा। दुनिया के सारे बुड्ढे एक से हैं। बुढ़ापे में अपनी ही बीबी को उल्टा सीधा कहते हैं। बहू को कुछ कहने की हिम्मत नहीं पड़ती।” पहली वाली ने उत्तर दिया।

अब तक हम लोग दो डेढ़ कि०मी० की दूरी तय कर चुके थे, और चक्कर लगाकर एक मन्दिर के पास आ गये थे। उन तीनों ने शंकर जी को दरवाजे से नमन किया और एक गली में मुड़ गई। शायद वह तीनों अपने घर के पड़ोस में आ गई थी। अब आगे उनका पीछा करने का कोई औचित्य नहीं था। अतः मैंने भी शंकर जी को प्रणाम किया और अपने घर की तरफ मुड़ पड़े।

उनके घरों के कुछ और रोचक प्रसंग सुनने का मन कर रहा था, पर इसके लिए अब आगे का मार्ग ही अवरुद्ध हो गया था।

घर के नजदीक पहुँचकर देखा मौर्या जी मेरे दरवाजे से निकल कर जा

रहे थे। मैंने मन में सोचा, "इस कमीने को सुबह-सुबह मेरे घर में बैठने की क्या जरूरत पड़ गई ? अभी तो टहलते हुए मिला था, खैर सल्लाह भी सब पूछ ली थी। जरूर आंटी के कान भर रहा होगा।

दूसरे दिन सुबह मैं वक्त से पहले ही निकल कर उसी सड़क के मोड़ के पास एक किनारे छिपकर खड़ा हो गया। सोचा था कि कल की अधूरी दास्तान खुदा के फज़ल से शायद आज पूरी हो जाये, पर बेरहम दुर्भाग्य ने मेरा यह ख्वाब पूरा ही न होने दिया। आज वह तीनों घूमने आईं ही नहीं थी। मन से एक करुण विगलित आवाज उठी, "शायद तीनों में से कोई बिचारी बीमार पड़ गई होगी।"

इसी के साथ वह आवाज भी धीरे-धीरे दिल के नेपथ्य में ही कहीं तिरोहित हो गई। बड़े बेमन घूमकर घर आ गये। ठीक समय से उसी स्थान पर उन तीनों का इन्तजार करना मेरा नियम बन गया किन्तु दो तीन दिन तक वे कहीं नजर ही नहीं आईं। मन में तरह-तरह की शंकायें उठती और मिटती रही।

तीन चार दिन बाद मेरी निराशा एकाएक आशा में बदल गई। वे तीनों बगल वाली सड़क पर झूमती चली आ रही थी। मैं वहीं एक चाय की झोपड़ी के पीछे छिप गया, और जब वे अपने मन्तव्य की ओर मुड़ गईं, तब मैं धीरे से निकलकर पीछे-पीछे चलने लगा।

किसी विषय पर उनकी वार्ता पहले से चल रही थी, मैं भी चलचित्र के किसी छवि गृह में देर से पहुँचे दर्शक की भांति कथानक को वहीं से पकड़ लिया। एक आवाज मेरे कान तक आई।

"दूध ही खत्म हो गया, चाय क्या खाक बना दूँ।"

मैंने समझ लिया कि उसने चाय बनाने के लिए बहू को कहा होगा, पर उसने दूध खत्म हो जाने की बात कहकर आगे की बात पर ही पूर्ण विराम लगा दिया था।

"तो क्या बिना चाय पिये ही रह गई ?"

"तो और क्या चाय कहीं आसमान से टपक पड़ती ? जब उसने बनाया नहीं तो चाय कहाँ से पी लेती। ऊपर से एक व्यंगबाण और चला दिया।"

"क्या ?" किसी की आवाज आई ?

"यही कि एक किलो दूध, बच्चों को दूँ या चाय बनाऊँ। बच्चों को दूध नहीं मिलता, दिन पर दिन कमजोर होते चले जा रहे हैं।

मुझसे न रहा गया तो मैंने भी कह दिया।

"क्या कह दिया ?" शेष दोनों ने पूछा।

"यही बाप के घर में तो मंदराजी भैंसे बंधी होगी ? वहाँ तो दूध नाली में बह जाता होगा, बाकी बचा-खुचा नौकर चाकर ले जाते होंगे।"

"फिर क्या जवाब दिया बहू ने ?"

"कहती क्या ? जल भुन गई और बोली - अम्मा मेरे यहाँ ऐसा दरिद्रपन नहीं होता, कि बूँद-बूँद दूध के लिए बच्चे तरसते रह जाये, तीन किलो दूध आता है, पूरा तीन किलो। एक किलो चाय के लिए अलग कर दिया जाता है बाकी दो किलो बच्चे पीते हैं।"

"बाप से कह दे एक दुधारू भैंस इधर भी बंधवा दें नातियों के लिये।"

"चूना जैसी लगी मेरी बात तिलमिला उठी और बोली - "यहाँ क्या सब सर्वनाश हो गया है।"

यह बात मुझे अन्दर तक कचोट गयी इतना जहरीला बोलने की क्या जरूरत थी। मैंने भी उसे सुना दिया - "सत्यानाश हो तेरे बाप का घर तेरे भाई भतीजों का घर। मेरे घर में क्यों हो, सत्यानाशी, आई बड़ी राजबाड़े की बेटी बनकर।"

इसी बीच बुड्ढे खुद आ गये और झगड़ा शान्त करा दिया, नहीं तो मैं दबने वाली नहीं थी। वह कहाँ की लाट साहब है, जिसकी कमाई खाते हैं उसको तो कभी मैंने घास नहीं डाली, तो वह किस खेत की मूली है। डखना पखना सब नोंच डालती।" शेष दोनों सहेलियाँ माया के तमतमाते चेहरे को देखती रह गई।

इसके बाद मैं एक सप्ताह के लिए जयपुर एक स्वजातीय राष्ट्रीय सम्मेलन में चला गया इसलिए निश्चित रूप से अगले कुछ रोचक प्रसंगों से मैं मेहरूम अवश्य रह गया था, किन्तु इतने से ही मुझे इस बात की भली प्रकार अनुभूति हो चली थी, कि यह बेचारी सासें कुछ तो बहुओं की मारी व कुछ अपने स्वभाव की

टेढ़ी चाल की सताई, जब अपने मन की भड़ास घर में नहीं निकाल पाती तो टहलने के बहाने से सड़कों पर आकर पूरी तनमयता के साथ अपनी शुभचिंतक सहेलियों से निकाल किसी अप्रयोज्य वस्तु की तरह फेंककर हल्की हो जाती थी । यह सैर मंडली ही इनकी सभा स्थली थी, जहाँ वे खुलकर पूरे जोश खरोश के साथ अपनी बात कह पाती थी । आज हमें अपने एक मित्र की याद आती है जो यह कहा करते थे कि यदि पास पड़ोस की दो महिलायें कहीं मिल जायें और अपनी बहू के क्रिया कलापों की बुराई न करें तो समझ लो यह विश्व का आठवाँ आश्चर्य हो गया । साधारणतया यह प्रौढ़ायें जब आपस में बातें करती हैं तो उनकी विषय वस्तु बहू की भर्त्सना ही होती हैं और इसके लिये, दर्शन के बहाने किसी मन्दिर का प्रांगण या सत्संग भवन का जनाकीर्ण स्थल या टहलने के बहाने सड़क का निर्जन भाग सबसे उपयुक्त स्थान होते हैं । कभी-कभी जन्मदिन, मुंडन संस्कार या सत्यवृत्त कथा की छोटी-मोटी दावतों व ऐसे ही मंगल कार्यक्रमों में भी उन्हें यह सुनहरा अवसर प्राप्त हो जाता है । कभी-कभी दया भी आती है कि इन बेचारी सासुओं को अपनी बात रखने के लिए कई-कई दिनों का इंतजार करना पड़ता है । कहाँ जाये, किससे कहें अपने दर्दे-दिल का हाल 'एक मीरा थी तो तीर्थयात्रा पर निकल गई, मुन्नी के बाप खत्म हो गये तो नैहर चली गई ।' कड़ुवी बात कई दिनों तक दिल में दबाये रहने से उबाल मारने लगती है, तो बेबसी में दिल मसोस कर रह जाती है ।

मैं जयपुर से लौटा तो सुबह की सैर का कार्यक्रम फिर से प्रारम्भ हो गया, पर कई दिनों तक उस त्रिमूर्ति के दर्शन से वंचित ही रहा । मन में थोड़ी उद्विग्नता भी थी कि कहीं बेचारी किसी विपदा का शिकार तो नहीं हो गई । एक तो बेचारी बहुओं से प्रताड़ित, दूसरे भगवान ने भी लगता है उन पर निष्ठुर प्रहार कर दिया।

इसी समय दुर्गा मन्दिर के पड़ोस रामलीला पार्क में एक प्रवचन का आयोजन चल रहा था । एक दिन सायं सात बजे मैं भी उसी पंडाल की तरफ बढ़ा चला जा रहा था कि अचानक मेरी दृष्टि उस त्रिमूर्ति पर पड़ गई । शायद वे भी तीनों घुसुर-फुसुर करती उसी तरफ तेजी से बढ़ी जा रही थी । पता नहीं दिमाग में पुराने रिश्ते की आत्मीयता जागृत हो गई । कदमों ने स्वतः गति पकड़ ली ।

वांछित दूरी तक पहुँच कर मैंने अपनी गति को संयमित कर उन्हीं लोगों की रफ्तार अपना ली ।

आयोजन स्थल पर पहुँच कर देखा पंडाल पूरी तरह भर गया था, किन्तु पीछे अभी कुछ स्थान खाली थे । एक्का-दुक्का हम लोगों की ही तरह पिछड़ गये लोग अब भी आकर उसी खाली स्थान की तरफ आ रहे थे । पंडाल के बीच में एक डोरी से महिलाओं के बैठने की व्यवस्था अलग कर दी गई थी ताकि महिलाओं के लिए निर्दिष्ट स्थान में किसी प्रकार का अतिक्रमण न हो । यहाँ धर्म के आँगन में भी विभाजन की अप्रिय रेखा, दिलों में खिंच गई दीवारों की बरबस याद दिला जाती थी ।

इधर-उधर देखने के बाद वह त्रिमूर्ति महिलाओं की कतार में पीछे बैठ गई, मैं भी उन्हीं के समानान्तर पुरुषों की पंक्ति में बैठ गया । अब मेरे व उन महिलाओं के बीच सुरक्षा का भार अपने कंधों पर लादे बेचारी वह नाइलोन की डोरी ही दो असुरक्षित बल्लियों पर झूल रही थी । कुतूहलवश मैं पाण्डाल के असंख्य लोगों पर एक विहंगम दृष्टि डालते हुए उन तीनों भक्त शिरोमणियों को भी देख लेता था । कथावाचक महराज का स्थान अभी रिक्त था । दो एक नवयुवक-व्यवस्था करने वाले कभी बिछी चादर को सँवारते तो कभी फूलों की असंयत हो गई लड़ियों को सँवारने में लगे थे । इसी बीच एक युवती हल्का सा घूंघट डाले धीरे से आकर उसी त्रिमूर्ति के पीछे बैठ गई । मंच पर निगाहे लगाये उस महिला की उपस्थिति से बेखर वे तीनों आगे उपस्थित भीड़ को देखने में ही लगी रही ।

इसी समय स्वामी विरुदानन्द महायय, मंच पर पधारे तो भक्त श्रोताओं ने करतल ध्वनि के साथ उनका अभिवादन किया और खामोश होकर अपने आसन पर विराजमान हो गये । गायत्री श्लोक का तीन बार सस्वर उच्चारण कर उन्होंने अपने प्रवचन को प्रारम्भ किया ।

''पण्डाल में उपस्थित आयोजकगण, भक्तगण भाइयों-बहनों व बच्चों । देखिये मैं रामकथा प्रारम्भ करूँ उसके पहले आप से कुछ सामान्य आहार व्यवहार व आचरण की बात करना चाहता हूँ । भगवान केवल श्रृद्धा मन से की गई अन्तर्मन की उपासना से प्रसन्न हो जाते हैं, वे करुणा निधान आपकी आत्मा में

तत्व रूप में सदैव विद्यमान रहते हैं। माया के वशीभूत अन्दर हमने तमाम कूड़ा-कबाड़ा इकट्ठा कर रखा है। यह कबाड़ है लालच का, तृष्णा का, मोह का, सम्पत्ति का, ऐश्वर्य का, प्रतिष्ठा व ख्याति प्राप्त करने का। अन्दर में खाली जगह नहीं है। प्रलोभनो की इतनी बड़ी भीड़ से आत्मा में विद्यमान परमात्मा का अंश ही दबकर सिमट जाता है फिर तो बाहर से उनकी और कृपा पाने के लिए इस अन्दर के झाड़ झंकार को निकाल कर बाहर फेंकना होगा, भजन करना, भक्ति करना व तपस्या करना तभी फलीभूत होगा जब आप का मन निर्मल होगा। यह कीर्तन भजन पूजा-पाठ यम नियम संयम सभी इसके साधन हैं, साध्य नहीं, माताओं बहनों की संख्या इन धार्मिक आयोजनों में अधिक होती है। वे स्वभावतः धर्मभीरू होती है। पर याद रखो यदि सुबह से शाम तक साह बहू आपस में लड़ती रही, एक दूसरे पर दोषारोपण करती रहीं और दो बजे यहाँ धर्म अर्जित करने आ गई, तो मन तो वहीं फँसा रह गया, एक दूसरे को मात देने में तो कानों में राम का नाम किधर से प्रवेश पायेगा, और यदि पा भी जाये, तो अन्दर मजबूती से पैर जमाये, लोभ तृष्णा ईर्ष्या व कटुता उसे बाहर का रास्ता दिखा देंगे। अतः मन व आचरण को निर्मल करे, भगवान की कृपा अवश्य होगी।

मेरे अन्दर भी माया का कम से कम इस समय तगड़ा जमावड़ा था मेरे कान पण्डित जी की तरफ कम उस त्रिमूर्ति की तरफ अधिक थे। मुन्नी माया से मुखातिब होकर धीरे से कह रही थी - "आज उस चुड़ैल का भाई आया है। मिनटों में मिठाई, समोसा, पेप्सी आ गई बाजार से। मेरे मायके का कोई आ जाये तो नानी मर जाती है। चाय तक नहीं मिलती। देखना शाम को माल पुआ, पनीर व जाने क्या-क्या सामान के ढेर लग जायेंगे। मुझे तो उसके भाई को देखकर सिर दर्द होने लगा, तो मैं इधर चली आई।"

"ठीक किया बहिन तुमने, बड़ी जंडैल है तुम्हारी बहू।"

"अरे जंडैल तुम कहती हो, अधम है, बिल्कुल अधम।" कुन्ती ने हाँ में हाँ मिलाया।

"बाप रे बाप ! कैसे निभाती हो उसके साथ।" माया ने कहा।

"कैसे क्या निभाती.....।"

इसी समय पण्डाल में बोलो श्री राम चन्द्र की जय का उद्घोष हुआ, पूरा पण्डाल जायकारा से गूँज उठा। जब तक वे समझती तब तक जयकारा का आधे से अधिक भाग गुजर चुका था, वे केवल लोगों के साथ - "की जय।" ही बोल सकी, पर उनकी आत्मीय गूढ़ विषय की चर्चा अधूरी अधर में ही लटक गई। तीनों ने मंच पर बैठे पण्डित जी को माइक सम्हालते देखा और पुनः अपने बीच में ही खो गई अधूरी बात पर केन्द्रित करने का प्रयास करने लगी।

उधर पण्डित जी ने अपनी कथा पर केन्द्रित किया - "प्रिय आत्मन् ! भगवद् प्रेमियों, आप सबके अन्दर विराजमान परमात्मा को मैं नमन करता हूँ। कल मैंने आप लोगों को कैकेयी के कोपभवन पहुँच गये महाराज दशरथ के साथ छोड़ा था। वहीं से आगे बढ़ता हूँ। महाराजा दशरथ ने हर प्रकार से अनुनय विनय की, पर कुटिल कैकेयी किसी विषधर नागिन की भांति उसांसे भरती रही। बोली कुछ भी नहीं। एक पिता जिसके प्राण ही अपने प्रिय पुत्र में बस रहे थे, उसके नेत्रों से आँसुओं का सैलाब उमड़ा और उसी भाव विह्वल मुद्रा में उन्होंने केकयी से कहा, "प्रिये ! आप मेरे प्राण ले लीजिए पर राम को 'वनवास' देने की अपनी जिद छोड़ दीजिये। पर क्रोधातुर कैकेयी बोली - हरमोनियम की मधुर स्वर लहरी गूँजी और पंडित जी के मुखारबिन्दू से रामचरित मानस की यह चौपाई -

मांगु माथ अबही देऊं तोही।
राम विरह जनि मारमि मोंही।।

रानी ने वज्र सी कठोर होकर कर्कश आवाज में कहा - "एक नारी की तरह क्यों विलाप करते हो राजन ! या तो वचन दो या धर्मच्युत होकर अपयश के भाजक बनो।"

अब तक प्रवचन अपनी पूरी लय में चल रहा था। उधर तीनों देवियों की छूटी वार्ता भी चालू हो गई।

"तुम पूछती हो कैसे रहती हो - जीभ दांतनमा कैसे रहत है, बस ऐसे समझ लेऊ और का बताई।"

और हमरी वाली - दूसरी सहेली ने कहा - "वह तो इतनी जहरीली है

कि उहके काटे का मंत्र नाई। बिल्कुल जहर की पुड़िया है। बड़ी चालाक। एक दिन मैंने कह दिया -

"बहू जरा खाना बनाना तौ सीख लो, कबहूँ कच्ची दाल, कबहूँ कड़ा चावल, कबहूँ नमक तेज ई सब का अच्छा लागत है। अरे बाप रे जानती हौ का बोली ?"

"का बोली ?"

"अरे बोली हमरे माँ बाप कोई होटल नहीं खोले थे। जैसा बनता है वही खाओ नहीं तौ फांके मस्त रहो या खुद बना लिया करो। ज्यादा कानून न बघारा करौ समझी।"

"बाप रे।" शेष दोनों सहेलियों के मुँह से एक साथ निकला और आँखें फैलाकर दोनों ने एक दूसरे को ऐसे देखा मानों पहाड़ खिसककर आबादी पर आ गिरा हो। पंडित जी अपनी पूरी लय में कैकेयी पर नारी सुलभ दुर्गुणों के बाणों के प्रहार पर प्रहार करते जा रहे थे। इसी समय उन तीनों महिलाओं के बिल्कुल पीछे से एक तीखी आवाज कानों में आ टकराई -

"अम्मा। तुम लोग यही प्रवचन सुनने आती हो। यहाँ बैठकर पानी पी पी कर अपनी-अपनी बहुओं को कोसती हो। यही एक काम बचा है तुम लोगों के पास। यहाँ बैठकर भगवानों को भी धोखा दे रही है।" सबने पीछे मुड़कर देखा एक युवती तड़ित वेग की भांति उठकर कहती हुई पण्डाल के बाहर जा रही थी। पीछे पण्डाल में हलचल देखकर लगभग पण्डाल उस द्रुत गति से जाती युवती को उठकर देखने लगा। मंच से शान्ति बनाये रखने की एक जोरदार अपील सुनाई दी।

"यह युवती मुन्नी की बहू राधिका थी, जो सास के पीछे-पीछे प्रवचन सुनने चली आई थी। तीनों सहेलियाँ उसे आँखें फाड़कर देख रही थी, जो कुछ ही क्षणों में भीड़ को चीरती निकल कर कहीं अंधेरी गलियों में खो गई थी।

मेरा भी एक लम्बे समय से चला आ रहा मिशन पूरा हो गया था। तीनों महिलाओं ने एक दूसरे को विस्मय के साथ 'यह चुड़ैल कहाँ से आ मरी।' एक अचरज भरी आवाज सुनाई पड़ी।

पण्डाल शांत हुआ । कथा वाचक की आवाज सुनाई दी, "महाराज के लाख समझाने पर भी कैकेयी पर कोई प्रभाव नहीं पड़ा ।"

"यह पंडित भी सारी गलती कैकेयी की ही बताने पर तुला है । मेरे कानों में पुनः एक ध्वनि बगल से आकर गूँज उठी ।

प्रवचन अब भी ज्यों का त्यों चल रहा था ।

✹✹✹